Ben
SCH

1944

Книги
БЕРНХАРДА ШЛИНКА:

Бернхард ШЛИНК

Летние обманы

Санкт-Петербург
2013

УДК 821.112.2
ББК 84(4Гем)-44
Ш 69

Bernhard Schlink
Sommerlügen
Copyright © 2010 by Diogenes Verlag AG Zürich, Switzerland
All rights reserved

Перевод с немецкого Инны Стребловой, Галины Снежинской

Оформление обложки Валерия Гореликова

Шлинк Б.

Ш 69   Летние обманы : рассказы / Бернхард Шлинк ;
пер. с нем. И. Стребловой, Г. Снежинской. — СПб. :
Азбука, Азбука-Аттикус, 2013. — 288 с. — (Азбука-
классика).
ISBN 978-5-389-04767-9

Книга Бернхарда Шлинка, прославленного автора «Чте-
ца», — это семь пленительных историй о любви под общим
названием «Летние обманы». Разговор попутчиков во время
многочасового перелета, одна-единственная ночь в Баден-Бадене, короткий курортный роман — станет ли это началом новой жизни или навсегда останется лишь романтическим вос-
поминанием? Вместе с героями Шлинка читатель открывает
разные грани любви, со всеми ее мелкими предательствами и
недомолвками, обидами и ревностью, самообманом, ложью
во спасение и неистребимой памятью сердца. Снова и снова
мы убеждаемся в хрупкости счастья и в стойкости надежды.
Написанные в сдержанной, простой и благородной манере,
давно ставшей «фирменным знаком» Шлинка, «Летние обманы» — попытка ответить на вопрос, что значит любить, что
такое обман и как непросто всегда оставаться человеком.

УДК 821.112.2
ББК 84(4Гем)-44

ISBN 978-5-389-04767-9

Межсезонье

1

Контроль багажа — здесь и пришлось им проститься. Но в этом маленьком аэропорту все стойки и службы находились в одном зале, и он мог издали смотреть на нее, когда она поставила сумку на ленту транспортера, когда прошла через рамку металлоискателя, предъявила билет и направилась к самолету. Самолет стоял на летном поле, сразу за стеклянными дверями.

Она то и дело оборачивалась и махала ему. На трапе оглянулась последний раз, засмеялась и тут же заплакала, прижала руку к сердцу. Она уже скрылась в самолете, а он все махал и махал, глядя на маленькие иллюминаторы, но, видит ли она его, не знал. Взревели моторы, завертелись винты, самолет покатил по дорожке, разбежался, набрал скорость и взмыл в небо.

А до его рейса еще целый час. Он взял себе кофе и газету, где-то сел. С тех пор как они познакомились, он не заглядывал в газеты и не сидел один в кафе. Через четверть часа, не прочитав ни строчки и не отпив ни глотка, он подумал: «А я отвык от одиночества». Мысль была приятная.

2

Он прилетел сюда тринадцать дней назад. Туристский сезон как раз закончился, а заодно и солнечные дни. Лил дождь, и весь первый день он просидел с книгой на крытой веранде пансиона, но на другой день, махнув рукой на дурную погоду, под проливным дождем отправился гулять вдоль берега, в сторону маяка. Вот тогда он и встретил ее: первый раз — когда шел к маяку, второй — на обратном пути. Они взглянули друг на друга с улыбкой, в первый раз с улыбкой любопытства, во второй — уже как чуточку знакомые. Вокруг ни души, похоже, только они двое и вышли прогуляться под дождем, он и она — товарищи по несчастью, а может, и наоборот, они разделяли общую радость — оба, конечно, предпочли бы гулять под безоблачным синим небом, однако были довольны и прогулкой под мелким дождиком.

Вечером он увидел ее в здешнем рыбном ресторане, она сидела одна, на большой террасе, сносно оборудованной для осенних дождей. На столике перед ней стоял полный бокал, а сама она читала книгу — знак ли это, что она еще не ужинала и не ждет прихода мужа или приятеля? Он нерешительно топтался в дверях. И тут она подняла голову от книги и дружески ему улыбнулась. Тогда, собравшись с духом, он подошел и спросил, нельзя ли составить ей компанию.

— Конечно. — Она отложила книгу.

Она уже заказала себе ужин и охотно помогла ему с выбором блюда из здешнего меню. Он взял то же, что она, — треску. А потом они замолчали, не зная, о чем говорить. От книги никакой пользы — со своего места ему было не прочитать название. Наконец он сказал:

— По-моему, что-то в этом есть. В таком вот отдыхе на Кейпе после окончания сезона.

— Потому что погодка радует? — Она засмеялась.

Она смеется над ним? Он поднял взгляд. Миловидным ее лицо не назовешь: глаза маленькие, подбородок явно тяжеловат, но выражение было не насмешливое, а просто веселое и, пожалуй, чуточку неуверенное.

— Потому что весь пляж в твоем распоряжении. Потому что можешь занять столик в таком ресторане, куда в разгар сезона вообще не попадешь. Потому что, когда людей вокруг мало, тебе не так одиноко, как в толпе.

— Вы всегда приезжаете сюда в межсезонье?

— Я здесь впервые. Вообще-то, мне сейчас не полагалось бы отдыхать. Но, видите ли, мизинец еще не восстановился, а здесь я могу разрабатывать его с таким же успехом, как в Нью-Йорке.

Он несколько раз согнул и разогнул мизинец левой руки, покрутил им туда-сюда.

Она удивилась:

— А для чего его надо разрабатывать?

— Для игры на флейте. Я играю в оркестре. А вы?

— Училась когда-то на пианино. Но играю редко. — Она покраснела. — Да вы же не об этом! В детстве я часто бывала здесь с родителями, вот и теперь иногда тянет приехать, но только не в сезон. Вы прекрасно объяснили, чем так хорош Кейп в межсезонье. Всюду пустынно, спокойно — мне нравится!

Он не сказал, что отдыхать здесь в разгар туристского сезона ему просто не по карману, и подумал: должно быть, и ей этого не позволяют средства. На ней были джинсы, джемпер, на ногах кроссовки, рядом висела на стуле выцветшая ветровка. Когда они выбирали вино, она предложила взять дешевое белое — совиньон. Потом она рассказала о своей работе в Лос-Анджелесе, в каком-то фонде, устраивающем театральные спектакли, в которых играют дети из гетто, еще — о жизни на побережье, где не бывает зимы, о могучей силе Тихого океана, о движении на дорогах. А он рассказал, как грохнулся недавно, зацепившись за протянутый где не надо кабель, и сломал мизинец, рассказал и о давнем переломе руки — это с ним случилось в девять лет, когда он выпрыгнул из окна, — и еще о переломе ноги, дело было на лыжной прогулке, тогда ему уже исполнилось тринадцать. Сначала они сидели на террасе одни, через некоторое время появились другие посетители, потом, заказав вторую бутылку, они опять остались одни. За окнами — они изредка поглядывали туда — все тонуло в непроглядном мраке: и берег, и море. По пластиковой крыше шуршал дождь.

— Какие у вас планы на завтра?

— В пансионе, я знаю, вам подадут завтрак. Но почему бы вам не позавтракать у меня?

Он проводил ее до дому. Под зонтиком она взяла его под руку. Они не разговаривали. Домик ее, маленький, стоял на той самой улице, на которой, какой-нибудь милей дальше, находился его пансион. Над дверью сам собой зажегся свет, и они внезапно увидели друг друга чересчур отчетливо. Она быстро обняла его и легонько поцеловала. Прежде чем она закрыла за собой дверь, он успел сказать:

— Меня зовут Ричард. А как...

— Сьюзен. Меня — Сьюзен.

3

Ричард проснулся рано. Немного полежал, заложив руки за голову, прислушиваясь к шуму дождя, шуршавшему в листве и по гравию дорожки. Ему нравился этот размеренный, успокаивающий звук, хотя и не предвещал он солнечного дня. Пойдут ли они со Сьюзен после завтрака гулять по берегу? Или — в лес и на озеро? Или будут кататься на велосипеде? Автомобиля он в аренду не взял, вряд ли взяла и она. Так что дальность их прогулок будет ограниченной.

Он принялся сгибать и разгибать мизинец, чтобы потом, в течение дня, меньше заниматься упражнениями. Ему было немного боязно. Если они со Сьюзен после завтрака и правда проведут весь день вместе, будут вместе обедать, а может быть, сначала вместе и приготовят обед, то что потом? Должен ли он лечь с ней в постель? Доказать этим, что она женщина, вызывающая желание, а он мужчина, которого от желания прямо-таки распирает? Ведь если ничего такого не случится, она, пожалуй, обидится? А он оскандалится? Уже несколько лет он не был близок ни с одной женщиной. Куда уж ему до молодцов, в которых желание бьет ключом, и, кстати, вчера, приглядевшись к Сьюзен, он не нашел, что она из тех женщин, что вызывают безумную страсть. Она много чего рассказывала, что-то спрашивала и внимательно слушала, была оживленной и остроумной. Прежде чем что-нибудь сказать, она медлила, совсем чуть-чуть, а когда на чем-нибудь сосредоточивалась, то закрывала глаза, и в этом был некий шарм. Она пробудила в нем любопытство? Ну да. Но желание?..

В гостиной пансиона его ждал на столе завтрак. Не хотелось огорчать хозяев — пожилую супружескую пару, — они же ради него старались: выжимали апельсиновый сок, взбивали яйца для омлета, да еще напекли блинчиков. Он сел завтракать. Каждую минуту хозяйка наведывалась посмотреть, не надо ли еще кофе, не принести ли еще масла, не подать ли другого повидла, или фруктов, или йогурта. Наконец он догадался, что ей просто хочется поболтать, и спросил, давно ли она здесь живет. Хозяйка разговорилась. Сорок лет назад муж унаследовал небольшое состояние. Они купили дом на Кейпе. Думали, муж будет писать, а она заниматься живописью. Да только ни с литературой, ни с живописью дело не заладилось, а к тому времени, когда дети выросли, от наследства мало что осталось, ну они и завели пансион.

— Если понадобится что-то узнать о Кейпе — где тут самые красивые места и где самая лучшая кухня, — спрашивайте у меня. А если сегодня гулять надумали, так я вам скажу: берег — он и в дождливую погоду хорош, не то что лес, мокредь в лесу и ничего больше.

На опушке повис туман. Он окутал не только деревья, но и дома в стороне от шоссе. Маленький домик, где жила Сьюзен, оказался флигельком привратника — рядом начиналась подъездная дорога, которая вела к большому дому, почти скрытому в тумане, таинственному. Не обнаружив звонка, он постучал.

— Иду! — крикнула она; голос определенно донесся издалека.

Он услышал быстрые шаги на лестнице, стук двери и вновь — торопливые шаги, похоже в коридоре. И вот она перед ним, запыхавшаяся, с бутылкой шампанского в руках:

— В подвале была.

Шампанское? Он опять оробел. И сразу представилось: вот Сьюзен и он сам сидят на диване, с бокалами шампанского, перед пылающим камином. Она придвигается ближе... И что тогда?..

— Ну что же ты стоишь и смотришь? Входи!

В просторной комнате рядом с кухней и в самом деле был камин, тут же несколько поленьев, а перед камином — диван. Сьюзен накрыла на стол в кухне, и опять он пил апельсиновый сок, ел яичницу и фруктовый салат с орехами.

— Невероятно вкусно! Но теперь мне надо на воздух — побегать, прокатиться на велосипеде или поплавать.

Она с сомнением покачала головой, взглянув в окно: лил дождь; Ричард рассказал, что умял сегодня два завтрака.

— Ты не хотел огорчать Джона и Линду? О, да ты просто золото! — Она поглядела на него весело и восхищенно. — А почему бы и правда не пойти искупаться? У тебя нет плавок? Ты... — Она как будто заколебалась, но все же решилась и проворно сложила в большую сумку полотенца, сунула туда же зонтик, бутылку шампанского и стаканы. — Можно пройти по участку, там и вид красивей, и доберемся скорей.

4

Они подошли к большому дому; с высокими колоннами, с закрытыми ставнями, он и вблизи оставался таинственным. Поднявшись по широким ступеням на террасу, они немного постояли под колоннами, затем, обойдя вокруг дома, поднялись по лестнице и очутились на крытой веранде, откуда можно было подняться еще выше, на следующий этаж. С веранды открывалась туманная даль: дюны, берег и — еще дальше — серое море.

— Оно такое спокойное... — сказала она, понизив голос до шепота.

Неужели она отсюда видит? С такого большого расстояния? Или она догадалась по тишине? Дождь уже не шумел.

— А где же чайки? — В этой глубокой тишине он, невольно, тоже заговорил шепотом.

— Дальше, в открытом море. Когда дождь перестает, из земли вылезают черви, а на поверхность моря поднимаются рыбы.

— Не может быть!

Она засмеялась:

— Мы же решили поплавать!

И она вдруг пустилась бегом, очень быстро и очень уверенно находя дорогу, — конечно, она же знала, куда бежать, — он сразу отстал, да ведь и громоздкая сумка ужасно оттягивала руку.

В дюнах он потерял ее из виду, а в ту минуту, когда он тоже наконец добрался до пляжа, она, чуть ли не на бегу стащив носки, бросилась к воде. А когда он тоже наконец подошел к воде, она плыла уже далеко от берега.

Море и правда было совсем спокойным, и холодным оно казалось, лишь пока он не поплыл. Он плыл, и море все нежней ласкало его тело. Заплыв подальше, он перевернулся на спину и лежал, покачиваясь на чуть заметных волнах. Впереди, совсем далеко от берега, плыла Сьюзен, резко взмахивая руками. Снова начал накрапывать дождь — и так приятно было ощущать на лице капли влаги...

Но дождь усилился — Сьюзен скрылась из виду. Он позвал ее. Не получив ответа, поплыл в ту сторону, где вроде бы еще недавно ее видел, и опять позвал. Когда берег почти скрылся в тумане, он повернул назад. Пловец он был никудышный: сил тратил много, а вперед едва продвигался, из-за этой медлительности движения тревога его, непрестанно возраставшая, превратилась в панический страх. Долго ли Сьюзен сможет продержаться на воде? Сунул ли он в карман мобильник, когда выходил из дому? Да неизвестно же, может, этот берег вне зоны действия сети?! Где тут ближайший жилой дом? Он совсем скис — сил не стало — и поплыл еще медленнее, с каждой минутой все больше мучась от страха.

А потом он увидел: Сьюзен выходила из моря — у кромки берега поднялась и застыла бледная фигура. От злости сил сразу прибавилось. Да как она смеет! Это совершенно невозможно — какого страха ему пришлось из-за нее натерпеться! Она помахала рукой, но он и не подумал махнуть в ответ.

Вне себя от ярости, он наконец подошел к ней, а она улыбнулась:

— Что-то не так?

— Не так?! Я чуть не спятил от страха, я же потерял тебя из виду. Почему ты не подплыла ко мне, когда повернула к берегу?

— Я тебя не видела.

— Не видела? Не видела?!

— Я довольно близорука... — Она покраснела.

Злость, ярость — внезапно он осознал их нелепость и опомнился. Они стояли друг против друга, голые и мокрые, у обоих бежали по щекам капли дождя, оба покрылись гусиной кожей, тряслись от холода и старались согреться, обхватив себя руками за плечи. Ее взгляд был недоумевающим и растерянным, и не было в этом взгляде — теперь-то он понял — никакой неуверенности — обычный взгляд близорукого человека... Он вдруг заметил голубоватые жилки, просвечивавшие под тонкой белой кожей Сьюзен, и рыжие волосы на лобке, притом что она светлая блондинка, заметил плоский живот и узкие бедра, сильные руки и ноги. И тут же застеснялся своего собственного голого тела и втянул живот.

— Извини, пожалуйста, я тебе нагрубил.

— Понимаю, все понимаю. Ты испугался. — И она опять улыбнулась, глядя ему в глаза.

Он все еще не мог избавиться от смущения. Однако взял себя в руки и, кивнув в ту сторону, где лежали их вещи, крикнул:

— А ну, бегом! — и первым бросился туда.

Она запросто могла бы его обогнать и в этой гонке — бегала она гораздо быстрее, — но она держалась рядом с ним. А ему вспомнилось, как весело бывало в детстве бежать вместе с сестрами или другими ребятами к какой-нибудь общей цели.

Когда он бежал рядом со Сьюзен, то заметил, что у нее маленькая грудь, — пока стояли у воды, она закрывала грудь руками.

5

Одежда намокла — хоть выжимай. Но полотенца в сумке остались сухими, Сьюзен и Ричард завернулись в них и, усевшись под раскрытым зонтиком, пили шампанское.

Она прислонилась к его плечу:

— Расскажи о себе. Расскажи с самого начала. О матери и отце, о братьях и сестрах — все-все до этой минуты. Ты родился в Америке?

— Нет, в Берлине. Мои родители давали уроки музыки, отец — на фортепиано, мама учила игре на скрипке и альте. Из нас, четверых детей, только мне предоставили возможность поступить в консерваторию, хотя все три мои сестры занимались гораздо лучше меня. Но таково было решение отца. Ему не давал покоя страх, что я могу стать неудачником, каким был он сам. Так и получилось, что я за отца окончил консерваторию, потом за него стал второй флейтой в Нью-Йоркском филармоническом оркестре, ну а в один прекрасный день, опять же за него, стану первой флейтой в каком-нибудь другом хорошем оркестре.

— Они живы, твои родители?

— Отец умер семь лет назад, а мама в прошлом году.

Она о чем-то задумалась, затем спросила:

— Если бы ты не стал за отца флейтистом, а мог выбирать профессию и стать тем, кем хочешь, — что бы ты выбрал?

— Не смейся надо мной. Когда родители умерли — отец, потом и мать, — я подумал: ну вот, теперь ты свободен, можешь заниматься чем хочешь. Но родители никуда не делись из моих мыслей и по-прежнему дают мне наставления. Ах, мне бы уйти из оркестра, скажем, на год, в общем, уволиться, бросить флейту и заняться чем-то другим: плавать, бегать, размышлять о жизни, может быть, написать о том, как мы жили дома — я, родители и сестры. Прожив так хотя бы год, я понял бы, чего хочу от жизни. И может быть, я опять выбрал бы флейту.

— А я в детстве иногда думала: ну почему никто не дает мне наставлений! Мои родители попали в дорожную аварию. Они погибли, когда мне было двенадцать лет. А тетка, взявшая меня к себе, не любила детей. Да вообще-то, я не знаю, любил ли меня отец. Иногда он говорил, что ждет не дождется, когда я вырасту большая, — а то он-де вообще не знает, что со мной делать. Не очень-то приятно было это выслушивать.

— Сочувствую. А какой была твоя мама?

— О, красивая! Она хотела, чтобы и я выросла такой же красивой, как она. Платья у меня были элегантные, как у нее, и в те минуты, когда мама помогала мне одеваться, она была чудесная — ласковая, нежная. Она бы научила меня, как ставить на место бессовестных подружек и нахальных приятелей. А без мамы пришлось мне самой набираться ума.

Вот так они, укрывшись под зонтиком, перебирали свои воспоминания. «Словно заблудившиеся дети, которым ужасно хочется домой», — подумал он. Ему вспомнились любимые детские книги, в которых рассказывалось о том, как мальчик и девочка плутают по лесу, прячутся в хижинах и пещерах, а их хватают злые люди и угоняют в рабство, или похищают в Лондоне и заставляют просить милостыню, или приучают воровать, или из кантона Тичино их увозят в Милан и продают трубочисту. Вместе с теми детьми он когда-то горевал, потеряв родителей, жил надеждой разыскать родных и вернуться домой. Однако прелесть этих историй была в том, что дети, оставшись без родителей, не погибали. Когда они в конце концов возвращались домой, то были уже такие большие, что отлично могли обходиться без родителей. Ах, почему это так трудно — быть самостоятельным, жить только своим умом и ни на кого не надеяться? Он вздохнул.

— Что?

— Нет, ничего. — Он обнял ее за плечи.

— Нет, ты вздохнул.

— Подумал: мало я преуспел в жизни. Мог бы и большего добиться.

— Это и мне знакомо. — Она прижалась к его груди. — Но, по-моему, жизнь движется вперед рывками, а не постепенно. Долгое время ничего не меняется, и вдруг — какое-то хорошее известие, или неожиданная встреча, или ты принимаешь решение, и вот уже ты стал другим, не тем, каким был прежде.

— Не тем, каким был прежде? Знаешь, ходил я полгода назад на встречу одноклассников, и что же? Кто в школе был порядочным и симпатичным человеком, тот таким и остался, а кто был паршивцем — остался паршивцем. Наверное, другие, глядя на меня, тоже что-то такое подумали. Но меня это тогда поразило. Ведь как странно: работаешь над собой и думаешь, ты изменяешься, развиваешься. А другие глянут и тотчас увидят, что ты тот же самый, каким был всегда.

— Пессимисты вы, европейцы! Вы, уроженцы Старого Света, никак не уразумеете, что мир изменяется, а вместе с ним изменяются и люди, для вас нет ничего нового.

— Давай пройдемся по берегу. Дождь почти перестал.

Закутавшись в полотенца, они побрели вдоль берега, у самой воды. Босиком было холодновато идти по мокрому песку, они сразу взбодрились.

— Знаешь, я не пессимист. Я всегда надеюсь, что моя жизнь станет лучше.

— Я тоже.

Потом дождь снова припустил, и они вернулись в дом Сьюзен. Оба озябли. Пока Ричард принимал душ, Сьюзен спустилась в подвал и включила отопление; пока Сьюзен принимала душ, Ричард развел огонь в камине. Он надел халат, принадлежавший отцу Сьюзен, — красный, теплый, из мягкой шерсти, на шелковой подкладке. Мокрую одежду они повесили сушиться, потом возились с самоваром: сняв его с каминной полки, разбирались, что и как надо сделать, чтобы приготовить чай. Потом устроились на диване, она — сидя по-турецки, в одном углу, он — в другом, поджав ноги под себя. Они молча пили чай и смотрели друг на друга.

— Скоро я уже смогу надеть свое.

— Оставайся. Ну что ты будешь делать в такой дождь? Сидеть сиднем в пансионе, один?

— Я...

Надо было сказать, что он не хочет навязываться, быть в тягость, нарушать ее планы. Но ведь это пустые отговорки. Он видел: ей с ним хорошо. Он видел это по ее глазам, слышал в звуке ее голоса. Он все улыбался — поначалу из вежливости, потом смущенно. Что, если вся эта ситуация пробуждает у Сьюзен ожидания, которых он не сможет оправдать? Но она вдруг, вытащив из стопки возле дивана какую-то книжку, принялась читать. Она так спокойно сидела в своем углу и читала — всем довольная, с таким непринужденным и самодостаточным видом, — что и он, поглядев на нее, почувствовал, как постепенно успокаивается. Поискав, он выбрал себе книгу, показавшуюся занятной, однако не стал читать — сидел и смотрел на поглощенную чтением Сьюзен. Смотрел и смотрел, наконец она подняла голову и, встретив его взгляд, улыбнулась. Он ответил улыбкой, почувствовав, что окончательно успокоился, и принялся за свою книгу.

6

В пансион он вернулся около десяти, Линда и Джон смотрели телевизор. Он сказал им, что завтрак для него готовить не нужно, он позавтракает у молодой женщины, которая живет в домике по этой же улице, всего в миле отсюда, — они вчера вечером познакомились в ресторане.

— А разве она не в большом доме живет?

— Она уже давно там не живет, если приезжает одна.

— Ну здравствуйте! В прошлом-то году...

— В прошлом году она приехала одна, но у нее все время кто-нибудь гостил.

Ричард, слушая своих хозяев, понимал чем дальше — тем меньше.

— Вы говорите о Сьюзен... — И тут он сообразил, что не знает ее фамилии. Они назвали друг другу только свои имена.

— Сьюзен Хартмен.

— Разве тот большой дом с колоннами принадлежит ей?

— Большой дом купил ее дед еще в двадцатых годах. А после смерти обоих родителей управляющий довел дом до жуткого состояния, деньги от аренды прикарманивал, в содержание дома не вкладывал ни гроша. Но несколько лет назад Сьюзен его уволила и привела в порядок оба дома и сад.

— Да ведь это же безумных денег стоило, наверное?

— Ничего, она может это позволить себе. А мы тут все очень довольны, что она так распорядилась своим имением, потому что уже повылезли отовсюду кое-какие предприимчивые господа, хотели дом и весь участок прибрать к рукам да разделить или построить там отель. Совсем другая жизнь у нас бы тут началась.

Ричард пожелал Джону и Линде спокойной ночи и ушел в свою комнату. Да, знай он о таком богатстве, не заговорил бы тогда со Сьюзен. Богатых он не любил. Богатство, доставшееся в наследство, вызывало у него презрение, богатство приобретенное он считал награбленным. Его родители никогда не могли заработать столько, чтобы обеспечить детей всем, что они хотели бы им дать. Того, что сам он получал в Нью-Йоркском филармоническом, в обрез хватало на жизнь в дорогущем мегаполисе. Богатых друзей у него не было и никогда не бывало.

Он злился, как будто Сьюзен его одурачила, хитростью втянула в не пойми какую историю и он теперь увяз! Увяз, в самом деле? Ничего подобного. Не обязательно же завтра утром идти к ней. Или ладно, можно пойти, но сказать, что больше они встречаться не будут: они слишком разные люди, жизнь у каждого своя, мир у каждого свой и ничего у них нет общего. Да, но... ведь сегодня, лишь несколько часов назад, они вместе сидели у камина, читали друг другу понравившиеся в книжке места и вместе приготовили обед, вместе поели, а после обеда вместе посмотрели фильм... им было очень хорошо... Так слишком ли они разные?

Зубы он на ночь чистил с такой яростью, что оцарапал изнутри щеку. Опустившись на кровать, прижав к щеке ладошку, он принялся себя жалеть. А ведь и в самом деле увяз он. Влюбился в Сьюзен. Лишь чуть-чуть влюбился, поправил он себя. Ну что он о ней знает, по правде-то? Если разобраться, чем она, собственно говоря, ему так понравилась? Наконец, если они живут настолько по-разному, в таких разных мирах, — что из всего этого выйдет? Да, раза три она, пожалуй, из любопытства пообедает в итальянском ресторанчике, который ему по средствам, скажет, может быть, что там очень мило. А дальше-то как быть? Позволить ей платить за них обоих? Или что прикажете делать — расплачиваться кредитными карточками? Он же залезет в долги, да-да, и очень скоро!

Спал он плохо. То и дело просыпался, часам к шести, поняв, что уже не заснет, он оделся и вышел на улицу. Все небо заволокли тяжелые темные тучи, но на востоке самый краешек небосвода тускло алел. Восход! О, если не хочешь прозевать восход над морем, нельзя терять времени, надо бежать, шут с ними, с уличными туфлями, некогда возвращаться и надевать кроссовки. Каблуки звонко цокали по асфальту, он спугнул стаю ворон, чуть позже — парочку зайцев. Заря в восточной стороне неба разгоралась все ярче, все выше; когда-то Ричард видел нечто подобное, но на закате, а вот встречать восход ему еще никогда в жизни не доводилось. Поравнявшись с домиком Сьюзен, он постарался потише стучать каблуками.

Наконец-то берег. Солнце в сиянии золота поднималось из полыхающего моря в охваченное пламенем небо. Это длилось лишь несколько мгновений — темные тучи погасили пожар. Ричарду показалось, что разом нахлынул не только сумрак, — стало как будто холодней.

Совсем ни к чему было так стараться не шуметь, проходя мимо дома Сьюзен, — она, как и он, была уже на ногах. Она сидела под склоном дюны. Увидев его, она поднялась, пошла к нему. Она шла медленно — песок там глубокий, идти трудно. Ричард сделал несколько шагов ей навстречу, но только потому, что не хотел показаться невежей. Он бы с удовольствием стоял себе и смотрел, как она идет — спокойной, решительной походкой, держась уверенно, — она шла, то чуть наклоняя, то вскидывая голову; поднимая голову, она всякий раз смотрела прямо на него, не отводя глаз. Казалось, они, идя навстречу друг другу, вели очень важный, но молчаливый разговор, только вот не знал он — о чем. Он не мог понять, о чем спрашивают ее глаза и какой ответ находят на его лице. Он улыбнулся, но она не ответила улыбкой, она смотрела почти строго.

Когда они сошлись лицом к лицу, она взяла его за руку:

— Идем!

За руку она привела его в дом, в доме — за руку наверх, в спальню. Сняв одежду, она легла на кровать и смотрела, как он раздевался.

— Я так долго тебя ждала.

7

Вот так она и любила его. Словно долго искала и наконец нашла. Словно она и он во всем правы и не может быть, чтобы что-то было не так.

Она взяла его за руку, повела — он покорно пошел за ней. Он не спрашивал себя: а как, я ей нравлюсь? Не спрашивал и ее: ну как тебе со мной? Отдыхая потом рядом с нею, он был уверен: он ее любит. Эта хрупкая женщина с маленькими глазами и тяжелым подбородком, с чересчур тонкой кожей и скорее мальчишеской фигуркой — кстати, мальчишеского в ней было больше, чем у женщин, с которыми он раньше был близок, — эта женщина обладала уверенностью, какой он никак не ожидал найти в ней, неизбалованной родительской любовью девочке, перешедшей от них к сухой и черствой тетке. Женщина, у которой было, по-видимому, денег больше, чем нужно нормальному человеку. Женщина, которая угадала в нем что-то такое, о чем он сам даже не подозревал, а значит, одарила его неведомым богатством.

А он впервые любил так, словно на свете не было и нет никаких представлений о том, какой должна быть любовь. Словно они люди девятнадцатого века и ни телевидение, ни кино со своими картинками не поучает их, как полагается целоваться и как вздыхать, не показывает им правильного выражения страсти на лицах и в содроганиях тел. Они были мужчина и женщина, которые сами, без чужих подсказок учились целоваться и ласкать друг друга. Сьюзен не закрывала глаз, кажется, ни на минуту. Когда бы он ни посмотрел на нее, он встречал ее взгляд. И этот взгляд, самозабвенный и доверчивый, наполнял его сердце любовью.

Она оперлась на локоть и засмеялась:

— Как хорошо, что я улыбнулась тебе тогда, в ресторане. Ты ведь не знал, как быть. А я сперва думала, что ты сразу ко мне подойдешь уверенно и быстро.

Он радостно улыбнулся в ответ. Им не пришло в голову увидеть тревожный знак в том, что при первой встрече не все у них пошло гладко. Они оба решили: ну не получилось что-то — чепуха, посмеяться над этим, да и забыть.

Они оставались в постели до самого вечера. А вечером вывели из гаража машину Сьюзен — видавший виды, однако содержавшийся в полном порядке «БМВ» и на ночь глядя, под проливным дождем поехали за продуктами. В супермаркете все было залито ярким, слепящим светом, пахло химическими моющими средствами, дребезжала и тренькала техническая музыка, редкие в этот поздний час покупатели устало катили нагруженные тележки по проходам между прилавками и полками с товарами.

— Лучше бы мы в постели остались! — шепнула Сьюзен, и он обрадовался: значит, ей тоже не по себе от яркого света, химического запашка и назойливого музыкального фона.

Она вздохнула, засмеялась и принялась за дело — тележка вскоре наполнилась. Он тоже кое-что положил — яблоки, блинчики, вино. Расплатившись в кассе кредиткой, он подумал, что в следующем месяце впервые в жизни не сможет рассчитаться по кредиту. На сердце заскребли кошки, однако его больше встревожило то, что в столь знаменательный день он, оказывается, способен волноваться из-за каких-то ничтожных пустяков, — подумаешь, превышение кредита. А посему он купил в винном неподалеку еще три бутылки шампанского.

Сев за руль, она предложила:

— Давай отвезем ко мне твои вещи?

— Джон и Линда, наверное, уже легли спать. Не стоит их беспокоить.

Сьюзен кивнула. Машину она вела быстро и уверенно; глядя на то, как она вписывалась в повороты — а на дороге их хватало, — он заключил, что и машину, и эту дорогу она знает как свои пять пальцев.

— Ты из Лос-Анджелеса на этой машине приехала?

— Нет. Машина здесь обитает, в гараже. Кларк присматривает за домом и садом, ну и машиной тоже занимается.

— А в большом доме ты живешь, только когда к тебе приезжают гости?

— Хочешь, завтра переберемся в большой дом?

— Не знаю... Этот дом...

— Этот дом слишком огромный для меня одной. Но вместе с тобой — милое дело. Отлично! В библиотеке будем читать, в бильярдной — играть, в музыкальном салоне ты будешь упражняться на флейте, в малой гостиной я попрошу подавать нам завтрак, в большой гостиной — ужин. — Она все больше оживлялась, ее голос звучал все более решительно. — Спать будем в большой опочивальне, где когда-то спали дед с бабкой, потом родители. Или будем спать в моей комнате, в кровати, в которой я девчонкой мечтала о своем принце.

В тусклом свете от приборной панели он видел ее улыбающееся лицо. Сьюзен погрузилась в воспоминания. Впервые за все время после их встречи мысли увлекли ее куда-то совсем, совсем далеко от него. Ричард хотел спросить, о ком же из актеров или певцов она мечтала в те далекие годы, ему хотелось все знать о мужчинах в ее жизни и, главное, услышать, что все это были, так сказать, предтечи, а вот он... он — мессия. Но в ту же минуту собственная обеспокоенность насчет других мужчин показалась ему столь же мелкой, как недавнее волнение из-за превышенного кредита. Ах, как он устал! Он положил голову на плечо Сьюзен, а она свободной рукой погладила его по щеке, крепче прижала его голову к своему плечу — и он задремал.

8

О мужчинах в жизни Сьюзен он вскоре все узнал от нее самой. Узнал и то, что она хочет иметь детей, непременно двоих, а лучше бы — четверых. С мужем у нее сначала детей не получилось, а потом она разлюбила мужа и вскоре с ним развелась. Он узнал и о том, что в колледже она изучала историю искусств, но после его окончания поступила в бизнес-школу, затем некоторое время занималась реорганизацией фирмы, производившей игрушечные железные дороги. Фирма досталась ей в наследство от отца, позднее она продала ее вместе с другими фирмами, раньше тоже принадлежавшими отцу. Он узнал, что у нее квартира на Манхэттене и там сейчас идет ремонт, так как она решила переселиться из Лос-Анджелеса в Нью-Йорк. И еще узнал, что ей сорок один, то есть она на два года его старше.

Рассказывая о прошлом, Сьюзен неизменно сворачивала на планы их будущей совместной жизни. Она описала свою нью-йоркскую квартиру: апартаменты на двух уровнях — с седьмого этажа на восьмой ведет широкая лестница, везде большие коридоры, высокие потолки, в кухне есть подъемник. Из окон — вид на парк. В этой квартире она жила до смерти родителей, тетка увезла ее в Санта-Барбару.

— Я съезжала по перилам, каталась на роликах в холлах и коридорах и в кухонный лифт залезала, пока могла там поместиться, значит, лет до шести, а лежа в кровати, я видела, как за окном колышутся верхушки деревьев. Ты должен посмотреть эту квартиру!

Однако показать ее она пока не могла: с Кейпа ей надо было лететь в Лос-Анджелес, чтобы подготовить там перевод фонда и свой собственный переезд в Нью-Йорк.

— Ты встретишься с моим дизайнером? В квартире можно еще все переделать как захочется.

Ее дед во время экономического кризиса очень выгодно приобрел не только громадную квартиру, но и весь дом на Пятой авеню. И тогда же он купил дом и сад на Кейпе и еще одну усадьбу в Адирондакских горах.

— Там тоже все надо привести в порядок. А ты любишь строительство? Архитектуру? Ремонты, обустройство дома? Я уже получила эскизы и чертежи, привезла сюда с собой, мы должны вместе их посмотреть.

А еще она рассказала об одной знакомой паре: эти люди много лет тщетно ждали детей и в конце концов, потеряв надежду, отправились во время отпуска в fertility farm — загородный репродуктивный центр. Она описала, какие там проводят процедуры, какую назначают диету, — муж и жена там ели, спали, занимались физкультурой строго по часам, в определенное время, и любовью занимались тоже в определенные дни и часы. Она рассказывала об этом с юмором, но в то же время немножко испуганно.

— У вас, европейцев, ничего подобного нет — знаю, я читала. Для вас в жизни все решает судьба, которую нельзя изменить.

— Это так, — сказал он. — И если судьбой нам назначено быть убийцами наших отцов и насильниками матерей, то, действительно, с этим, видно, ничего не поделаешь.

Она засмеялась:

— Ага! Значит, у вас не должно быть возражений против репродуктивных центров. Если вы не можете исправить свою судьбу, то репродуктивные центры, конечно, не сделают вашу судьбу хуже, чем она есть. — Тут Сьюзен, как бы извиняясь, пожала плечами. — С Робертом мне не удалось завести ребенка. Наверное, мое здоровье тут ни при чем и дело было как раз в Роберте, а впрочем, мы не обследовались. Но все-таки с того времени так и остался у меня этот страх.

Он кивнул. Он тоже почувствовал страх. Как минимум двое детей, а лучше бы четверо — тут было чего испугаться. Внушало страх и другое: что в репродуктивном центре ему придется, соблюдая диету и прочее, любить Сьюзен в определенные дни, по расписанию. Внушало страх громкое тиканье биологических часов, которое не прекратится, пока не появится на свет четвертый ребенок или же не выяснится, что больше детей быть не может. Внушало страх то, что страсть Сьюзен, самозабвенность ее любви предназначалась вовсе не ему.

— Ничего не надо бояться. Я просто говорю о том, что для меня самое важное. Не думай, что это мое последнее слово. Ты-то все, что говоришь, тщательно контролируешь.

— Это опять же чисто европейская черта.

Он не хотел откровенничать о своих страхах. Она права, конечно: он тщательно взвешивал каждое свое слово, она же прямо говорила о том, что думала и чувствовала. Нет, она вовсе не строила планы их совместного пребывания в репродуктивном центре. Но она стремилась планировать их совместное будущее. А он? Он, конечно, тоже хотел этого, и с каждым днем сильнее, но он-то не мог дать ей столько, сколько она готова дать ему, — нет у него ни квартиры, ни особняков, ни денег. Вот, скажем, случился бы у него роман с оркестранткой из первой группы вторых скрипок: они бы вместе нашли квартиру, а потом вместе решили бы, что из мебели перевезти от него, а что — от нее и что прикупить в «Икее» или на дешевой распродаже. Разумеется, Сьюзен не станет возражать, если одну-две комнаты он захочет обставить своими старыми вещами. Но ясно как день, что это нарушило бы общую гармонию.

Можно принести туда флейту и ноты, можно играть, стоя за пюпитром, который наверняка найдется среди вещей Сьюзен. Можно расставить свои книги на ее стеллажах и сложить бумаги в секретер ее отца и можно будет писать письма, сидя за столом в бывшем кабинете ее отца. Свою одежду он бы здесь, в примерском местечке, повесил в ее гардеробный шкаф без всяких там колебаний, но в городе... в городе он бы плоховато выглядел в своем старье рядом со Сьюзен. Впрочем, она, конечно, с удовольствием купит ему новую одежду, сообразуясь с модой.

Он много занимался, в основном «вхолостую», как он называл эти упражнения, — сгибал и разгибал мизинец, двигал им туда-сюда. Но все чаще брался и за инструмент. Флейта словно сделалась частью его самого — раньше он ничего подобного за собой не замечал. Флейта была его собственная, очень ценная, на ней он создавал музыку, на ней зарабатывал, он мог повсюду носить ее с собой, с ней он повсюду был как у себя дома. А Сьюзен он своей игрой давал то, чего никто другой не мог ей дать. Когда он импровизировал, рождались мелодии, гармонировавшие с их настроением.

9

В большом доме ее любимой комнатой была угловая, с окнами от пола до потолка. В хорошую погоду рамы раздвигались в стороны, в плохую — окна закрывались ставнями. Даже когда лил дождь и нельзя было гулять по берегу, в угловой они чувствовали близость моря, его волн, и чаек, и проплывавших вдали кораблей. На берегу холодный дождь, случалось, сильно, резко хлестал по лицу, до боли.

В угловой стояла плетеная мебель — лежанки, кресла, столики; жесткие сиденья были покрыты мягкой обивкой и подушками.

— Жаль... — сказал он, когда она водила его по комнатам, показывая дом, и они пришли в угловую, — жаль, что на этих лежанках нам вдвоем не поместиться.

Через два дня — они завтракали в малой гостиной — к дому подъехал грузовичок, и два парня в синих комбинезонах втащили в дом широкую двуспальную лежанку. В точности как прочая мебель из плетеного гарнитура, даже цветочки на обивке такие же.

По милости погоды все дни были как один. День за днем лил дождь, изредка разражалась гроза, иногда дождь вдруг переставал на несколько часов или минут на десять, иногда пелена на небе внезапно разрывалась — и тогда ярко блестели крыши. Если погода позволяла, Сьюзен и Ричард гуляли вдоль берега; если кончались продукты, они ездили в супермаркет, а в остальное время не покидали большого дома. Перебравшись сюда из маленького домика при въезде, Сьюзен позвонила жене Кларка — ее звали Майта — и договорилась, чтобы та приходила каждый день и занималась уборкой, стиркой, готовкой. Майта держалась так неприметно, что Ричард впервые увидел ее лишь спустя несколько дней.

Однажды они пригласили на обед Линду и Джона. Готовили Сьюзен и Ричард сами, причем оба, как оказалось, готовить вовсе не умели, а заглянуть в кулинарную книгу поленились. Но все же сварганили стейки с картошкой и салат, главное же — оба прониклись приятным сознанием, что вместе способны одолевать критические жизненные ситуации. Не считая этого раза, гостей они не приглашали и сами ни к кому не ходили.

«Успеется, еще будет время для друзей».

Когда начинало смеркаться, они обнимались и любили друг друга. Им хватало сумеречного вечернего света, а когда становилось совсем темно, они зажигали свечу. Их любовь была такой спокойной, что Ричарда порой одолевали сомнения: быть может, он приятно удивил бы Сьюзен, если бы яростно сорвал одежду с нее и с себя? Бросился на нее? Или покорился ее бушующей страсти? Но все это было не в его характере, да и она, видимо, всем была довольна. «В конце концов, мы же не дикие кошки, — думал он, — мы кошки домашние».

Так все и шло до их крупной ссоры, первой и последней. Они собирались в супермаркет, и Сьюзен оставила Ричарда дожидаться в машине, так как в доме зазвонил телефон; разговор немыслимо затянулся. Ах так, значит, она бросила его, ничего не объяснив, заставила ждать, забыла о нем, да она в грош его не ставит! На него напала такая ярость, что он выскочил из машины, вбежал в дом и накинулся на Сьюзен, едва успевшую положить трубку:

— Вот, значит, как ты ко мне относишься?! Твои дела имеют значение, а мои — нет? Твое время драгоценно, а мое ничего не стоит?

В первую минуту она ничего не поняла:

— Я говорила с Лос-Анджелесом. Правление фонда...

— Почему ты ни слова не сказала? Почему ты меня вечно...

— Ладно, извини. Да, тебе пришлось минутку подождать. Я-то думала, европейцы относятся к женщине...

— Ах, европейцы? Надоело, слышать этого не могу! Битых полчаса сижу там, как... как...

Она тоже разозлилась:

— Полчаса? Несколько минут, а не полчаса! А надоело ждать, так пошел бы в дом, почитал бы газету! Тоже мне примадонна!

— Что? Я — примадонна?! Да кто из нас двоих...

Она сказала: невозможно понять, с чего он так развоображался. Он в ответ — что ничего тут нет непонятного и почему это он «развоображался», если он требует, чтобы она с ним считалась так же, как он с ней. Да, требует — у него ничего нет, в отличие от нее, но он требует, чтобы с ним считались. Она сказала, что не понимает, как ему могла прийти в голову эта дикая мысль: будто бы она с ним не считается. Дальше — больше, под конец они уже орали друг на друга во все горло, отчаянно, яростно.

— Ненавижу тебя!

Она шагнула к нему — он отпрянул, она шагнула снова — он еще попятился, и так далее, пока он не уперся в стену, и тут она стала колотить его кулаками по груди, колотила и колотила, наконец он обхватил ее и прижал к себе. Она дергала пуговицы на его рубашке, потом рванула что было силы, он стал стягивать с нее джинсы, она — с него, но это было слишком сложно, слишком долго, — в общем, каждый сам расправился с одеждой, и они повалились прямо на пол, обнявшись нетерпеливо, жадно, страстно.

Потом он лежал на спине, а она — обняв его за шею, положив голову ему на грудь.

— Все-таки моя взяла. — Он радостно засмеялся.

Она же чуть пошевелилась — покачала головой, пожала плечами и крепче прижалась к нему. Он почувствовал: в отличие от него, она не перенесла пыл поединка в любовную страсть. Она рвала на нем рубашку не потому, что тянулась к его телу, нет, она искала его сердце. Она стремилась вернуть покой, утраченный ими в этой схватке.

Они поехали в супермаркет, и Сьюзен нагрузила на тележку целую гору продуктов, как будто впереди у них по меньшей мере неделя. Когда уже возвращались, солнце прорвалось сквозь тучи, и они свернули на первую же дорогу, что вела к морю, вернее, к заливу. Море было спокойно, воздух чист, они смогли разглядеть оконечность мыса и противоположный берег залива.

— Люблю, когда перед грозой видимость вот такая ясная и резко выступают все контуры.

— Перед грозой?

— Да. Не знаю, в чем тут фокус. Может, влажность воздуха, может, электричество влияет, но воздух всегда такой вот ясный перед грозой. Обманчивая ясность: обещает хорошую погоду, а приносит грозу.

— Ты, пожалуйста, прости, что я на тебя окрысился. Да нет, в сто раз хуже — я же разорался на тебя. Мне очень жаль. Правда.

Он ждал, что́ она ответит. А потом увидел: она плачет. От испуга он даже вздрогнул. Подняв заплаканное лицо, Сьюзен сказала:

— Никто никогда не говорил мне таких чудесных слов. Никто не просил у меня прощения за какие-то слова. — Она обвила его руками. — И ты меня прости. Я тоже разоралась, я ругала тебя и била. Никогда больше не будем так делать, слышишь? Никогда...

10

И вот настал последний день. Ее самолет улетал в половине пятого, его — в половине шестого, так что завтракали они без спешки и впервые — на террасе. Было солнечно, пригревало, — казалось, дожди и холода миновали, как короткая болезнь, после которой лето уже поправилось. Позавтракав, они вышли пройтись по берегу.

— Всего две недели ждать.

— Да...

— Ты помнишь, что завтра у тебя встреча с дизайнером?

— Помню.

— А о матрасе помнишь?

— Все помню. Купить матрас, складную мебель, пластиковую посуду. Если найдется часок — сходить на мебельный склад, посмотреть, может, приглянется что-нибудь из мебели твоих родителей. А обстановкой займемся вместе. Все там устроим, каждой вещи найдем подходящее место... Я люблю тебя.

— Смотри, здесь мы встретились в самый первый день.

— Да, когда шли к морю. А на обратном пути — вон там.

Они говорили о том, как дважды встретились на берегу и как им невероятно повезло, что это случилось, — ведь и он, и она в тот день запросто могли бы пойти куда-нибудь в другое место; говорили о том, что в первый вечер они не познакомились бы в том рыбном ресторане, если бы Сьюзен не улыбнулась — нет-нет, если бы он не посмотрел на нее, — и о том, как она его заметила, — нет-нет, это он ее заметил.

— Пойдем уложим вещи, а после давай отодвинем рамы в угловой? У нас еще есть время.

— Не набирай с собой много. Оставь тут все летнее и пляжное, пусть вещи дождутся, когда ты приедешь сюда через год.

Он кивнул. Хотя Линда и Джон вернули ему часть суммы, которую он заплатил вперед за пансион, кредит на карточке был превышен безбожно. Но теперь его не пугало то, что вместо вещей, которые он здесь оставит, в Нью-Йорке придется купить новые, а значит, он наделает новых долгов. Что ж, такова жизнь, если твоя любовь тебе не ровня. Ничего, какой-нибудь выход найдется.

В холле, возле двери, стояли уложенные дорожные сумки, из-за этого дом ему показался чужим. Они поднялись по лестнице, как столько раз поднимались в эти дни. Но сейчас оба почему-то ступали бесшумно и переговаривались почти шепотом.

Они отодвинули оконные рамы — сразу стали слышны шум моря и крики чаек. Все еще было солнечно, но Ричард принес из спальни одеяло и бросил его на широкую лежанку:

— Иди сюда.

Они легли и накрылись одеялом.

— Как же я буду спать без тебя?

— А я без тебя?

— Ты правда не можешь полететь со мной в Лос-Анджелес?

— У меня репетиция. А ты не можешь полететь со мной в Нью-Йорк?

Она засмеялась:

— Не купить ли мне твой оркестр? Тогда ты сам будешь назначать дни репетиций.

— Но сейчас-то ты не купишь оркестр.

— Хочешь, пойду позвоню им?

— Нет уж, не уходи.

Страшно было расстаться, но в то же время, оттого что час прощания приближался, все сделалось каким-то странно легким. Их жизнь уже перестала быть общей, совместной жизнью, но ни он, ни она еще не вернулись в свою собственную, отдельную жизнь. Они находились как бы на нейтральной полосе. И любовь их в этот час была такой же — поначалу робкой, потому что они понемногу уже становились чужими друг для друга, потом беспечной. И, как всегда, она смотрела ему в глаза самозабвенно и доверчиво.

В аэропорт они приехали на машине Сьюзен. Вечером Кларк отгонит машину домой и поставит в гараж.

Они еще раз уточнили, где и когда каждый из них будет находиться, где можно будет связаться по телефону, — как будто не было у них мобильников и они не могли созвониться в любой момент! Они говорили о том, чем каждый будет заниматься в те две недели, которые оставались до их новой встречи. И еще говорили, правда не всерьез, о том, что́ в будущем предпримут вместе. Чем ближе они подъезжали к аэропорту, тем сильнее Ричард чувствовал, что на прощание должен сказать Сьюзен какие-то слова, которые остались бы с ней надолго. Но ничего подходящего не приходило в голову. И он лишь снова и снова повторял: «Люблю тебя, люблю тебя».

11

В самолете ему захотелось еще разок, из окна, увидеть тот дом и берег. Но они остались на севере, а лайнер взял курс на юго-запад. Он смотрел на море и острова, потом увидел Лонг-Айленд и наконец Манхэттен. Самолет описал большой круг над Гудзоном, и тут Ричард разглядел внизу церковь, от которой до его улицы рукой подать.

Не сразу он привык к этому кварталу в те давние времена... Всюду шум, вдобавок, возвращаясь поздним вечером домой, он чувствовал себя очень неуютно из-за подростков — крутые, накачанные, они вечно торчали на крылечках, сидели или стояли, привалившись к перилам, пили, курили под грохот и вой своей музыки. Иной раз кто-нибудь из них небрежно ронял два-три слова, а он не понимал, что им надо и почему они нахально глазеют, когда он проходит мимо, а потом долго смеются ему вслед. Однажды они встали, загородив ему дорогу, и потребовали футляр с флейтой, он испугался — ну все, заберут, но им вздумалось просто посмотреть, что там такое, потом пожелали послушать. Они отключили свою музыку — все звуки стихли, и от внезапно наступившей тишины парни даже чуточку смутились. Он тоже смутился, да и от страха он все еще подрагивал, — в первых тактах флейта зазвучала робко.

Но затем он заиграл смелее и свободнее, а подростки, подхватив мелодию, принялись подпевать и хлопать в такт. Закончилось все тем, что он с ними выпил пива. С тех пор они здоровались с ним: «Hey, pipe! Hola, flauta!»[1] Он здоровался в ответ, а через некоторое время уже знал парней по именам.

В квартире тоже не было спасения от шума. Он слышал, когда соседи скандалили, дрались или занимались любовью, он знал, какие им нравятся радиопередачи и телеканалы. Однажды ночью в доме грохнул выстрел, после этого он несколько дней с опаской вглядывался в каждого, кого встречал на лестнице или в подъезде. Случалось, соседи приглашали его на домашнюю вечеринку, и, сидя в гостях, он старался определить, к кому из соседей отнести тот или иной шум или звук: женщина с тонкими губами — визгливые возгласы, мужчина с татуировками — удары, их дочь, крепкая толстушка, и ее приятель — нескромные вздохи. Он, со своей стороны, раз в году приглашал соседей к себе, и враги, полные взаимной ненависти, в угоду ему вели себя мирно. И никогда не бывало у него каких-то недоразумений с соседями из-за игры на флейте — он играл рано утром и поздно вечером, он даже за полночь мог бы играть — никто бы слова не сказал. Сам он, ложась спать, всегда затыкал уши специальными затычками.

Прошли годы, квартал изменился. Молодые пары отремонтировали обветшалые дома, в заброшенных помещениях бывших магазинов открыли ресторанчики. Ричард нередко встречал новых соседей — теперь в доме жили врачи, юристы, банкиры; своих гостей он мог пригласить на неплохой ужин в одном из ресторанчиков. Дом сохранил свой старинный облик — многочис-

---

[1] «Привет, флейта!» *(англ., исп.) — Здесь и далее примеч. пер.*

ленные наследники прежнего домовладельца давным-давно перессорились, да так, что не могли договориться о продаже дома целиком или о его перестройке. Ричарда это устраивало. Даже здешний шум ему полюбился. Эти звуки словно напоминали, что живет он в большом мире, а не только в анклаве богачей.

Он вдруг сообразил, что, рассказывая Сьюзен о своих планах на первое время в Нью-Йорке, даже не упомянул о втором гобое! С гобоистом они раз в неделю ужинали в итальянском ресторане, что на углу, толковали о житье-бытье европейцев в Америке, делились друг с другом надеждами и разочарованиями, обсуждали дела в музыкальном мире, сплетни об оркестрантах, говорили и о женщинах; гобоист был родом из Вены, американок он находил привередливыми... Совсем недавно так же думал и сам Ричард.

Он забыл рассказать Сьюзен и о старике-соседе, который жил под самой крышей, — по вечерам тот иногда заглядывал к Ричарду поиграть в шахматы, причем изобретал настолько оригинальные и хитрые комбинации, что Ричард, ничуть не обижаясь, раз за разом проигрывал. Он не рассказал и о Марии — одной из девчонок с его улицы! Эта Мария неизвестно где и как раздобыла флейту, он учил ее правильному дыханию, поставил ей руку и обучил нотной грамоте, в конце уроков Мария обнимала его, прижимала к себе и целовала, ну да, в губы. Ох, да ведь он не рассказал Сьюзен и о своих занятиях испанским: уроки ему давал эмигрант из Сальвадора, живший на соседней улице, и не рассказал о фитнес-центре, ужасно замызганный центр, но тем не менее он там приятно проводил время... Репетиции оркестра и концерты он расписал Сьюзен во всех подробностях, так же подробно рассказал о флейтисте, с которым они иногда вместе занимались музыкой, и — о чем еще? — о детях своей тетки, которая после войны сошлась с американским солдатом, уехала из Германии и живет теперь в Нью-Джерси, а вот о том, что учит испанский, он только упомянул, не сказал, кто ему дает уроки, и что в фитнес-центр ходит, упомянул, но не рассказал, где этот центр находится. Он вовсе не собирался что-то скрывать. Просто так получилось.

12

Такси подвезло его к дому. Было тепло, мамаши с малышами сидели возле подъездов, ребята постарше играли в прятки на парковке среди машин, старики, вытащив на улицу складные стулья, сидели, попивая пиво из банок, несколько парней слонялись вокруг, изо всех сил стараясь держаться солидно, с небрежной повадкой взрослых мужчин, несколько девчонок, стоявших в сторонке, глядели на них, посмеиваясь.

— Hola flauta! — крикнул сосед. — Ну что, хорошо съездили?

Ричард посмотрел в один конец улицы, в другой и сел на крылечке, поставив сумку рядом. Да, это и есть его мир: улица, чистенькие дома и облезлые домишки, на углу итальянский ресторанчик, куда они ходят с гобоистом, на другом углу продуктовые лавки, газетный киоск, дальше на той улице — фитнес-центр, и над всеми крышами возвышается церковная башня. А рядом с церковью живет его учитель испанского. Он не просто привык к этому миру. Он любил этот мир. С тех пор как он приехал в Америку и поселился в Нью-Йорке, у него не было ни одного серьезного романа. Что его здесь удерживает — работа, друзья, люди, живущие в этом доме или на этой улице, привычные хождения в магазин, в фитнес-центр, в одни и те же кафе? Каждое утро он покупал газету в киоске, с его хозяином, Амиром, они любили перекинуться парой слов о погоде; потом шел в кафетерий, читал там газету; в кафетерии давно привыкли подавать ему на завтрак два яйца с зеленым луком и поджаренный зерновой хлеб; потом часа два он играл, потом прибирался в квартире или стирал, потом шел в фитнес-центр, разминался на тренажерах, потом учил Марию играть на флейте, и девушка на прощание обнимала его; обедал он в итальянском ресторане, ел спагетти болоньезе, вечером играл в шахматы и наконец ложился спать — чего же ему еще?..

Запрокинув голову, он поглядел на окна своей квартиры. Клематисы цветут чудесно, должно быть, Мария не забывала их поливать. Цветочными ящиками он тут первый обзавелся, и по его примеру многие соседи развели на окнах красивые цветы. А не забывала ли Мария выливать воду из ведра, которое он подставил под прохудившейся трубой? Надо вызвать слесаря — до отъезда-то не успел.

Он поднялся — домой же надо. Но снова опустился на ступеньку. Забрать почту, подняться по лестнице, отпереть дверь, проветрить все комнаты, разобрать сумку и разложить по местам вещи, просмотреть электронную почту, на какие-то письма ответить сразу же, потом принять горячий душ, одежду бросить в корзину для белья, достать из шкафа чистые вещи, одеться, прослушать автоответчик — оставил ли гобоист сообщение, что сегодня вечером он не прочь посидеть в итальянском ресторане, — и тогда позвонить гобоисту и договориться... Если он вернется к своей прежней жизни, она уже никуда его не отпустит.

Да и вообще, о чем это он размечтался? Что в новую жизнь — жизнь со Сьюзен — можно прихватить и свою старую жизнь? Что раз-другой в неделю он будет ездить через весь город в этот фитнес-центр и на уроки испанского? И ненароком встречать Марию и других девчонок и парней? А старик-сосед иногда, взяв такси, будет приезжать на Пятую авеню и в гостиной — одной из нескольких в квартире, расположенной на двух этажах, — будет сражаться с ним в шахматишки, сидя за столиком у стены, на которой красуется подлинный Герхард Рихтер? А гобоист сможет чувствовать себя как дома в шикарных ресторанах Ист-Сайда? Да, если разобраться: рассказывая Сьюзен о себе, он умолчал о многих сторонах своей жизни, которым в их совместной жизни не нашлось бы места. Все последние дни он гнал от себя мысль, что ради новой жизни необходимо отказаться от старой.

Ну и что из того? Он любит Сьюзен. На Кейпе только она и была в его жизни, и не хотел он никого другого и ничего другого. Значит, и здесь все будет так же, и здесь никто ему не нужен, кроме Сьюзен. Ведь на Кейпе им было так хорошо вместе не потому, что его старая жизнь осталась где-то вдалеке! Вот и здесь не встанет старая жизнь между ним и Сьюзен лишь потому, что эта старая жизнь, во всей своей реальности, будет не далеко, а в каких-то двух милях от того места, где заживет он новой жизнью!

Не встанет? Еще как встанет. Следовательно, нельзя подниматься в квартиру. Надо уйти отсюда, оставив старую жизнь в прошлом, и начать новую немедленно, сейчас же. Взять номер в отеле. Нет, лучше устроиться по-походному в квартире Сьюзен, среди ведер с краской и стремянок. Можно попросить кого-нибудь забрать его вещи из старой квартиры и доставить туда. Но, подумав о гостиничном номере и о квартире Сьюзен, он испугался и затосковал по старому дому, хотя еще шагу никуда не сделал.

Ах, ну почему они со Сьюзен не остались на Кейпе! Ах, была бы ее квартира уже отремонтирована, была бы сама Сьюзен здесь! Хоть бы ударила в его дом молния и сожгла его дотла!

Он загадал: если в течение десяти минут кто-нибудь войдет в дом, ну, тогда и он войдет. А если нет — подхватит свою сумку и поедет в отель. Десять минут. Пятнадцать минут. Никто не вошел в дом, а он все сидел на крыльце и ждал. И опять загадал: если в течение пятнадцати минут на улице появится свободное такси, он его останавливает и едет в отель, если нет — поднимается в квартиру. Свободное такси он увидел ровно через минуту, но даже не подумал махнуть шоферу, однако и в квартиру не стал подниматься.

Да, пора посмотреть правде в глаза: он не способен самостоятельно принять решение. Он уже был готов в этом признаться и Сьюзен. Не обойтись ему без ее помощи. Пусть она приедет и останется здесь, с ним. Пусть поможет ему забрать вещи из старой квартиры, и они вместе устроят все в новой. А потом уж пусть летела бы в свой Лос-Анджелес. Он набрал ее номер. Она находилась в Бостонском аэропорту, где только что объявили посадку.

— Уже иду к самолету на Лос-Анджелес!

— Я не могу без тебя.

— И я без тебя не могу! Любимый, я так по тебе скучаю.

— Я не о том. Я в прямом смысле не могу без тебя. Не могу ничего решить насчет моей старой жизни и нашей общей новой. Сделай так: прилетай сюда, а потом полетишь в Лос-Анджелес. Прошу тебя! — (В трубке что-то зашуршало.) — Сьюзен! Ты меня слышишь?

— Я уже подхожу к самолету. Так что, прилетишь ко мне в Лос-Анджелес?

— Нет-нет, Сьюзен! Ты, ты прилетай в Нью-Йорк, очень тебя прошу.

— Ну конечно я прилетела бы, мне очень хочется быть с тобой. — (Он услышал, как кто-то просит ее предъявить билет.) — Может быть, увидимся через неделю на выходных. Давай попозже созвонимся, а сейчас все, меня торопят, я тут последняя осталась. Я люблю тебя.

— Сьюзен!

Ее телефон отключился, а когда он опять вызвал ее номер, на экранчике выскочило сообщение о подключении электронной почты.

13

Стемнело. К нему подсел сосед:

— Паршиво?

Ричард кивнул.

— Из-за юбки?

Ричард засмеялся и снова кивнул.

— Понимаю... — Сосед ушел. Чуть позже он вернулся и поставил перед Ричардом бутылку пива. — Выпей! — Он потрепал Ричарда по плечу.

Ричард пил пиво. На улице шла обычная суета. Вот подростки возле дома, чуть дальше по улице, курят, что-то потягивают из банок под громыхание своей музыки. Вот дилер, укрывшись в темноватом углу под наружной лестницей, без лишних слов предлагает прохожим аккуратно свернутые пакетики и прячет в карман купюры. Обнимается парочка возле дверей. Старик, один он тут остался, другие уже сложили свои складные стулья и разошлись по домам, а этот сидит, иногда вытаскивая из сумки-холодильника новую банку пива. Все еще не похолодало, в воздухе не ощущалось той терпкой вечерней свежести, которая в конце лета уже предвещает осень, — нет, вечерний теплый воздух давал надежду на долгий, мягкий исход лета.

Ричард очень устал. И по-прежнему не давала ему покоя мысль, что нужно сделать выбор: или — или, старая жизнь или новая жизнь, надо только собраться с духом и принять решение, и тогда все произойдет легко и просто: либо он встанет и поднимется к себе наверх, либо уедет отсюда. Но мысль эта была вялой, такой же как он сам.

Почему непременно сегодня надо ехать на такси в какой-то отель на Ист-Сайде? Почему не завтра? Почему нельзя еще немного пожить своей старой жизнью, пока он не решится начать новую? Какая глупость — думать, что через неделю или две он не найдет в себе сил, чтобы бросить старую жизнь и начать новую! Да он и сейчас бы мог. Если бы была необходимость. Но ее ведь нет. Ничто не помешает ему, если он уедет сейчас, завтра вернуться. А вот если он уедет не сейчас, а позже, то сюда уже не вернется. Новая жизнь — жизнь со Сьюзен — его уже не отпустит.

Важно одно — принять решение. И он его принял. Он откажется от своей старой жизни и начнет со Сьюзен новую жизнь. Но... как только действительно будет готов ее начать. А пока он еще не готов. Он начнет новую жизнь, когда настанет время. Начнет, потому что он так решил, да, начнет. Только не сейчас.

Когда он встал и выпрямился, спина и ноги заныли. Потянувшись, он поглядел вокруг. Подростки уже разошлись по домам: сидят теперь кто перед телевизором, кто уткнувшись носом в монитор, а кто-то уже и в подушку. На улице ни души.

Ричард взял сумку, открыл дверь, забрал из ящика почту, поднялся на свой этаж и отпер дверь квартиры.

Он прошел по комнатам, везде открывая окна. В ведре под прохудившейся трубой вода едва покрывала донышко, на столе в комнате стоял букет хризантем. Мария. Гобоист — он прослушал записи автоответчика — предлагает увидеться сегодня вечером. От учителя испанского пришла открытка — привет из Мексики, где тот решил провести отпуск и заодно пройти курс йоги. Ричард включил компьютер, но тут же выключил — с электронной почтой успеется. Он разобрал сумку, разделся и одежду бросил в корзину для белья.

Стоя голышом посреди комнаты, он прислушался к звукам своего дома. За стеной тишина, наверху невнятно бормочет телевизор. Откуда-то снизу, из отдаленной квартиры, доносятся голоса — там ссорятся, потом хлопнула дверь. Где-то тихо гудели кондиционеры на окнах. Дом спал.

Ричард выключил свет и лег. Засыпая, он думал о Сьюзен, вспоминал, как она стояла на трапе самолета, смеялась и плакала.

Ночь
в Баден-Бадене

1

Он взял с собой Терезу, потому что она так этого ждала, потому что так обрадовалась, когда это случилось. Потому что с ней, такой радостной, приятно было поехать. Потому что не было серьезных причин не брать ее с собой.

Это была премьера его первой пьесы. Он должен был сидеть в ложе, а в конце выйти на сцену и вместе с актерами и режиссером получить заслуженные аплодисменты или быть освистанным. Он, правда, считал, что не заслуживает освистания за постановку, которую не он ставил. А вот покрасоваться на сцене перед аплодирующим залом очень даже хотелось.

Он заказал номер на двоих в парк-отеле «Бреннер», в котором ему еще ни разу не довелось побывать. Он с удовольствием предвкушал, как окажется в роскошном номере с роскошной ванной, как перед премьерой пройдется по парку и посидит на веранде за чашечкой «Эрл Грея» с клубным сэндвичем. Выехав в третьем часу, они, несмотря на пятничный час пик, без задержек проехали по автобану и в четыре уже прибыли в Баден-Баден. В ванне с золотыми кранами сначала помылась она, потом он. Затем они не спеша прогулялись по парку, а на веранде после чашечки «Эрл Грея» с сэндвичем еще и выпили по бокалу шампанского. В обществе друг друга им было хорошо и легко.

Притом она хотела от него больше того, что он готов был ей дать и что от него получала. Целый год она из-за этого отказывалась с ним встречаться, но потом, соскучившись по совместным вечерам с походами в кино или театр и ужином, примирилась с тем, что все это заканчивается легким поцелуем у подъезда. В кино она иногда пристраивалась к нему поближе, и он тогда одной рукой обнимал ее за плечи. Иногда на прогулке она брала его за руку и он держал ее ладонь в своей. Было ли это в ее глазах обещанием чего-то большего? Ему не хотелось над этим задумываться.

Они дошли до театра, их встретил режиссер, познакомил с актерами, затем их проводили в ложу. Поднялся занавес. Он смотрел и не узнавал свою пьесу. Ночь, когда ее герой — преследуемый полицией террорист — находит приют у родителей, сестры и брата, превратилась на сцене в гротескное зрелище, в котором все показывают себя с самой смешной стороны: террорист смешон своим фразерством, родители — трусоватой добропорядочностью, брат — деловой хваткой, сестра — морализированием. Однако все сработало, и, немного поколебавшись, он вышел на аплодисменты, присоединившись к режиссеру и актерам.

Тереза не читала пьесу и простодушно радовалась его успеху. Ему это было приятно. За ужином после премьеры она все время так тепло ему улыбалась, что он, обычно неловко чувствовавший себя на публичных мероприятиях, тут вдруг освободился от привычной скованности. Он понял, что режиссер не выворачивал его пьесу на гротескный лад, а искренне воспринял ее как гротеск. Может быть, надо принять как данность, что он, сам того не зная и не желая, написал гротеск?

Окрыленные, они пешком вернулись в отель. В комнате все было так, как полагается на ночь: занавески затянуты и постель приготовлена. Он заказал бутылку шампанского, они сели в пижамах на диван и с шумом открыли пробку. Говорить уже было не о чем, но это не мешало. На комоде стоял музыкальный центр и лежало несколько дисков, один — с французской музыкой для аккордеона. Она прильнула к его груди, он обнял ее за плечи. Потом диск кончился, кончилось и шампанское, они пошли спать и после легкого поцелуя легли в кровать спиной друг к другу.

На следующий день они не торопились сразу возвращаться по домам, а сперва сходили в баден-баденскую художественную галерею, по дороге заехали в винодельню, а в Гейдельберге осмотрели замок. В обществе друг друга им опять было просто и легко. Правда, когда в кармане его рука натыкалась на телефон, у него на сердце начинали скрестись кошки. Телефон лежал выключенный. Кто знает, что за это время на нем накопилось?

2

Ничего — убедился он, вернувшись домой. Его подруга Анна не оставила никаких сообщений. Он не мог проверить, не было ли среди входящих звонков ее вызовов; возможно, неопределяемый номер принадлежал ей, возможно, и нет.

Он позвонил ей. Извинился, что, к сожалению, не мог позвонить вечером из отеля. Было, дескать, уже поздно. Сегодня он спозаранку отправился в дорогу и не хотел беспокоить ее ни свет ни заря. Да к тому же и телефон забыл дома.

— Ты мне не звонила?

— За последние недели это был первый вечер, что мы не поговорили. Я скучала по тебе.

— Я тоже.

Это было правдой. В прошедшую ночь все было для него как-то не так. Близость общего ложа была словно бы лишней. В ней отсутствовало ощущение внутренней близости, вызванной любовью или похотью или хотя бы потребностью тепла или страхом одиночества. Вот с Анной общее ложе, да и вообще вся ночь вызвали бы правильное ощущение.

— Когда ты приедешь? — спросила она нежно и требовательно.

— Я думал, ты приедешь.

Разве она не обещала, что, закончив читать свой курс в Оксфорде, проведет недели две с ним — недели, которых он одновременно страшился и ждал с таким нетерпением?

— Да, но до тех пор еще ждать четыре недели.

— Я постараюсь приехать в конце следующей недели на выходные.

Она помолчала. Он как раз собрался спросить у нее, что, может быть, на той неделе его приезд будет некстати, как вдруг она сказала:

— У тебя какой-то не такой голос.

— Какой-то не такой?

— Не такой, как всегда. Что у тебя не так?

— Все так. Может быть, я слишком засиделся, отмечая премьеру, слишком поздно лег спать и слишком рано встал.

— Чем ты сегодня был занят весь день?

— Собирал кое-какие материалы в Гейдельберге. Там у меня будет происходить действие одной сцены.

Ничего другого ему с ходу не пришло в голову. Теперь, значит, надо не забыть, что в следующей пьесе одна сцена должна происходить в Гейдельберге.

Она опять помолчала, прежде чем сказать:

— Нехорошо это для нас. Ты — там, я — здесь. Почему бы тебе не писать здесь, пока я тут преподаю?

— Не могу, Анна. Ну не могу я. Здесь я могу встретиться с директором констанцского театра и с редактором театрального издательства, Штефену я обещал помочь в избирательной кампании. Ты думаешь, что я, в отличие от тебя, могу поступать, как мне вздумается? Но я же не могу тут все бросить. — Он даже рассердился на нее за ее слова.

— Избирательная кампания...

— Никто же тебя не заставлял...

Он хотел сказать, что никто не заставлял ее принимать приглашение прочесть курс лекций в Оксфорде. Однако ее узкой специальностью была феминистская теория права, а занимаясь этой областью, нельзя было рассчитывать на место штатного преподавателя — только на чтение специального курса лекций. Она могла бы расширить свою сферу деятельности. Но ничем другим она не хотела заниматься, а судя по тому, каким спросом пользовался ее специальный курс, он понимал, что в своей области она была превосходным специалистом. Нет, он не опустится до пошлых пререканий!

— Надо нам лучше продумывать свои планы. Надо прямо говорить друг другу, чего мы друг от друга хотим. Надо договариваться, на что мы согласны, а на что — нет.

— Ты можешь приехать уже в среду?

— Постараюсь.

— Люблю тебя!

— Я тоже тебя люблю.

3

Его мучили угрызения совести. Он наврал Анне, злился на нее, чуть не наговорил пошлостей и был только рад, когда этот разговор наконец кончился. Выйдя на балкон и почувствовав теплоту воздуха и воцарившийся в городе летний покой, он решил посидеть. Временами внизу проезжал автомобиль, иногда с улицы доносился звук шагов. Совесть мучила его и за то, что он так и не позвонил Терезе, чтобы справиться, как она себя чувствует после поездки и все ли в порядке у нее дома.

Потом он подосадовал на себя за угрызения совести. Перед Терезой он ни в чем не виноват. Если он о чем-то недоговаривал с Анной, то лишь потому, что она чересчур ревниво на все отзывалась. Его прежних подруг нисколько не волновало, когда они слышали, что в какой-нибудь поездке или зайдя куда-то в гости он очутился в одной постели с другой женщиной, — главное было, что, кроме постели, сюда ничего не примешивалось. Анна на их месте зашлась бы от возмущения. Ну подумаешь, другая женщина! Есть из-за чего волноваться! И потом, это ее убеждение, будто бы он сам распоряжается своей жизнью по своему усмотрению и в любой момент должен быть к ее услугам, в то время как она должна подчиняться законам своей карьеры! Ну как тут не сердиться? Она, точно так же как он, сама выбрала свою жизнь.

Он был рад, что телефонный разговор закончен, а между тем весь уже жил ожиданием следующего. Вот уже семь лет, как они познакомились и полюбили друг друга, а до сих пор не сумели наладить свою совместную жизнь. Анна жила в Амстердаме, там у нее была преподавательская работа — заработок не ахти какой, зато всегда можно сделать перерыв и поехать читать лекции в Америку, или Канаду, или Австралию, или Новую Зеландию. Он в таких случаях навещал ее там, иногда ненадолго, иногда задерживался подольше. В перерывах между ее поездками она наведывалась к нему на несколько дней или недель во Франкфурт, иногда он гостил у нее в Амстердаме. Во Франкфурте она казалась ему слишком заносчивой в своих запросах, а он ей — слишком нетребовательным. В Амстердаме все было не так напряженно, то ли благодаря ее широкой натуре, то ли благодаря его непритязательности. Добрую треть года они проводили вместе. В остальное время Анна вела бродячее существование, жила, что называется, на чемоданах, мотаясь по гостиницам, тогда как его жизнь протекала в спокойном русле и была наполнена мероприятиями, деловыми встречами, общественной работой в писательском союзе и в партии, в ней присутствовали друзья, ну и, конечно, Тереза.

Не то чтобы все это имело для него большое значение. Он был рад каждому несостоявшемуся мероприятию, каждой отмененной встрече, каждой партийной повестке, не успевшей вовремя попасть к нему в ящик для писем или в электронную почту. Однако вырваться из всей этой привычности и переехать к Анне в Амстердам, с тем чтобы колесить с ней по всему свету, — нет уж, это было никак невозможно.

Невозможно, хотя он физически, до боли, тосковал по Анне. Тосковал, когда был счастлив и хотел, чтобы она разделила с ним его радость, тосковал, когда печалился и мечтал, чтобы она его утешила, тосковал, когда не мог поделиться с ней своими мыслями и проектами, когда один лежал в постели. А между тем, оказавшись вместе, они почти никогда не говорили о его мыслях и проектах, и утешительница из нее была неважнецкая, и его радостям она не умела сочувствовать так душевно, как ему бы хотелось. Она была деловитая и решительная женщина, и он с первой же встречи разглядел эту деловитую решительность в ее красивом крестьянском лице, усыпанном веснушками, и с первого взгляда ему пришлась по душе рыжеволосая Анна. Нравилось ему и ее тяжеловатое, сильное, надежное тело. Видеть ее рядом, засыпая и просыпаясь, ощущать ночью рядом с собой в кровати было так же хорошо, как мечтать о ней, когда они были врозь.

Как ни тосковали они друг по другу, как ни хорошо им бывало вдвоем, но ссорились они жестоко, в пух и прах. Потому что он как-то сжился с раздельным существованием, а она — нет. Потому что он был недостаточно легок на подъем и не всегда оказывался к ее услугам по первому требованию, как ей хотелось, а по ее мнению, это было вполне в его силах. Потому что она рылась в его вещах. Потому что он врал в тех случаях, когда маленькая ложь могла предотвратить крупный конфликт. Потому что он ни в чем не мог ей угодить. Потому что ей часто казалось, что он относится к ней бездушно и без должного уважения. В припадке ярости она на него орала, а он замыкался в себе. Иногда в разгар ее криков на его лице вдруг проступала дурацкая ухмылка, и это еще больше распаляло ее злость.

Но раны, нанесенные ссорами, заживали скорее, чем боль разлуки. Спустя некоторое время от ссор оставалось смутное воспоминание: ну, было там что-то, какой-то горячий ключ, в котором по временам что-то булькало, шипело и пыхало паром, которым можно было даже смертельно ошпариться и обжечься, если ненароком туда свалишься. Но они могли остеречься и не падать в него. И возможно, когда-нибудь обнаружится, что горячий источник был всего лишь наваждением. Когда-нибудь? Может быть, уже при следующей встрече, к которой они стремились и с нетерпением ждали.

4

Вылетел он не в среду, а только в пятницу. В итальянском ресторане за углом, куда он пришел поужинать, к нему подсел мужчина, заказавший пиццу, чтобы забрать ее с собой. Между ними затеялась беседа, незнакомец представился как продюсер, и они разговорились о сюжетах, пьесах и фильмах. Уходя, новый знакомый пригласил его зайти к нему в четверг в контору на чашечку кофе. С продюсером ему впервые довелось познакомиться; он давно уже мечтал о фильмах, но ему не к кому было пойти со своими предложениями. Поэтому он поменял билет на пятницу.

В Англию он, вопреки своим надеждам, улетел без договора или заказа на сценарий. Но как-никак продюсер предложил ему составить экспозе на тему одного из сюжетов, которые они обсуждали. Можно ли было считать это успехом? Этого он не знал, так как до сих пор не был вхож в мир кино. Но улетел он довольный и довольный прибыл в Англию...

Не увидев Анны, он позвонил ей по телефону. Час езды из Оксфорда до Хитроу, час в аэропорту, час на обратный путь — нет, ей нужно было дописать статью, и она осталась за письменным столом. Не хочет же он, чтобы она весь вечер провела за работой! Нет, этого он не хотел. Но подумал, что она могла бы сесть за работу пораньше. Однако вслух он ничего не сказал.

Колледж предоставил ей маленькую двухуровневую квартирку. У него был ключ, он отпер дверь и вошел:

— Анна!

Поднявшись по лестнице, он застал ее за письменным столом. Не вставая, она обняла его за пояс, а головой прислонилась к его груди:

— Подожди меня еще полчасика. Пойдем потом погуляем? Я уже два дня не выходила из дому.

Он понял, что ей и часа не хватит, распаковал вещи, устроился в комнате и сделал заметки о беседе с продюсером. Когда они наконец вышли в парк и направились к Темзе, солнце уже стояло низко, небо сияло густой голубизной, деревья отбрасывали на стриженые газоны длинные тени, а птицы затихли, прекратив свои песни. Над парком опустилось таинственное безмолвие, словно он выпал из мирской круговерти.

Долгое время ни он, ни она ничего не говорили. Затем Анна спросила:

— С кем ты был в Баден-Бадене?

Что это она вдруг спрашивает? Та ночь в Баден-Бадене, телефонный разговор на следующий вечер, маленькая ложь, угрызения совести — все это, казалось ему, уже давно позади.

— С кем?

— Да с чего ты взяла, что я...

— Я звонила в парк-отель «Бреннер». Я обзвонила много отелей, но в Бреннере меня спросили, надо ли будить господ.

С какой стороны кровати стоял там телефон? Он панически испугался при одной мысли о том, что она могла попросить, чтобы ее соединили с его номером. Но она не стала переводить звонок на номер. Как они там ответили? Нужно ли будить господ?

— Ну и что, если «господ»! Они всегда так говорят, во множественном числе, независимо от того, об одном человеке или о нескольких идет речь. Это просто такой старинный оборот, в лучших отелях считается, что так звучит благороднее. Почему ты не попросила, чтобы тебя переключили на мой номер?

— С меня и этого хватило!

Он обнял ее:

— Ох уж эти наши языковые недоразумения! Разве не помнишь, как я тебе раз написал, что хотел бы с тобой schmusen[1], а ты поняла это как «I want to schmooze with you», то есть что я собираюсь трепаться о ерунде? Или помнишь, как ты сказала мне, что «in principle»[2] ходишь на семейные сборища, и я понял это так, что ты высказала окончательное согласие, а ты имела в виду, что еще подумаешь?

— Почему ты мне не сказал, что останавливался в парк-отеле «Бреннер»? Я спросила — у них все номера были заняты. Значит, ты забронировал номер заранее. Раньше ты мне говорил, где остановишься, если знал это заранее.

— Да я просто забыл. Номер я заказал за несколько недель до поездки, а в пятницу прямо сел в машину и уже в Баден-Бадене посмотрел бумаги, где был записан адрес, время заезда и броня. Поскольку время уже было позднее, я успел только оформиться в гостинице и переодеться, а позвонить тебе уже не успел. А после окончания представления и банкета я уже не хотел будить тебя среди ночи.

— Номер за четыреста евро! Что-то раньше за тобой такого не водилось.

— Гостиница «Бреннер» — это же что-то особенное, и пожить в ней сутки было моей давней мечтой. Я...

— А потом вот так взял и напрочь забыл, что забронировал номер в гостинице своей мечты? Зачем ты мне врешь?

— Не вру я тебе.

---

[1] Нежничать, говорить любезности *(нем.)*.
[2] В принципе *(англ.)*.

Он рассказал ей, в каком стрессе провел последние недели. Что забыл не только это, но и другие вещи, очень для него важные, которыми он хотел заняться.

Она смотрела все так же недоверчиво:

— «Бреннер» — твоя мечта, а ты приходишь туда так поздно и съезжаешь так рано, что, можно сказать, почти там и не побыл? Как-то непонятно получается.

— Действительно, непонятно. Но я-то в последние недели был вообще не в себе и плохо соображал.

Он продолжал распространяться про стресс, про то, что находился в цейтноте, про договоры и сроки, встречи и телефонные переговоры и договорился до того, что обрисовал свою жизнь в последние недели в несколько преувеличенном виде, но в целом эта картина более или менее соответствовала действительности, и Анна уже не вправе была выражать какие-то сомнения, не имея к тому ни малейшего повода. Чем дольше он говорил, тем больше у него прибавлялось уверенности. Разве это не возмутительно, что Анна без всяких оснований так несправедливо его в чем-то подозревает? Разве это не дикость какая-то, что из-за одной ночи с женщиной, с которой он даже не спал и к которой не испытывал даже чувства душевной близости, она его так третирует! Третирует среди теплого летнего вечера в затихшем парке, который дремлет как зачарованный, озаренный первыми звездами?

5

В конце концов ссора заглохла, как машина, в которой кончился бензин. Как машина, она начала работать с перебоями: то заглохнет, то фыркнет — и наконец остановилась. Они пошли есть, строили планы.

Обязательно ли проводить несколько недель, на которые сможет вырваться к нему Анна, во Франкфурте? Нельзя ли уехать на это время на Сицилию, в Прованс или в Бретань, снять там домик или квартиру и писать, составив рядом столы?

Вернувшись домой, они сняли матрас с отслужившей свое, продавленной кровати, положили его на пол и любили друг друга. Среди ночи он проснулся от ее плача. Он обнял ее.

— Анна, — говорил он, — Анна...

— Мне надо знать правду. Всегда. Я не могу жить во лжи. Мой отец обманывал маму, изменял ей, он без конца обещал мне и брату то одно, то другое и не выполнял обещания. Когда я спрашивала его почему, он злился и орал на меня. Все детство я не чувствовала под ногами твердой почвы. Ты должен говорить мне правду, чтобы я почувствовала твердую почву под ногами. Ты это понимаешь? Обещаешь, что сделаешь?

В первый момент он чуть было не сказал Анне правду про ночь в парк-отеле. Но что бы тогда началось! И сможет ли правда искупить тот час, ну два часа, когда он врал ей напропалую? И не сделает ли запоздалое признание ту ночь с Терезой более значительным событием, чем оно было на самом деле? Впредь — да. Впредь он будет говорить Анне правду. На будущее он мог и охотно готов был ей это пообещать:

— Все хорошо, Анна. Я тебя понимаю. Перестань плакать! Я обещаю тебе говорить правду.

6

Три недели спустя они уже ехали по Провансу. В Кюкюроне на площади они нашли дешевый старый отель, и хозяева с удовольствием сдали им на четыре недели расположенную наверху большую комнату с лоджией. Тут не предоставляли ни завтраков, ни ужинов, в гостинице не было Интернета, постельное белье меняли когда придется. Но зато им дали дополнительный стол и стул, так что они могли работать в своей комнате или на лоджии, устроившись, как они и хотели, за соседними столами.

Они рьяно принялись за дело. Но с каждым днем работа казалась все менее спешной и менее важной. Не оттого, что было особенно жарко: толстые стены и толстые потолки старинного здания поддерживали прохладу в комнате и на лоджии. К работе — у нее книга о гендерных различиях и эквивалентных правах, у него — пьеса о финансовом кризисе — просто не лежала душа. Душа лежала к отдыху в «Бар де л'Этань»[1] на берегу четырехугольного, с кирпичными стенками пруда, где можно было спокойно сидеть за чашечкой эспрессо, глядя на воду и на платаны. Или к тому, чтобы съездить в горы. Или познакомиться на винодельческой ферме с новыми сортами винограда. Или к тому, чтобы сходить с цветами на могилу Камю на кладбище Лурмарена. Или погулять по улицам Аи и зайти в библиотеку, чтобы проверить электронную почту. Без электронной почты прогулка была бы еще приятнее, но Анна ждала приглашения на новый курс лекций, а он — предложения заключить договор на пьесу.

— Это все свет, — сказал он. — При этом свете можно работать в поле, на винограднике и в оливковой роще, может быть, даже писать, но писать о любви, о рождении и смерти, а не о банках и биржах.

— Свет и запахи. Как интенсивно все пахнет! Лаванда, и пинии, и рыба, и сыр, и фрукты на рынке.

---

[1] «Бар у пруда» *(фр.)*.

Куда уж тем мыслям, которые я хочу вбить в головы моих читателей, тягаться с этими запахами!

— Да уж! — отозвался он со смехом. — Но, нанюхавшись этих запахов, никто уже не захочет изменять мир. Ты же хочешь, чтобы твои читатели изменили мир?

— А надо ли?

Они сидели на лоджии за своими лэптопами. Он взглянул на нее с удивлением. Разве она не хотела изменить мир, разве не для того она учила людей и писала книги, чтобы ее студенты и читатели тоже захотели его изменить? Разве она не поэтому отказывалась идти на какие бы то ни было компромиссы и приноравливаться к требованиям университетской карьеры? Она смотрела куда-то поверх крыш, в глазах у нее стояли слезы.

— Я хочу ребенка.

Он подошел к ней, присел на корточки рядом с ее стулом и с улыбкой заглянул ей в лицо:

— Это вполне осуществимо.

— Но как мне тогда быть? Как мне при моей жизни растить ребенка?

— Ты переедешь ко мне. На первые годы бросишь преподавать и будешь только писать. А дальше посмотрим.

— А потом университеты перестанут меня приглашать. Они приглашают меня, потому что я никогда не отказываюсь и всегда готова приехать. И пишу я хуже, чем преподаю. Над этой книжкой я работаю уже несколько лет.

— Университеты будут тебя приглашать, потому что ты замечательная преподавательница. А для того чтобы они тебя за первые несколько лет не забыли, тебе было бы, наверное, неплохо написать не книгу, а, скажем, ряд отдельных статей. Знаешь, через несколько лет мир опять совершенно изменится по сравнению с нынешним, появятся новые дисциплины и новые специальные курсы, а для тебя откроются новые преподавательские места. Сейчас все так быстро меняется.

Она пожала плечами:

— Но и очень быстро все забывается.

Он заключил ее в объятия:

— И да и нет. Разве ты сама не рассказывала мне, что декан Уильямс-колледжа[1] пригласила тебя потому, что с этой женщиной вы двадцать лет тому назад сидели за одной партой на каком-то семинаре и ты произвела на нее тогда большое впечатление? Ты не из тех, кого быстро забывают.

Вечером они нашли в Боннё ресторан с террасой, с которой открывался широкий вид на окружающую местность. Большая группа шумных австралийских туристов, занимавшая почти все остальные столики, уехала рано, и в вечерних сумерках они остались одни. Не обращая внимания на ее удивленный, вопросительный взгляд, он заказал шампанское.

— За что будем пить? — спросила она, вертя за ножку бокал.

— За нашу свадьбу!

Она продолжала вертеть бокал двумя пальцами. Затем взглянула на него с печальной улыбкой:

— Я всегда знала про себя, чего хочу. И я знаю, что люблю тебя. Как знаю и то, что ты меня любишь. И я хочу детей, и хочу их от тебя. А раз дети, то и женитьба. Но сегодня мы впервые об этом заговорили, не торопи меня. — Затем ее улыбка снова стала веселой. — Хочешь чокнуться со мной в честь твоего предложения?

---

[1] Колледж в городе Уильямстаун штата Массачусетс, США.

7

Спустя несколько дней они легли в постель, не дожидаясь вечера, и любили друг друга, потом уснули. Когда он проснулся, Анны рядом не было. Найдя записку, он узнал, что она уехала в Аи проверять электронную почту.

Это было в четыре. В семь он удивился, что она еще не вернулась, в восемь встревожился. Отправляясь в поездку, они захватили с собой мобильные телефоны, но держали в комоде отключенными. Он заглянул в ящик. Они были на месте. В девять он не выдержал и, не усидев в четырех стенах, отправился к деревенскому пруду, возле которого они оставляли машину.

Машина, как всегда, оказалась там. Он огляделся и увидел Анну; она сидела за столиком перед темным, закрытым «Баром де л'Этань» и курила. Курить она бросила уже давно.

Он подошел и остановился перед ее столиком:

— Что случилось? Я беспокоился.

Она даже не посмотрела на него:

— Ты был в Баден-Бадене с Терезой.

— Да с чего ты взяла...

Тут она на него взглянула:

— Я посмотрела твою электронную почту. Там есть заказ номера на двоих. По электронной почте ты условливался о встрече с Терезой. Там есть твое письмо к ней, в «отправленных»: «Встреча с тобой была очень приятной. Надеюсь, ты хорошо доехала и к твоему возвращению все было в порядке». — Она заплакала. — «Встреча с тобой была очень приятной»!

— Ты шпионила в моей электронной почте? Может быть, ты роешься и в моем письменном столе и в шкафу? По-твоему, ты имеешь право...

— Ты лжец и обманщик, ты делаешь, что тебе нравится. Да, я имею право защищаться от тебя! Я должна от тебя защититься! Ты мне правду не говоришь, я сама должна ее узнавать. — Она снова заплакала. — Почему ты так сделал? Почему так поступил со мной? Почему ты с ней спал?

— Я не спал с ней.

Она закричала:

— Хватит врать, хватит! Ты едешь с этой женщиной в романтический отель, живешь с ней в одном номере, спишь в одной кровати и потом делаешь из меня дурочку?! Сперва ты думал, что я как дура не узнаю, что ты мне врал, теперь думаешь, что сможешь мне как дуре заговаривать зубы и я поверю, что белое — это черное? Трепач ты несчастный, потаскун, дерьмо последнее!..

Она вся дрожала от возмущения.

Он сел напротив нее. Он сознавал, что его не должно волновать, если на улице люди начнут раскрывать окна и они с Анной станут всеобщим посмешищем. Но нет. Оказывается, ему не все равно. Слушать, как на тебя кричат, уже унизительно, а терпеть, чтобы на тебя орали на глазах у людей, унизительно вдвойне.

— Можно мне сказать?

— Можно мне сказать? — передразнила она его. — Сыночек спрашивает у мамочки разрешения, можно ли ему сказать? Потому что мамочка его всегда подавляет и даже не дает сказать слова? Не разыгрывай из себя жертву! Пора бы уж, кажется, тебе отвечать за собственные слова и дела! Ты лжец и обманщик, так хотя бы имей смелость в этом признаться!

— Я не...

Она хлопнула его рукой по губам и, увидев в его глазах отвращение, с перепугу опять закричала. Она придвинулась к нему почти вплотную, ее слюна брызгала ему в лицо, он шарахнулся от нее, а она, видя такое, накинулась на него еще яростнее и заорала еще громче:

— Ах ты, дрянь, скотина, ничтожество! Нет, ты не можешь ничего сказать! У тебя что ни слово, то ложь, а мне так надоело твое вранье, что я тебя больше и слушать не хочу. Ты понял?

— Я...

— Ты меня понял?

— Мне очень жаль.

— Что тебе жаль? Жаль, что ты лгун и обманщик? Что ты с другими женщинами...

— Не было у меня ничего ни с какими другими женщинами. А жаль мне только, что...

— Да иди ты со своим враньем сам знаешь куда!

Она вскочила и вышла.

Сперва он хотел идти за ней следом, потом передумал и остался сидеть. Ему вспомнилось, как он ехал на машине с одной подругой и та в дороге сообщила ему, что наряду с ним у нее были и другие мужчины. Дело было в Эльзасе, и они ехали по извилистой дороге, после ее сообщения он поехал прямо, никуда не сворачивая, съехал с шоссе на лесную дорогу, с лесной дороги дальше через кусты, пока не уперся в дерево. Ничего страшного не случилось — машина просто остановилась перед препятствием. Он положил руки на руль и уткнулся в них лбом. У него не возникло желания нападать на подругу. Он надеялся, что она объяснит ему, почему она так поступала, чтобы он мог понять. Чтобы мог как-то с этим примириться. Почему же Анна не дала ему все объяснить?

8

Он встал и пошел к пруду. Начинался дождь; он услышал, как первые капли зашлепали по воде, и, прежде чем ощутить их на себе, увидел, как подернулась рябью ее гладь. И тут же промок. Дождь зашелестел в платанах и на песке, полило так, что казалось, дождик хочет смыть все, что не заслуживает права на существование.

Он бы с радостью постоял с Анной под дождем, обнимая ее и ощущая под мокрым платьем ее тело. Где-то она сейчас? Может быть, тоже вышла на воздух? Радуется ли она дождю так же, как он, и понимает ли, что для него их дурацкая ссора несущественна? Или же она заказала такси, а сама в отеле укладывает вещи?

Нет, когда он вернулся в отель, ее вещи были на месте. Он снял с себя промокшую одежду и улегся в кровать. Он не собирался спать, а хотел дождаться ее, поговорить с ней. Но за окном шумел дождь, и он, усталый после долгого дня и обессиленный ссорой, заснул. Среди ночи он проснулся. В окно светила луна. Рядом лежала Анна. Закинув руки за голову, она лежала на спине с открытыми глазами. Приподнявшись на локте, он заглянул ей в лицо. Она на него не смотрела. Он тоже лег на спину.

— Это чувство, что женщине нельзя противоречить, ни в чем нельзя ей отказывать, что я должен вести себя с ней внимательно и предупредительно, должен с ней флиртовать, думаю, оно идет у меня от матери. Я постоянно с ним живу и автоматически веду себя так независимо от того, нравится или не нравится мне та или иная женщина, хочу я от нее чего-то добиться или нет. Из-за этого я пробуждаю в них несбыточные надежды, которые не в моей власти исполнить; некоторое время я все же пытаюсь, но потом вижу, что это меня тяготит, и потихоньку ускользаю, или женщина сама, разочаровавшись, отдаляется от меня. Это глупая игра, и мне бы пора от нее отстать. Поговорить, что ли, с психотерапевтом о моих отношениях с матерью? Как бы там ни было, для меня грань в этой игре пролегает раньше, чем дело дойдет до совместной постели, — где-то рядом с первыми проявлениями нежности. Пожалуй, я могу приобнять женщину или пожать ей руку, но и только. Может быть, и эта грань тоже как-то связана с моей матерью? Я не хочу ничем быть обязанным женщине, а если бы я с ней переспал, то был бы чем-то обязан. Всю свою жизнь я спал только с женщинами, которых любил, а если не по любви, то хотя бы по влюбленности. Терезу я не люблю и даже не влюблен в нее. Если бы у нас сложилось, нам с ней было бы, наверное, хорошо, в том смысле, что легко, просто, ненапряженно, совершенно непохоже на то, как сейчас у нас. Но я никогда не спрашивал себя, как бы это могло быть и не бросить ли мне тебя ради нее. Это первое, что я хотел тебе сказать. Второе же — это то, что...

Она перебила его:

— Что вы делали на следующий день?

— В Баден-Бадене мы сходили в художественную галерею, побывали у одного винодела, а в Гейдельберге осматривали замок.

— Зачем ты ей звонил отсюда?

— С чего ты взяла... — начал было он, но тут же вспомнил, что точно так же начинал, когда она его спрашивала о поездке с Терезой.

Она и тут перебила его точно так же, как тогда:

— Я увидела по твоему телефону. Ты звонил ей три дня назад.

— Она делала биопсию по подозрению на рак груди, и я спросил ее, как обстоят дела.

— Ее груди... — Она сказала это таким тоном, словно с сомнением покачала головой. — Она знает, что ты здесь со мной? Знает ли она вообще про нас с тобой? Что мы уже семь лет вместе? Что она обо мне знает?

Он не скрывал от Терезы, что у него есть Анна, но в подробности не вдавался. Уезжая к ней, говорил, что едет в Амстердам, или в Лондон, или в Торонто, или в Веллингтон, чтобы работать над пьесой. Он упоминал, что встречается там с Анной, не отрекался от того, что живет с ней, однако и не объявлял этого со всей определенностью. Он не обсуждал с Терезой трудности, которые возникали между ним и Анной, говоря себе, что это было бы предательством. Однако не говорил он и о том счастье, которое испытывает с Анной. Он говорил Терезе, что при всем хорошем отношении не любит ее, но не объявлял, что любит Анну. С другой стороны, он и от Анны не скрывал существования Терезы. Однако же не рассказывал, как часто он с ней встречается.

Конечно, это было неправильно, и он это сознавал. Порой он ощущал себя двоеженцем, у которого есть одна семья в Гамбурге, а другая в Мюнхене. Двоеженцем? Ну, это, пожалуй, уж чересчур резко сказано! Он никому не изображал ложной картины. Вместо картины он предъявлял эскизы, а эскизы не бывают фальшивыми, на то они и эскизы. К счастью, он сказал Терезе, что Анна тоже едет в Прованс.

— Она знает, что мы с тобой уже несколько лет вместе и что тут мы живем вдвоем. А что еще ей известно... С друзьями и знакомыми я не особенно о тебе распространяюсь.

Анна ничего на это не ответила. Он не знал, добрый ли это знак или плохой, но через некоторое время его внутреннее напряжение спало. Он почувствовал, как сильно устал. Он с трудом удерживался, чтобы не заснуть и услышать, если Анна захочет что-то сказать. Веки сомкнулись сами собой, и сначала он подумал, что можно полежать с закрытыми глазами, но потом почувствовал, что засыпает, — нет, что уснул и снова проснулся. Что его разбудило? Может быть, Анна что-то сказала? Он снова приподнялся на локте; она лежала рядом с открытыми глазами, но опять не глядела на него. Луна уже не светила в окно.

Затем она заговорила. За окном занимался рассвет. Значит, он все-таки задремал.

— Не знаю, смогу ли я забыть то, что услышала. Но знаю, что не смогу забыть, если ты и дальше будешь меня обманывать, внушая, будто ничего не было. Я вижу утку, она крякает, как утка, а ты хочешь убедить меня, что передо мной лебедь? Мне надоело твое вранье, надоело, надоело! Если ты хочешь, чтобы я осталась с тобой, я согласна только в том случае, если это будет жизнь по правде. — Откинув одеяло, она встала с постели. — Я считаю, что до вечера нам лучше всего будет расстаться. Комнату и Кюкюрон я бы хотела оставить за собой. А ты бери машину и уезжай!

9

Пока она была в ванной, он оделся и ушел. В воздухе еще стояла прохлада. Улицы были пусты, даже булочная и кафе еще не открылись. Он сел в машину и поехал.

Он направился в сторону гор Люберона[1], выбирая на поворотах и перекрестках ту дорогу, которая вела вверх. Когда дальше пути для машины не стало, он выключил мотор и пошел вдоль склона по наезженным, заросшим травой колеям.

Почему он не сказал просто, что спал с Терезой? Что такое не давало ему этого сделать? Потому что это

---

[1] *Люберон* — горный массив на юге Франции.

была неправда? Обыкновенно он не затруднялся соврать, если ложь помогала избежать конфликта. Отчего же сейчас это не далось ему с привычной легкостью? Потому что тогда речь шла о том, чтобы представить мир в более приятном свете, а на этот раз он должен был представить себя в таком неприглядном виде, который не соответствовал истинному положению?

Ему вдруг вспомнилось, как в детстве, если он сделал что-то нехорошее, мать не отставала от него, пока он не признавался в дурных желаниях, которые привели его к дурному поступку. Позднее он прочел про принятый в коммунистической партии ритуал критики и самокритики, когда человека, отклонившегося от партийной линии, прорабатывали до тех пор, пока он не покается в своих буржуазных уклонах, — то же самое действие, которое производила над ним его мать, а сейчас произвела Анна. Неужели он всегда искал в Анне свою мать и вот нашел?

Итак, никаких ложных признаний! С Анной отрезано. Разве они и без того не слишком часто ссорились? Разве он не сыт по уши ее криками? Сколько можно терпеть, как она роется в его лэптопе и в телефоне, в его письменном столе и в шкафу? Сколько можно постоянно быть готовым мчаться к ней по первому зову, как только ей так захочется? Не сыт ли он ее душевными переживаниями? Как ни хорошо с ней спать, разве обязательно надо, чтобы это было так перенасыщено чувствами и значительностью? Может быть, с другой все было бы легче, проще, веселее, телеснее? И эти поездки! Поначалу в этом была своя прелесть: весной провести недели две-три в колледже на американском Западе, осенью — в каком-нибудь университете на побережье Австралии, а между этими поездками проводить по нескольку месяцев в Амстердаме. Сейчас это стало его уже тяготить. Булочки со свежей селедкой, продающиеся в Амстердаме на уличных лотках, были очень вкусными. А в остальном?

Наткнувшись на каменный фундамент какого-то коровника или амбара, он присел на камни. Как высоко он забрался в горы! Перед его глазами лежал спускающийся в плоскую долину, усаженный оливами склон, за ней возвышались невысокие горы, за ними расстилалась равнина с небольшими городками, один из которых, кажется, был Кюкюрон. Видно ли отсюда при ясной погоде море? Он слушал стрекотание цикад и блеяние овец и тщетно пытался обнаружить их взглядом. Солнце поднималось все выше, оно начало пригревать, вокруг разливался аромат розмарина.

Анна... Какие бы нелады ни возникали с нею, но, когда они под вечер любили друг друга, начав при дневном свете и потом еще раз в сумерках, они всякий раз не могли друг на друга наглядеться, нарадоваться своей близости, а когда потом лежали рядом обессиленные и счастливые, разговоры лились сами собой. А как нравилось ему смотреть на нее, когда она плавает в озере или в море, вся такая компактная, сильная и гибкая, словно морская выдра. Как нравилось смотреть на нее, играющую с детьми или с собаками, самозабвенно увлеченную этой игрой. Как счастлив бывал он, когда она, вникнув в его рассуждения, легко и уверенно находила, в чем он запутался. Как он гордился ею, когда в обществе друзей она блистала умом и остроумием. Как хорошо и покойно ему было, когда они держали друг друга в объятиях.

Ему пришли на ум прочитанные где-то воспоминания о жизни немецких, японских и итальянских военных в русском плену. Русские старались распропагандировать пленных и использовали в работе с ними ритуал критики и самокритики. Немцы, приученные слушаться указаний начальства, лишившись привычного руководства, легко подчинились этому ритуалу, японцы скорее готовы были умереть, чем пойти на сотрудничество с врагом. Итальянцы же включились в игру, но относились к предложенному мероприятию несерьезно и сопровождали его приветственными криками и аплодисментами, как оперное представление. Может быть, и ему следовало относиться к проводимым Анной сеансам критики и самокритики как к игре, не принимая их всерьез? Может быть, ему надо было весело признаваться во всем, в чем ей угодно требовать от него признания?

Хотя одного лишь признания ей будет мало. Она захочет узнать, как он дошел до такой жизни. Она не успокоится, пока не выяснит, что привело к его проступкам. Пока он сам не осознает, в чем был не прав. А потом ему не раз припомнятся эти признания и будут использованы для новых обвинений.

10

Только сейчас он спохватился, как далеко забрел и как долго просидел на камнях. Пустившись в обратный путь, он на каждом повороте ожидал выйти на дорогу и увидеть свою брошенную машину, но за одним поворотом следовал другой, а затем еще другой. Дойдя наконец до машины и взглянув на часы, он увидел, что уже двенадцать, и почувствовал, что проголодался.

Он поехал дальше в горы и в первой же деревне нашел ресторан с выставленными на улицу столиками и с видом на церковь и ратушу. В меню были сэндвичи, он заказал два — с ветчиной и с сыром, а к ним вина, воды и кофе с молоком. Подавальщица была молоденькая и хорошенькая и обслуживала его без спешки; спокойно давая ему налюбоваться собой, она объяснила, какой ветчины может принести из мясной лавки за углом и какой у них в запасе есть сыр. Первым делом она подала вино и воду, а когда принесла наконец сэндвичи, он был уже под хмельком.

Других посетителей за все время не показывалось. Когда графин с вином опустел, он спросил, не найдется ли в подвале бутылка шампанского. Она засмеялась, весело посмотрела на него заговорщицким взглядом, а когда наклонилась, собирая со стола посуду, в вырезе платья мелькнули ее груди. Он проводил ее взглядом и крикнул вслед:

— Принесите два бокала!

Она вообще любила смеяться. Засмеялась и когда он подвинул ей стул. И когда в его руках хлопнула пробка шампанского. И когда чокнулся с ней. Засмеялась и тому, что он осторожно спросил ее, отчего такая привлекательная женщина живет в богом забытой деревне. Она приезжает на лето помогать дедушке с бабушкой в ресторане, а вообще-то, учится в Марселе на фотографа, много путешествует, пожила некоторое время в Америке и в Японии и уже имеет публикации. Звали ее Рене.

— С трех до четырех я закрываюсь на перерыв.

— Чтобы поспать после обеда?

— До сих пор еще ни разу не пробовала.

— Что можно в полдень придумать лучше, чем...

— На мой взгляд, можно придумать кое-что получше. — Она снова засмеялась.

Он тоже засмеялся:

— Ты права. На мой взгляд, тоже.

— Ладно!

Они поднялись и забрали с собой шампанское. Она провела его через помещение ресторана и кухню. Он был пьян от выпитого шампанского и предвкушения любви и, когда Рене поднималась впереди него по лестнице, готов был прямо тут же сорвать с нее платье. Но руки у него были заняты бутылкой и бокалами. В то же время в голове мелькнула мысль об Анне и минувшей размолвке. Кажется, существует такое юридическое правило, что если ты, будучи признан виновным в преступлении, которого не совершал, потом его действительно совершишь, то тебя уже нельзя осудить за него? Double jeopardy?[1] Анна наказала его за то, чего он не совершал. Так что теперь ему можно.

В постели Рене тоже часто смеялась. Со смехом вынула пропитанный кровью тампон и положила на пол возле кровати. Она занималась любовью со спортивной серьезностью и сноровкой. Лишь когда оба они обессилели, она перешла к ласкам, целуя его и позволяя себя целовать. Во второй раз она обнимала его крепче, чем в первый, но, когда все закончилось, сразу посмотрела на часы и выпроводила его вон. Было половина пятого. Скоро должны были вернуться дедушка с бабушкой; через три дня закончится ее пребывание в этой — как он тогда сказал? — богом забытой деревне.

Она проводила его до лестницы. Спустившись, он еще раз посмотрел к ней наверх. Она стояла, облокотившись на перила, и впотьмах он не смог разглядеть выражение ее лица.

— Хорошо было с тобой.
— Да.
— Мне нравится, как ты смеешься.
— Давай иди, не задерживайся!

---

[1] Букв. «двойной риск» (*англ.*) — под этим выражением подразумевается правовой принцип, согласно которому человек не может быть дважды привлечен к ответственности за одно и то же преступление.

Хорошо бы сейчас гроза, подумал он, но небо было синее, и узкая улочка накалилась от зноя. Усевшись в машину, он увидел, как перед рестораном остановился «мерседес» и из него вылезли старичок и старушка. Рене вышла на крыльцо, поздоровалась с ними и помогла отнести в дом продукты.

Он поехал медленно, чтобы подольше видеть в зеркале заднего вида Рене. На него неожиданно напала острая тоска по какой-то совсем другой жизни, когда зиму проводишь в городе, а лето — в деревне среди гор, по жизни с устоявшимся, надежным ритмом, когда ты ездишь в одни и те же места, спишь в одной и той же постели, встречаешь одних и тех же людей.

Он хотел пойти туда, где побывал утром, но не нашел старого места. Остановился в другом месте, вышел из машины, но передумал гулять пешком, а присел на обочине, сорвал травинку и, опершись локтями на колени, стал жевать. Снова его взору открылись склоны и низкие горы, за которыми расстилалась равнина. Мечты влекли его не к Рене и не к Анне. Дело было не в той или иной женщине, а в устойчивости и постоянстве жизни как таковой.

Он размечтался о том, как бы уйти от них всех: от Рене, которой он, собственно говоря, и не нужен, от Терезы, которая любила в нем только самое простое, от Анны, которая хотела быть завоеванной, но сама завоевывать не желала. Но тогда у него никого не останется.

Вечером он скажет Анне то, что она хотела услышать. Почему бы нет? Да, конечно, то, что он скажет, она запомнит и потом использует. Ну и что из того? Что ему от этого сделается? От чего ему вообще может что-то сделаться? Он почувствовал себя неуязвимым, недосягаемым ни для чего и засмеялся, — вероятно, это сказывалось шампанское.

Было еще рано ехать в Кюкюрон к Анне. Он остался сидеть, глядя на равнину. Временами мимо проезжала машина, иногда сигналила. Иногда на равнине вспыхивал яркий зайчик — солнечные лучи, отразившиеся от окна дома или машины.

Он размечтался о том, как провести лето в деревне среди гор. С Рене, или Шанталь, или Мари, или как там еще ее будут звать, они отправятся в мае в горы и откроют там ресторан не для тех, кто хочет обедать, а для вечерних посетителей. Два-три блюда, простые деревенские кушанья, местные вина. Иногда к ним завернут туристы, наведаются приезжие художники, купившие и отремонтировавшие старые дома, заглянет кто-то из местных. Рано утром он будет ездить на рынок за продуктами, потом они будут заниматься любовью, а уж после полудня пойдут вместе на кухню готовить еду. Понедельник и вторник будут выходными. В октябре ресторан будет закрываться, они закроют ставни, запрут дверь и уедут в город. В городе они... Но он так и не придумал, какое дело у них будет в городе. Художественный магазин или книжный? Канцелярские товары? Табачная лавка? Магазин, который работает только зимой? Возможно ли это? Да и охота ли ему быть лавочником? Завести ресторан? Все это пустые мечты! Любовь по утрам — вот что было главное, а уж где — в приморском ли городе или в городе на реке, в деревне ли в горах или на равнине — это было совершенно все равно.

Он глядел на равнину и жевал травинку.

12

В семь он был в Кюкюроне, поставил на стоянку машину и, не застав Анну в «Баре де л'Этань», пошел в гостиницу. Она сидела на лоджии, на столе перед ней стояли бутылка красного вина и две рюмки — одна полная, другая пустая. Как она на него посмотрит? Этого он даже знать не хотел. Он смотрел в пол.

— Я скажу тебе в нескольких словах. Я спал с Терезой и очень об этом сожалею, но надеюсь, что ты сможешь меня простить и мы переживем это и забудем. Не сегодня, я понимаю, и не завтра, но в скором времени и так, чтобы мы остались в ладу друг с другом. Я люблю тебя, Анна, и...

— Может быть, ты все-таки сядешь?

Он сел и продолжал говорить, по-прежнему глядя в пол:

— Я люблю тебя и не хочу тебя потерять. Я надеюсь, что еще не потерял тебя из-за совершенно незначащей причины. Я понимаю, что для тебя это имеет большое значение, а раз уж это так — и мне следовало бы знать, что это так, — то надо было и мне придавать этому больше значения и не делать чего не следовало. Я это понимаю. Но это действительно имеет так мало значения. Я знаю, что...

— Да ты хоть отдышись сперва. Хочешь...

— Нет, Анна, дай мне сначала договорить до конца. Я знаю, что все мужчины, да и женщины порой тоже, говорят, что, дескать, одно мимолетное приключение на стороне не имеет значения, что это вышло нечаянно, что виноваты обстоятельства, или одиночество, или спиртное, что это не оставило никакого следа: ни любви, ни чувства, ни влечения. Они так часто это повторяют, что такие слова уже превратились в клише. Но клише есть клише, потому что смысл его верен, и хотя с мимолетным приключением дело иногда обстоит иначе, часто это бывает именно так, как было и у меня. Наша с Терезой встреча в Баден-Бадене не имеет никакого значения. Ты можешь...

— Ты можешь меня...

79

— Сейчас ты выскажешь все, что хотела. А я только хочу сказать, что понимаю тебя, если ты не желаешь иметь дела с человеком, для которого случайная связь не имеет значения. Но тот я, который считает, что мимолетное приключение ничего не значит, — это всего лишь часть моего «я», меньшая часть, а бо́льшая часть во мне — это тот я, для которого ты значишь больше всех других на свете, который любит тебя, с которым ты жила все эти годы. О Баден-Бадене я до сих пор ни разу...

— Посмотри же на меня!

Он поднял глаза и посмотрел на нее.

— Все в порядке. Я поговорила с Терезой по телефону, и она подтвердила, что ничего не было. Ты спросишь, почему я не верила тебе и поверила ей: в женском голосе я лучше, чем в мужском, могу расслышать, говорят мне правду или лгут. Она считает, что ты вел себя нечестно по отношению к ней и ко мне, и, если бы она знала, как давно и как тесно мы связаны, она бы не стремилась видеться с тобой так часто. Но это уже другая история. Во всяком случае, вы с ней не спали.

— О!

Он совершенно не знал, что сказать. На лице Анны он читал выражение обиды, облегчения, любви. Надо было встать, подойти к ней, обнять. Но он так и остался сидеть и только произнес:

— Иди ко мне!

И она встала, и села к нему на колени, и прислонила голову к его плечу. Он обнимал ее, устремив взгляд поверх ее головы куда-то туда, где над крышами виднелась колокольня. Рассказать ей о том, что сегодня было у него с Рене?

— Почему ты качаешь головой?

«Потому что только что решил не рассказывать тебе о другом мимолетном приключении, которое у меня сегодня...»

— Я просто подумал, что мы чуть было не...

— Я знаю.

13

Они больше не заговаривали о Баден-Бадене, не заговаривали ни о Терезе, ни о правде и лжи. Не потому, что ничего не случилось. Если бы ничего не случилось, они бы как ни в чем не бывало начали пререкаться. А так они старательно обходили друг друга, чтобы не задеть. Они стали работать больше, чем в начале своего отпуска, и в конце концов она закончила свою статью о гендерных различиях и эквивалентном праве, а он — пьесу о двух банкирах, застрявших накануне выходных в лифте. В постели они тоже вели себя несколько сдержанно.

А в последний вечер они еще раз побывали в ресторане в Бонньё. Сидя на террасе, они наблюдали, как заходило солнце и наступила ночь. Синева неба сменилась густой чернотой, заблестели звезды, застрекотал хор цикад. Чернота, блеск, стрекочущий хор были празднеством ночи. Но предстоящее расставание настраивало их на меланхолический лад. Вдобавок звездное небо вызывало у него мысли о нравственном законе и о часах, проведенных с Рене.

— Ты все еще обижена на меня за то, что я многого недосказывал Терезе о тебе, а тебе о Терезе?

Она покачала головой:

— Мне было грустно это узнать. Но я не держу на тебя обиды. А ты? Ты не держишь обиды на меня за то, что я подозревала тебя и шантажировала? Ведь если называть вещи своими словами, я тебя шантажировала, а ты, любя меня, терпел, что я тебя шантажирую.

— Нет, я не держу на тебя обиды. Меня испугала молниеносная эскалация этого процесса. Но это уже другое.

Она накрыла его руку своею, но взгляд ее был обращен не на него, а в пространство.

— Отчего мы такие... Даже не знаю, как это назвать. Ты понимаешь, о чем я? Мы стали другими.

— Другими в хорошем или в плохом смысле?

Она сняла свою ладонь с его руки, откинулась на спинку и внимательно на него посмотрела:

— Даже этого я не знаю. Мы что-то утратили и что-то приобрели. Так ведь?

— Утратили невинность и приобрели трезвость?

— Что, если трезвый взгляд — это хорошо, но в то же время он убивает любовь? Если нельзя без простодушной веры друг в друга?

— Разве правда, о которой ты все время твердишь и которая нужна тебе как твердая почва под ногами, не означает трезвого взгляда?

— Нет, правда в том смысле, как я ее понимаю, правда, которая мне нужна, ничего не имеет общего с трезвым взглядом. Она страстная, порой она прекрасна, порой безобразна. Она может дать тебе счастье и принести мучение, но всегда делает тебя свободной. Может быть, не сразу, но постепенно ты начинаешь это понимать. — Она кивнула. — Да, бывает, что она тебя мучит. Тогда ты ругаешься и думаешь, что лучше бы тебе ее никогда не знать. Но потом до тебя доходит, что не она тебя мучит, а то, о чем эта правда.

— Этого я не понимаю.

«Правда и то, о чем эта правда» — что значат эти слова Анны? Одновременно он спрашивал себя, рассказать ли ей про Рене прямо сейчас, потому что потом будет уже поздно рассказывать. Но почему потом будет уже поздно? А если можно и потом, то почему это вообще нужно делать?

— Забудь это.

— Но я бы все-таки хотел понять, что...

— Забудь это. Скажи мне лучше, как оно будет дальше.

— Ты же хотела не торопиться, чтобы подумать насчет женитьбы.

— Да, мне кажется, что лучше не торопиться. Разве тебе тоже не нужно время, чтобы подумать?

— Тайм-аут?

— Тайм-аут.

14

Она не хотела это обсуждать. Нет, он не сделал ничего неправильного. Ничего, что можно точно определить словами. Ничего такого, о чем она могла бы побеседовать с психотерапевтом по супружеским отношениям.

Принесли еду. Она ела с удовольствием. У него было унылое настроение, и он вяло ковырял вилкой в своей дораде. В постели она его не отталкивала, но и не выказывала желания, и у него появилось чувство, что ей больше не требуется времени на раздумье, все уже решено и он ее уже потерял.

Наутро она спросила: ничего, мол, если она попросит его отвезти ее в Марсель в аэропорт. Ему было «чего», но он отвез ее и, расставаясь, постарался вести себя так, чтобы она видела, как ему это больно, и в то же время видела его готовность с уважением отнестись к ее решению. Чтобы оставить у нее о себе хорошие воспоминания, после которых она захотела бы снова увидеться и снова к нему вернуться.

Оттуда он поехал через Марсель, надеясь, что вдруг увидит на улице Рене, но в то же время знал, что, увидев, не остановится. На автотрассе он думал о том, какой будет его жизнь без Терезы. Над чем он будет работать. Договор на новую пьесу так и не пришел — эта надежда не сбылась. Можно было браться за экспозе для продюсера. Но этим можно было заниматься где угодно. В сущности, ничто не тянуло его во Франкфурт.

Как там сказала Анна? «Если при встрече с правдой она покажется тебе мучительной, виновата не она, а то, о чем эта правда. И она всегда делает тебя свободным». Он рассмеялся. «Правда и то, о чем эта правда» — этого он по-прежнему не понимал. Да и делает ли она человека свободным! Может быть, дело обстоит ровно наоборот — нужно быть свободным человеком, чтобы иметь силу жить с этой правдой. Но сейчас уже ничто не мешало ему сделать такую попытку. Где-то по дороге он свернет с автотрассы и поселится в отеле — в Севеннах ли, в Бургундии или в Вогезах — и все скажет Анне в письме.

Дом в лесу

1

Порой у него бывало чувство, словно он всегда так и жил. Словно всю жизнь он провел в этом доме среди леса, возле лужайки с яблонями и кустами сирени, возле пруда с плакучей ивой. Словно рядом всегда были жена и дочь. Словно они всегда провожали его, когда он уезжал, и встречали, когда возвращался.

Раз в неделю они вот так перед домом махали ему вслед, пока не скроется из глаз его машина. Он ехал в городок, забирал почту, отдавал, что нужно, в починку или получал заказанное, делал у терапевта упражнения для спины, запасался продуктами в магазине. Перед тем как ехать обратно домой, он ненадолго задерживался там у стойки, чтобы выпить чашку кофе, поговорить с кем-нибудь из соседей, почитать «Нью-Йорк таймс». Его отлучки из дому длились не более пяти часов. Без жены ему было как-то пусто. И без дочки тоже, хотя он не брал ее с собой, потому что в машине ее укачивало.

Они еще издалека слышали, что он возвращается. Никакие другие машины не ездили по узкой щебеночной дороге, которая вела к их дому через длинную лесистую лощину. Когда он из-за поворота выезжал на лужайку, они уже встречали его на дворе перед домом.

Рита вырывалась от Кейт и мчалась ему навстречу; едва он выключал мотор и выходил из машины, как она уже бросалась ему в объятия:

— Папа, папа!

Он обнимал ее, до глубины души умиленный той нежностью, с какой девочка обхватывала его за шею своими ручонками и щекой прижималась к его щеке.

В эти дни Кейт принадлежала ему и Рите. Вместе они выгружали привезенные из города покупки, делали что-то по дому или возились в саду, собирали в лесу хворост, ловили рыбу в пруду, консервировали огурцы или лук, варили повидло или чатни[1], пекли хлеб. В пылу семейственных хлопот полная ребяческой резвости Рита то и дело перебегала от отца к матери, от матери к отцу и щебетала без умолку. После ужина они все втроем во что-нибудь играли или вдвоем с Кейт рассказывали Рите в лицах какую-нибудь историю, придуманную между делом за стряпней.

В остальные дни Кейт, выйдя из спальни, с утра пораньше скрывалась у себя в кабинете. Когда он приносил ей на завтрак кофе и фрукты, она с приветливой улыбкой оборачивалась к нему из-за компьютера и старательно выслушивала, если он заводил речь о каких-то проблемах, но думала уже о другом, то же самое продолжалось и за столом, когда они все втроем обедали и ужинали. И даже когда, уложив Риту, они после сказки на ночь и поцелуя на сон грядущий садились вместе послушать музыку или посмотреть фильм, ее мысли в это время были заняты персонажами, о которых она сейчас писала.

Он не жаловался. Знать, что она здесь, в доме, видеть во время работы в саду ее голову в окне, слышать

---

[1] *Чатни* — фруктово-овощная приправа для мяса.

из-за дверей ее комнаты, как щелкают по клавишам компьютера ее пальцы, встречаться с ней за столом во время еды, проводить рядом с ней вечера, ощущать ее возле себя ночью, чувствуя ее запах, слыша ее дыхание, — все это делало его счастливым. Большего он и не мог от нее требовать. Она с самого начала сказала ему, что не может жить без писательства, и он согласился на это условие.

Согласился он и на то, чтобы изо дня в день одному заботиться о Рите. Он будил ее, умывал и одевал, завтракал с ней и все делал вдвоем с дочкой, она смотрела или помогала ему, когда он мыл посуду, стряпал, чистил кастрюльки, чинил крышу и отопительную систему, работал в гараже. Он отвечал на ее вопросы. Учил читать, хотя ей было еще рано. Устраивал с ней возню, несмотря на больную спину, считая, что ребенку это необходимо.

Он был согласен принять все как есть. Но в душе мечтал, чтобы у них было больше теплого семейного общения. Ему хотелось, чтобы дни, которые они проводили вместе с Кейт и Ритой, выпадали не раз в неделю, а повторялись бы непрерывно, чтобы завтра его жизнь текла так же, как сегодня и как вчера.

Неужели всякое счастье стремится быть вечным? Как и всякое наслаждение? Нет, думал он, счастье требует постоянства. Оно хочет продолжиться в будущем, переходя в него из прошлого. Разве не кажется влюбленным, что они уже встречались когда-то в детстве и еще тогда понравились друг другу, играли на одной детской площадке, учились в одной школе или оба ездили с родителями отдыхать в одно и то же место? Он не выдумывал себе былых встреч. В своих грезах он представлял себе, что они с Кейт и Ритой пустили здесь корни и никакие бури им уже не страшны. На веки веков и от века.

2

Они переехали сюда полгода назад. В прошлом году он с весны начал поиски дома в сельской местности и потратил на это все лето. Кейт была слишком занята и не удосужилась даже взглянуть на фотографии домов в Интернете. Она сказала, что хочет дом поблизости от Нью-Йорка. Но разве она не хотела сбежать куда-нибудь подальше от обязательств, которые налагала нью-йоркская жизнь, не оставляя времени ни для писательской работы, ни для семьи? От которых она бы и рада была уклониться, но не могла, так как в жизни знаменитой нью-йоркской писательницы постоянные встречи с публикой и участие в общественной жизни были непременным условием.

Осенью он нашел дом: в пяти часах езды от Нью-Йорка, на границе с Вермонтом, вдали от крупных городов, в стороне от больших трасс, среди дремучего леса, с лужайкой возле пруда. Он несколько раз ездил туда один на переговоры с маклером и владельцем. Затем с ним съездила Кейт.

У нее только что закончился напряженный период; по пути на хайвее она заснула и проснулась, только когда машина свернула на второстепенное шоссе. Раздвижная крыша была открыта, и Кейт увидела над головой голубое небо и пестреющую листву. Она с улыбкой обернулась к мужу:

— Я точно хмельная — от сонливости ли, от ярких красок или от чувства свободы. Не знаю, где я и куда мы едем. Я забыла, откуда я сюда попала.

Последний час пути они ехали через местность, сияющую яркими красками бабьего лета, сперва по второстепенному шоссе, затем по дороге местного значения без желтой полосы посредине, наконец по ухабистой щебеночной дороге, которая вела к дому. Когда она вышла из машины и огляделась, он сразу понял, что дом ей понравился. Окинув взглядом лес, поляну, пруд, она обратила внимание на дом и подробно оглядела его, останавливаясь на отдельных деталях: на двери с навесом, лежащим на двух тонких столбах, на окнах, расположенных не строго в ряд и не везде одно под другим, на покривившейся трубе, открытой веранде, пристройке. Строение более чем двухвековой давности хотя и несло на себе следы времени, но смотрело с достоинством. Кейт подтолкнула мужа локтем и взглядом показала на угловые окна второго этажа — два были обращены к пруду, одно выходило на луг:

— А это...

— Да, это твоя комната.

Подвал был сухой, полы крепкие. До первого снега в доме успели перекрыть крышу и установить новое отопление, так что плиточник, электрик, плотник и маляр могли продолжить работу и в зимних условиях. К переезду, который состоялся весной, полы еще не были отциклеваны, камин не сложен, не развешаны по местам кухонные шкафчики. Но уже на следующее утро он отвел Кейт в ее полностью отделанный кабинет. После того как все вещи были выгружены и фургон уехал, он в тот же вечер отциклевал у нее полы, а наутро перетащил наверх письменный стол и книжные полки. Она села за письменный стол, ласково провела рукой по столешнице, выдвинула и снова задвинула ящик, посмотрела в левое окно на пруд, в правое — на лужок.

— Ты правильно поставил стол. Я не хочу выбирать между водой и землей. А так, подняв голову, я буду смотреть в угол. В старинных домах привидения появляются из углов, а не через дверь.

По бокам от кабинета Кейт располагались общая спальня и комната Риты, с другой стороны дома находились ванная и комнатка, в которой едва поместились стол и стул. Пространство нижнего этажа, куда ты попадал со двора, разделялось, благодаря камину и несущим деревянным столбам, на кухню, столовую и гостиную.

— Не лучше ли вам с Ритой поменяться комнатами? Она же у себя только спит, а тебе будет тесно писать в этой комнатушке.

Он сказал себе, что Кейт предложила так из лучших побуждений. Возможно, ее немного мучила совесть за то, что со времени их знакомства ее карьера пошла в гору, в то время как у него дела покатились вниз. Его первый роман, ставший в Германии бестселлером, нашел в Нью-Йорке издателя, а в Голливуде — продюсера. Так он, начинающий писатель, приехавший в Америку с лекциями, познакомился с Кейт. В Америке он еще не заслужил широкого признания, но считался многообещающим автором, у него уже готов был замысел следующего романа. Но за ожиданием так и не начавшихся съемок, разъездами с Кейт, на которую посыпались приглашения со всего света, и заботами о Рите до второго романа у него все не доходили руки и он не продвинулся дальше беглых заметок. На вопрос о профессии он по-прежнему отвечал, что он писатель. Но у него не было в работе нового проекта, хотя при Кейт он в этом не признавался, да и сам себя порой тоже обманывал, делая вид, будто это не так. В общем, на что ему, спрашивается, большая комната? Для того чтобы еще яснее ощутить, что он не продвинулся ни на шаг?

Следующий роман он все откладывал на потом. Если у него тогда еще останется к этому какой-то интерес. Все чаще он замечал за собой, что его гораздо больше волнует вопрос, пойдет ли Рита в детский сад. Если да, то она уже не будет ему принадлежать.

3

Разумеется, оба родителя любили Риту. Но Кейт могла представить себе свою жизнь без детей, а он — нет. Забеременев, она вела себя так, словно ничего не случилось. Он настоял на том, чтобы она сходила к врачу и посещала занятия по гимнастике для беременных. Снимки, сделанные на УЗИ, прикрепил на стенку он. Он гладил толстый живот, разговаривал с ним, читал ему стихи и давал слушать музыку, Кейт с юмором это сносила.

Любовь Кейт была практичной. У ее отца, профессора истории в Гарварде, и матери-пианистки, постоянно уезжавшей в турне с концертами, дело воспитания их четверых детей было поставлено на деловую основу, как управление хорошо налаженным промышленным предприятием. Для детей нанимали хорошую няньку, они учились в хороших школах, брали уроки иностранного языка и музыки у хороших учителей и всегда встречали со стороны родителей поддержку во всех своих начинаниях. Они вступили в жизнь с сознанием, что добьются всего, чего захотят, что с мужьями и женами у них все сложится как надо, у тех тоже все пойдет без сучка без задоринки на работе, дома и в постели, а рядом с ними как бы заодно, подобно им самим, вырастут их дети. Смазкой, на которой крутились колесики этой семьи, служила любовь.

Для него любовь и семья были желанной мечтой, которую он взлелеял в душе, глядя на то, как брак его родителей — конторского служащего и водительницы автобуса — все больше погрязал в трясине озлобленности и крикливых скандалов, сопровождавшихся драками. Ему тоже перепадало от рукоприкладства родителей. Но он воспринимал побои как заслуженное наказание за какую-нибудь провинность. Когда родители начинали орать друг на друга, а затем перебранка переходила в драку, ему и его сестрам казалось, словно под ними проламывается лед и они проваливаются в прорубь. Его мечты о семейной жизни и взаимной любви были толстой коркой льда, на котором хоть пляши. В то же время в этих грезах надо было крепко держаться друг за дружку, как держались друг за дружку он и его сестры при виде разбушевавшихся страстей.

В Кейт он вложил свои упования на толстую корку льда. На званом обеде, устроенном во время книжной ярмарки в Монтерее, они оказались соседями за столом: молодая американская писательница, чей первый роман только что был куплен немецким издательством, и молодой немецкий писатель, чей первый роман только что с успехом вышел в Америке. If I can make it there, I'll make it anywhere![1] Увидев свою книжку в витринах американских магазинов, он чувствовал себя окрыленным и с увлечением рассказывал соседке по столу о своих успехах и планах. При этом он был похож на неуклюжего щенка. Ей было весело и трогательно на него смотреть, а ему ее общество придавало уверенности. Он привык, что обычно притягивает внимание немолодых, добившихся преуспеяния женщин, вызывая у них желание взять его под свое крылышко; его это страшно раздражало. А тут им заинтересовалась Кейт, которая была немного моложе его и пока еще не сравнялась с ним в успешности. Мнение окружающих ее, казалось, не трогало. Когда он вдруг, к удивлению хозяина, поднялся из-за стола и пригласил ее танцевать, она весело согласилась.

В тот вечер он в нее влюбился. Она легла спать растерянная. При следующей встрече на книжном фес-

[1] Раз мне удалось это здесь, получится и везде (англ.).

тивале в Пасо-Роблесе, где Кейт пустила его в свой номер, он оказался вовсе не тем неловким мальчиком, каким она его себе представляла, а полным страсти мужчиной. Так ее еще никто не любил. Никто до него не обнимал ее так жадно, не льнул так крепко, не размыкая объятий даже во сне. Это была какая-то безоглядная, всепоглощающая разновидность любви, которой она еще не встречала, это пугало ее и влекло. Снова вернувшись в Нью-Йорк, он там остался, продолжая неловко и упорно за ней ухаживать, пока она не разрешила ему переехать к ней. В ее квартире места хватало. Опыт совместного житья оказался удачным, и через полгода они поженились.

Совместная жизнь постепенно менялась. Вначале оба работали рядом, за соседними столами, дома или в библиотеке и вместе выступали на публике. Затем у Кейт вышла вторая книга и стала бестселлером. Теперь она уже выступала одна. После третьей книги у нее начались разъезды по всему свету. Он часто сопровождал ее, но уже не желал принимать участия в официальных мероприятиях. Хотя Кейт и представляла его всюду как известного немецкого писателя, однако ни его имя, ни книга, которую он написал, никому не были известны, и ему были ненавистны любезности, оказываемые ему в качестве супруга Кейт. Он почувствовал, как она боится, что в нем говорит зависть к ее успеху:

— Я не завидую. Ты заслужила свой успех, и я люблю твои книги.

Точек соприкосновения в их жизни становилось все меньше.

— Так дальше нельзя, — сказал он. — Ты слишком подолгу отсутствуешь, а когда ты здесь, то возвращаешься домой выжатая как лимон, у тебя нет уже сил на разговоры, нет сил, чтобы любить.

— Я и сама замучилась от этой кутерьмы. Я уже почти от всего отказываюсь. Что мне делать? Не могу же я отвечать отказом на все предложения!

— Что же тогда будет, когда появится ребенок?

— Ребенок?

— Я нашел тест с двумя красными полосками.

— Это еще ничего не значит.

В первый тест Кейт даже не поверила и сделала второй. Став матерью, она тоже сперва не хотела верить, что придется что-то менять в своей жизни, и продолжала вести прежнюю жизнь, как до рождения ребенка. Но когда она вечером, вернувшись домой, брала дочку на руки, та начинала извиваться и тянуться к отцу. Этого Кейт не выдержала, и сердце ее затосковало по другой жизни, где будет только ребенок, муж, писательство, и ничего больше. В суете нового дня тоска забывалась. Но потом начала возвращаться, и чем больше становилась Рита, тем больше она крепла, и Кейт с каждым разом все больше пугалась.

Однажды вечером перед сном он сказал:

— Я больше так жить не хочу.

Тут она вдруг испугалась, что может потерять его и Риту, а жизнь с ними обоими представилась ей как самое дорогое, что есть у нее на свете.

— И я тоже. Я сыта по горло разъездами, читками, лекциями, банкетами. Я хочу быть с вами и писать книги и чтобы ничего больше.

— Это правда?

— Мне бы только писать, а кроме этого, мне нужны только вы. Все остальное мне не нужно.

Они попробовали жить по-другому. Через год оба поняли, что в Нью-Йорке это невозможно.

— Жизнь здесь тебя изматывает. Ты же любишь луга, и деревья, и птиц. Я приищу нам домик на природе.

4

После нескольких месяцев сельской жизни он сказал:

— Тут не только лужайка, и деревья, и птицы. Тут все живет и растет — дом почти что готов, Рита окрепла по сравнению с тем, какой была в городе, а на яблонях, которые мы с Джонатаном подрезали, зреет хороший урожай.

Они стояли в саду. Он — обняв Кейт, она — прислонившись к его плечу.

— Только моя книга все никак не подвигается к завершению. Разве что к зиме или к весне.

— Это уже скоро! Разве тут тебе не легче пишется, чем в городе?

— К осени будет готов первый вариант. Ты хочешь почитать?

Она всегда стояла на том, что книгу, над которой работаешь, нельзя никому показывать, о ней даже ни с кем нельзя говорить, а то накличешь неудачу. Он обрадовался, что она ему так доверяет. Он заранее радовался яблочному урожаю и сидру, который наготовит. Он уже заказал большой чан.

Осень пришла рано, и от первых заморозков листва заполыхала багряными красками. Рита не могла наглядеться на деревья и горящий камин, когда в холодные вечера, подложив для растопки бумагу, они поджигали дрова. Он давал девочке самой смять бумагу, уложить лучину и поленья, чиркнуть спичкой и разжечь огонь. И все равно она восклицала:

— Смотри, папа! Смотри!

Для нее это всегда оставалось чудом.

Когда они втроем устраивались посидеть у камина, он всем наливал горячего сидра: Рите — с зеленым листком мяты, а себе и Кейт — с добавкой кальвадоса. Возможно, причина была в кальвадосе, но в эти дни она чаще соглашалась отвечать в постели на его ласки. Возможно, причина была в том, что она почувствовала облегчение, закончив первый вариант рукописи.

Сперва он думал читать каждый день понемножку и договорился с Ритой, что она теперь каждый день будет некоторое время играть одна. В первый день она с гордостью постучалась к нему в дверь, выдержав два часа, и, выслушав заслуженную похвалу, пообещала, что завтра постарается поиграть сама еще дольше. Но к следующему дню необходимость в этом отпала, так как ночью он встал и дочитал все в один присест.

В трех первых романах Кейт описывалась жизнь одной семьи во времена вьетнамской войны: возвращение пропавшего сына из плена к девушке, которая была его великой любовью, но та уже вышла замуж, и у нее растет дочь, затем судьба этой дочери, родным отцом которой был не тот человек, за которого вышла замуж ее мать и который ее растил, а вернувшийся из Вьетнама солдат. Каждый роман был самостоятельной книгой, но вместе они составляли портрет целой эпохи.

Действие нового романа Кейт относилось к современности. Молодая пара — оба работающие, оба сделавшие успешную карьеру, но обреченные на бездетность — решает усыновить ребенка и отправляется за ним за границу. В ходе поисков они то и дело попадают в различные переделки, натыкаясь на препоны медицинского, бюрократического и политического характера, на этом пути они встречают бескорыстных помощников и сталкиваются с коррумпированными дельцами, попадают в комические и опасные ситуации. В Боливии, поставленные перед выбором усыновить очаровательных двойняшек или разоблачить преступную шайку посредников, рискуя тем, что усыновление расстроится, муж и жена поссорились. У обоих рушатся прежние представления о самом себе и о супруге, их любовь и брак на поверку не выдержали испытания. Дело кончается тем, что усыновление не состоялось, а будущее, каким они его себе представляли, лежит в осколках. Но в их жизни открываются новые горизонты.

Было еще темно, когда он переложил последнюю страницу в стопку прочитанных листов. Он зажег свет и раскрыл окно, вдохнул холодный воздух и увидел на лужайке иней. Книга ему понравилась. Она была написана увлекательно, волновала воображение, стиль повествования отличался такой легкостью, какая прежде была несвойственна Кейт. Читателям она наверняка полюбится; они будут сочувствовать героям, вместе с ними надеяться и отчаиваться и, благодаря открытому концу, начнут сами додумывать, что было дальше.

Но почему Кейт дала ему прочитать рукопись? Было ли это только знаком доверия? Не себя ли с ним подразумевает она под этой парой, перед которой открываются новые горизонты? Не предостережение ли это ему? Не хочет ли она сказать ему, что их прежняя жизнь на поверку не оправдала ожиданий, не предлагает ли она ему настроиться на новую жизнь? Он со вздохом покачал головой. Только не это! Но возможно, все обстоит как раз наоборот. Возможно, этим концом романа она как раз хотела выразить свою радость оттого, что они начали новую жизнь. И не они та пара, чья жизнь разбилась и лежит в осколках. Напротив, они такая пара, чья жизнь лежала в осколках, но теперь у них началась новая.

Послышались первые птицы. Затем рассвело; черная стена леса за лужайкой распалась на отдельные деревья. Небо еще не решило, будет день солнечным или пасмурным. Поговорить ли с Кейт? Спросить ее, содержится ли в книге послание, обращенное к нему?

Она наморщит лоб и посмотрит на него с раздражением. Его дело самому разобраться, почему так закончились поиски молодой пары. Неужели в их жизни с Кейт подспудно тлеет назревающий конфликт? У Кейт был напряженный вид. Но как тут не быть напряженной, когда она решила во что бы то ни стало закончить роман к намеченному сроку и все последние недели засиживалась за работой до глубокой ночи.

Нет, в их жизни не было подспудно тлеющего конфликта. После той глупой ссоры из-за книжной ярмарки в Париже, на которую Кейт, не посоветовавшись с ним, согласилась поехать, но потом все же отменила поездку, они больше ни разу не ссорились. Они снова стали часто спать вместе. Он не ревновал к ее успеху. Они оба любят свою дочку. Собираясь втроем, они много смеются и часто поют. Они решили завести себе черного лабрадора и уже послали заводчику заявку на щенка из следующего помета.

Он встал и потянулся. Можно еще часок поспать. Он разделся и, стараясь не шуметь, поднялся наверх по скрипучей лестнице. Войдя на цыпочках в спальню, он постоял на пороге, выжидая, когда Кейт, потревоженная звуком открываемой и закрываемой двери, снова спокойно заснет. Затем, осторожно зашмыгнув под одеяло, он примостился поближе к ней. Нет, никакого конфликта!

5

При следующей поездке в городок он закупил запасы на зиму. Вообще-то, в этом не было необходимости. В прошлую зиму ни разу не случалось, чтобы дорога дольше суток оставалась не расчищенной от снега. Но с мешком картошки, ящиком лука, бочкой квашеной капусты и уложенными на стеллаже яблоками погреб станет для Кейт обжитым и уютным. Ей будет приятно спускаться туда и, отсчитав, сколько надо, клубней, возвращаться назад с картошкой.

По дороге в городок он заказал на соседней ферме картошку, лук и квашеную капусту. Фермер попросил его:

— Не могли бы вы подбросить мою дочку до города и снова захватить с собой на обратном пути? Подвезти заодно, когда поедете забирать заказ?

Он, так и быть, взял с собой шестнадцатилетнюю дочку фермера, которая собралась в библиотеку за книгами и по дороге засыпала его любопытными вопросами: «Неужели вам с женой надоела городская жизнь? И вы уехали из города ради тишины? А что вы делали в городе?» Девочка пристала и не отставала, пока не выведала, что они с женой писатели. Ей это показалось ужасно интересно.

— А как зовут вашу жену? Можно мне почитать что-нибудь из ее книг?

Он насилу отвязался от нее, ничего не пообещав.

Задним числом ему самому стало досадно: ну почему он не догадался сделать жену переводчицей или компьютерным дизайнером? Не для того они еле унесли ноги из Нью-Йорка, чтобы в сельской глуши снова вляпаться в тот же балаган, который крутится вокруг Кейт! Затем в «Нью-Йорк таймс» он наткнулся на новость, что на следующей неделе состоится вручение Национальной книжной премии. Каждая из трех книг Кейт обсуждалась в качестве возможной претендентки на премию. В этом году Кейт, правда, не выпустила новой книги. Но критики только сейчас разглядели и раструбили, что в своих трех романах она дала законченную картину целой эпохи. Он не мог представить себе, чтобы имя Кейт не упоминалось в числе предполагаемых лауреатов. Если ей будет присуждена премия, все начнется сначала.

Подъехав к библиотеке, он погудел. Дочка фермера стояла на крыльце с другими девушками. Она помахала рукой, остальные таращились с крыльца. На обратном пути она сообщила ему, как удивились все подружки, когда узнали, что они с женой, оказывается, писатели и живут тут рядом. Не сможет ли он или его жена прийти как-нибудь в школу и рассказать про то, как это люди пишут книги? У них в школе уже побывали женщина-доктор, один архитектор и одна актриса.

— Нет, — отрезал он с излишней резкостью, — не сможем.

Высадив девушку и загрузив свои покупки, он, уже один, доехал до обзорной площадки, с которой открывался широкий вид, и, против обыкновения, остановился на пустой парковке. Перед ним простирались спускающиеся в просторную долину пестрые леса, которые на той стороне вновь взбирались в гору, сияя своим многоцветным нарядом со склонов первой гряды. На второй гряде яркость красок меркла, вдали же лес и горы сливались с бледно-голубым небом. Над долиной кружил ястреб.

Фермер, увлекавшийся краеведением, рассказывал ему как-то о неожиданном наступлении зимы в 1876 году, когда снег выпал в самый разгар бабьего лета. Сначала, на радость детишкам, полетели редкие снежинки, затем они стали падать все гуще и гуще, пока все не занесло снегом, дороги стали непроходимыми, а дома очутились в снежном плену. Из тех, кого снегопад застал в пути, ни у кого не было шанса спастись, но и среди тех, кого занесло в домах, некоторые замерзли насмерть. Отдельные дома были расположены вдалеке от всех дорог, и только весной после оттепели некоторые из их обитателей смогли выбраться в деревню.

Он посмотрел на небо. Ах, вот бы сейчас пошел снег! Сперва слабенький, чтобы все путники успели добраться до дому, а потом так густо, что дороги на много дней сделаются не проезжими для машин! А там под тяжестью снега сломалась бы ветка и оборвала новую телефонную линию. Чтобы никто не мог известить Кейт о премии и вызвать ее на вручение, никто не мог бы затащить ее в город, где начнутся всякие интервью, ток-шоу и банкеты! Потом, когда стает снег, премия попадет к Кейт и доставит им не меньшую радость, чем если бы это случилось сейчас. Но к тому времени ажиотаж уже схлынет, и их мир уцелеет.

После заката он продолжил обратный путь. Съехав с широкого шоссе на узкое, он по щебеночной дороге направился через лощину. Но, не проехав ее до конца, остановился и вылез из машины. Вдоль дороги на высоте трех метров на новеньких, еще не успевших потемнеть столбах был протянут телефонный провод. Для того чтобы провести телефон, было срублено несколько деревьев, кое-где отпилены лишние ветки. Но рядом с телефонной линией все же остались деревья.

Он выбрал сосну с голыми ветвями — высокую, покосившуюся, сухостойную. Привязав трос одним концом к дереву, а другим — к сцепному устройству, он включил четырехколесный привод и тронулся вперед. Мотор взревел и замолк. Он дернул еще раз, мотор снова взревел и умолк. На третьей попытке колеса забуксовали. Он вылез, нашел среди набора аварийных инструментов складную штыковую лопату, потыкал почву у подножия дерева и наткнулся на скалу, в трещины которой сосна вцепилась корнями. Пытаясь расшатать корни, он подкапывался под них, налегал на лопату, тряс ствол, чтобы выкорчевать сосну. Его рубашка, свитер, брюки — все стало мокрым от пота. Если бы хоть видеть получше! На дороге темнело.

Он вернулся в машину, снова рванул вперед, натягивая трос, откатился назад и опять дернул. Рывок — откат, рывок — откат. Пот заливал ему глаза вперемешку со слезами бессильной злости: на дерево, на мир, который никак не хочет оставить в покое его и Кейт! Он дергал вперед и откатывал назад, дергал, откатывал. Только бы этого не услышали Кейт и Рита! Только бы Кейт не позвонила фермеру или в магазин! Он никогда еще не задерживался так долго, чтобы возвращаться домой затемно. Только бы она не вздумала никому позвонить!

Без всякого предупреждения неподдававшееся и ни разу не дрогнувшее дерево внезапно опрокинулось. Оно рухнуло на телефонный провод там, где тот был прикреплен к одному из столбов, и тогда дерево вместе с мачтой стали клониться, пока не оборвали провод. Он добился, чего хотел. Добьется и всего остального. Сколько же в нем, оказывается, скрытых сил! Еще какая силища!

Он вылез из машины, отвязал трос, убрал трос и лопату и поехал домой. Еще издалека он увидел светящиеся окна родного дома. Жена и дочь, как всегда, уже вышли его встречать, и, как всегда, Рита кинулась к нему в объятия. Все хорошо...

6

На другой день Кейт только вечером спросила его, почему не работают телефон и Интернет. По утрам она ни на что не отвлекалась от работы и только к середине дня принималась проверять электронную почту.

— Сейчас посмотрю.

Он встал, поковырялся в распределительных коробках, повозился с кабелями и ничего не обнаружил.

— Я могу завтра съездить в город и позвать мастера.

— Тогда у меня опять полдня пропадет. Лучше подожди. Иногда техника сама собой приходит в порядок.

Прошло несколько дней, но техника сама собой так и не пришла в порядок. Тут уж Кейт начала его торопить:

— И если поедешь завтра с утра, то узнай, нет ли здесь хоть какой-нибудь сети, которой мы можем воспользоваться. Без мобильника все-таки совершенно невозможно.

Они сами сначала радовались, что у них в доме и на участке звонки по мобильнику не принимаются. Что здесь до них никто не может дозвониться и в любой момент куда-нибудь вытребовать. Что в какие-то часы они не снимали трубку обыкновенного телефона и не установили у себя автоответчика. Что им не приносили почту, а они сами ее забирали. А теперь вдруг Кейт понадобился мобильник?

Они лежали в кровати, и Кейт выключила свет. Он зажег лампу:

— Ты правда хочешь, чтобы опять стало как в Нью-Йорке?

Не слыша ответа, он не мог решить — то ли она не поняла его вопроса, то ли не хочет отвечать.

— Я хотел сказать...

— В Нью-Йорке секс был лучше. Нам не терпелось дорваться друг до друга. А здесь... Здесь мы словно давно женатые: ласка есть, а страсти уже нет. Словно мы растеряли страстность.

Он огорчился. Да, их секс стал спокойнее — спокойнее и нежнее. В Нью-Йорке они набрасывались друг на друга с лихорадочной жадностью, и в этом была своя прелесть, как и вообще в городской жизни с ее лихорадкой и жадностью. Здесь и там их секс был таким же, как жизнь, которую они вели, и если Кейт соскучилась по лихорадочной жадности, то, наверное, этого ей не хватает не только в сексе. Неужели покой ей был нужен только затем, чтобы написать свою книгу? Может быть, закончив книгу, она теперь готова покончить и с сельской жизнью? Его огорчение сменилось страхом.

— Я бы и сам рад почаще с тобой спать. Мне часто хочется ворваться к тебе в комнату, схватить тебя в охапку, чтобы ты обняла меня за шею и я бы отнес тебя на кровать. Я бы...

— Знаю. Я не в том смысле это сказала. Вот закончу книжку, и тогда все опять будет хорошо. Ты не тревожься.

Кейт пришла к нему в объятия, и они спали друг с другом. Когда он наутро проснулся, она уже не спала и смотрела на него. Она ничего не сказала, и он тоже повернулся к ней лицом и стал молча на нее смотреть. Он не мог прочесть у нее по глазам, что она думает и чувствует, и только старался не выдать себя, чтобы она по глазам не увидела его страха. Вчера он не поверил ее словам, будто она сказала это не в том смысле, не верил и сегодня. Его страх был полон неутолимого желания. Ее темноглазое лицо с этим высоким лбом, надменно вскинутыми бровями, длинным носом, крупным ртом и подбородком, то гладким, то, смотря по настроению Кейт, напрягшимся или наморщенным, представляло собой тот ландшафт, среди которого жила его любовь. В нем ей было радостно и светло, когда лицо Кейт открыто обращалось ему навстречу, и тревожно, когда оно враждебно замыкалось при его приближении. «Лицо, — подумал он. — Всего лишь одно лицо, а заключает в себе все многообразие, какое мне требуется и какое я способен вместить». Он улыбнулся. Она, глядя на него все так же молча и серьезно, наконец обняла его за спину и притянула к себе.

7

По дороге в город он остановился у поваленного дерева и столба с оборванным телефонным проводом. Там, где он вчера буксовал, на дороге остались рытвины от колес, он их заровнял.

Все выглядело так, будто случилось само собой. Можно было ехать в город извещать телефонную компанию. Пока еще никто не мог его ни в чем упрекнуть. Но если он не известит телефонную компанию, его тоже нельзя будет ни в чем упрекнуть. Положим, он не видел упавшего дерева и оборванного провода. Да и откуда ему было про это знать? Техник, который проводил в их дом кабель и устанавливал компьютеры и которого он взялся оповестить, и сам по дороге увидит, что случилось. Или не увидит.

Техника он не застал в мастерской. На двери висела записка, что он уехал по вызову и скоро вернется. Но записка уже пожелтела, а сквозь немытое стекло было не разглядеть, работает сейчас мастерская или закрылась на отпуск, а то и на всю зиму. На столах стояли телефоны и компьютеры, лежали кабели, штекеры, отвертки.

В магазине, кроме него, не было других посетителей. Владелец заговорил с ним и рассказал, что в следующее воскресенье состоится городской праздник, и спросил, не придет ли он тоже? И жену, и дочку, может быть, привезет?

Он ни разу не приезжал в магазин с Кейт и Ритой и ни в одну лавку или ресторан с ними не заходил. Иногда они вместе проезжали через город, и только. Что еще известно о них владельцу магазина?

И тут он увидел в «Нью-Йорк таймс» портрет Кейт. Ей присудили премию. В газете сообщалось, что ее не было на вручении, премию за нее получила представительница ее литературного агентства. Редакция не смогла связаться с Кейт, чтобы услышать ее комментарии.

Что же, владелец магазина не читал газету? Не узнал Кейт на фотографии? Он не рассмотрел Кейт как следует, когда они проезжали с ней через город? Может быть, кто-то рассмотрел ее получше, когда она проезжала здесь на машине, и теперь узнал на снимке? Неужели кто-нибудь позвонит в «Нью-Йорк таймс» и расскажет, где можно найти Кейт? Или свяжутся с издателем «Уикли геральд», в котором еженедельно наряду с рекламой печатаются короткие сообщения о преступлениях и авариях, торжествах по поводу открытия новых учреждений, даются объявления о юбилеях, свадьбах, рождениях и смертях?

Рядом с прилавком лежало еще три экземпляра «Нью-Йорк таймс». Он бы с удовольствием купил все три, чтобы не досталось никому другому и никто не прочитал бы этой статьи. Но это насторожило бы владельца магазина. Так что он купил только один экземпляр. Заодно он купил небольшую бутылку виски, которую владелец магазина упрятал в коричневый бумажный пакет. Направляясь к машине, он увидел сложенные в штабель синие стойки и перекладины полицейского ограждения, приготовленные для того, чтобы огородить во время праздника главную улицу. Он еще раз подъехал к мастерской и снова никого не застал. Можно будет сказать, что он заходил туда, но безуспешно.

Вынутую из почтовой ячейки почту он даже не стал просматривать, а не глядя засунул за треснувшую подкладку солнцезащитного козырька. Он снова доехал до панорамной площадки, остановился и открыл бутылку. Виски обжег ему рот и глотку, он поперхнулся и рыгнул. Глядя на коричневый бумажный пакет с бутылкой в своей руке, он невольно вспомнил городских бродяг в Нью-Йорке, которые, сидя на скамейках в Центральном парке, пили из коричневых бумажных пакетов. Потому что не сумели сберечь свой мир.

В прошлый раз, когда он тут останавливался, лес полыхал яркими красками. Сегодня осень отгорела и краски поблекли и померкли в дымке тумана. Он опустил стекло и вдохнул прохладный, сырой воздух. От так ждал зимы, предвкушая радость зимовки в новом доме, вечеров у камина и как они вместе будут мастерить игрушки к адвенту[1], чтобы украсить венок, потом украшать елку, как будут печь яблоки и варить глинтвейн. Он радовался, думая, что у Кейт будет тогда больше времени для него и для Риты.

Радовался он и нью-йоркским друзьям, которых зимой они наконец пригласят погостить. Настоящих друзей: Питера и Лиз, Стива и Сьюзен, а не свору литературных агентов, издательских работников и представителей средств массовой информации, с которыми познакомились на каких-то банкетах и приемах. Питер и Лиз были писателями, Стив — преподавателем, а Сьюзен делала бижутерию, эти люди были единственными, с кем они всерьез говорили о причинах, почему

---

[1] *Адвент* (*лат.* «пришествие») — время, начинающееся с четвертого воскресенья перед наступлением Рождества; в Западной Европе и США его празднование связано с разными традициями. Одна из них — украшать стол еловым венком с четырьмя свечами. В первое воскресенье зажигается одна свеча, и каждое следующее воскресенье к ней добавляется еще одна.

решили переехать за город. И только им они сообщили свой новый адрес.

Да, друзья знают адрес. А что, если они вдруг возьмут и нагрянут? Потому что прочитали новость в «Нью-Йорк таймс» и, подумав, что до Кейт, вероятно, еще не дошло радостное известие, решат сами принести ей эту добрую весть?

Он еще раз глотнул из бутылки. Нельзя напиваться. Он должен сохранить ясную голову и хорошенько обдумать, как ему лучше поступить. Позвонить друзьям? Сказать, что Кейт уже знает про премию и просто не хотела окунаться в балаганную атмосферу? Друзья хорошо знают Кейт, им известно, что она любит, когда ее чествуют. Они не поверят и тем более приедут.

Его охватила паника. Если завтра заявятся друзья, то послезавтра Кейт уже будет в Нью-Йорке, и снова начнется прежняя круговерть. Как сделать, чтобы этого не случилось? Надо срочно что-то придумать! Как соврать, чтобы друзья не ринулись сюда?

Он вышел из машины, допил бутылку и с размаху зашвырнул ее в лес. Вот так всегда в его жизни: если приходится выбирать, то непременно между двумя плохими вариантами! Между тем, чтобы жить с матерью или жить с отцом, когда родители наконец решились на развод. Между учебой в университете, на которую пришлось бы зарабатывать деньги, тратя на это все свободное время, и отвратительной работой, при которой у него оставалось бы время, чтобы писать. Между Германией, где он всегда чувствовал себя чужим, и Америкой, для которой он чужим так и остался. Хоть бы раз ему наконец повезло, как другим! Хоть бы раз довелось выбирать между двумя хорошими возможностями!

Он не стал звонить друзьям. Он поехал домой и сообщил о безуспешной попытке повидать техника. Завтра, мол, попробую еще раз, в крайнем случае поищу техника в соседнем городе или обращусь в телефонную компанию. Кейт злилась — не на него, а на житье в сельской местности, где инфраструктура не идет ни в какое сравнение с нью-йоркской. Заметив, что его это расстраивает, она смягчилась:

— Давай сами инвестируем средства в развитие инфраструктуры и поставим на горе за домом мачту. Мы можем это себе позволить. Так мы все-таки уменьшим свою зависимость от техников и телефонных компаний.

8

Среди ночи он вдруг проснулся. Было без малого два часа. Он тихонько поднялся и, раздвинув немного занавески, выглянул в окно. Небо было ясное, и даже без луны были четко видны лужайка, лес и дорога. Он сгреб со стула свою одежду и, на цыпочках выйдя из комнаты, спустился по скрипучей лестнице. На кухне он оделся: натянул майку и джинсы, надел теплую куртку, нахлобучил на голову шерстяную шапку и залез в сапоги. На улице сейчас холодно, на лужайке белел иней.

Дверь открылась и закрылась бесшумно. Несколько шагов, отделявшие его от машины, он тоже прошел на цыпочках. Сунул ключ в зажигание и снял блокировку с рулевого колеса. Затем, упершись одной рукой в раскрытую дверцу и подруливая другой, вытолкал машину с лужайки на дорогу. Толкать было трудно, и он кряхтел и потел. По траве машина катилась беззвучно. На дороге под колесами зашуршала щебенка. Ужасно громко, как ему показалось. Но скоро дорога пошла под уклон, и машина начала разгоняться. Он вскочил на сиденье и, после нескольких поворотов оказавшись за пределами слышимости, включил мотор.

По дороге в город ему попалось несколько встречных машин, но, насколько он мог разглядеть, среди них не было ни одной знакомой. В городе в некоторых окнах еще горел свет — это были жилые дома, и он мысленно представлял себе мать у постели больного ребенка, или отца, засидевшегося над деловыми бумагами, или старичка, которому всегда не спится.

На главной улице все окна были темные. Он проехал по ней из конца в конец, ни разу не увидев ни души: ни пьянчужки на скамейке, ни влюбленных парочек в подъезде. Он проехал мимо конторы шерифа — там тоже было темно, а парковка с двумя полицейскими машинами была перегорожена цепью. Он выключил фары, медленно вернулся назад и остановился возле сложенных в штабель синих подставок и перекладин полицейского ограждения. Он подождал, прислушиваясь, все ли спокойно, тихонько выбрался из машины и осторожно переложил три подставки и две перекладины к себе в кузов. Затем тихо вернулся в машину, снова немного подождал и, не включая фар, выехал из города.

Он включил радио. «We are the Champions»[1] — мальчиком он любил эту песню и давно ее не слышал. Он стал подпевать. И опять ощутил торжество. У него снова все получилось! Вот он какой на самом деле — в нем скрыто много такого, о чем люди и не догадываются. О чем не догадывается Кейт. Да он и сам раньше не знал, на что он, оказывается, способен. Вот и сейчас он все так ловко обтяпал, что никто на него не подумает. Ну ошибся кто-то или глупо подшутил —

---

[1] «Мы — чемпионы» (англ.) — песня рок-группы «Куин», написанная Фредди Меркьюри.

кто узнает, откуда на дороге взялось ограждение? Да и кто будет разбираться?

Он вел машину, соображая, в каком месте выставить ограждение. Дорога, ведущая к его дому, ответвлялась от шоссе под углом в девяносто градусов и, сделав крутой поворот, тянулась некоторое время почти параллельно шоссе. У самого перекрестка ограждение будет чересчур бросаться в глаза, с таким же успехом его можно поставить на повороте.

Это было минутное дело. Остановившись за поворотом, он поставил стойки, положил на них перекладину. Дорога была перекрыта.

Не доезжая до конца небольшого подъема, который вел к дому, он заранее выключил двигатель и погасил фары. Остаток подъема машина одолела по инерции. Машина без света тихо выкатилась с дороги на лужайку. Было половина пятого.

Он посидел, прислушиваясь. Слышался только шум ветра в деревьях, иногда шорох какого-нибудь зверька или хруст сломанной ветки. Из дому не доносилось ни звука. Скоро уже рассвет.

Кейт спросила:

— Где ты был?

Но она не проснулась. Когда наутро она сказала ему, что ночью ей показалось, будто бы он уходил, а потом вернулся, он только пожал плечами: «Ну да, выходил разок в туалет».

9

Несколько дней он был счастлив. К этому счастью примешивалась легкая тревога. Что, если вдруг шериф обнаружит перекладину на дороге? Или увидит кто-нибудь из соседей и сообщит? Или друзья вдруг не послушают его и приедут? Но никто не являлся.

Раз в день он снимал одну перекладину, отодвигал в сторону подпорку и проезжал на машине. Он снова наведался к запертой мастерской. Съездил в соседний город и нашел там техника, но прийти не пригласил. Не позвонил он и в телефонную компанию. Снимая и возвращая на место перекладину, сдвигая и ставя обратно подставку, он испытывал приятное ощущение. Он чувствовал себя хозяином за́мка, который отпирает и запирает ворота.

Из каждой поездки он спешил как можно скорее вернуться домой. Ведь Кейт не терпится снова сесть за письменный стол, а ему не терпелось вернуться домой, в свой надежный мир: где наверху работает Кейт, где Рита всегда с ним рядом, насладиться счастьем привычного домашнего уклада. Поскольку близился День благодарения, он рассказывал Рите об отцах-пилигримах[1] и индейцах, и они с ней нарисовали большую картину, на которой все вместе пировали за праздничным столом: отцы-пилигримы, индейцы, Кейт, Рита и он.

— А они к нам придут? Отцы-пилигримы и индейцы?

— Нет, Рита, они давно уже умерли.

— Но я хочу, чтобы кто-нибудь пришел!

— И я хочу, — заглянула в дверь Кейт. — Я почти закончила.

— Книгу?

Она кивнула:

— Книгу. И как закончу, мы это отпразднуем. И позовем друзей. И мою агентшу, и редакторшу. И соседей.

---

[1] *Отцы-пилигримы* — первые поселенцы, прибывшие в Америку из Англии на корабле «Мэйфлауэр» в 1620 г. День благодарения, учрежденный ими, стал в США национальным праздником, который отмечается в четвертое воскресенье ноября.

— Почти закончила — это как понять?

— До конца недели закончу. Разве ты не рад?

Он подошел к ней и заключил в объятия:

— Конечно рад. Это потрясающая книга. Будет бешеная пресса, в «Барнс и Нобл» она будет штабелями лежать в разделе бестселлеров, и по ней снимут потрясающий фильм.

Она убрала голову с его плеча, отодвинулась и улыбнулась ему:

— Ты просто чудо! Ты был таким терпеливым! Ты ухаживал за мной, и за Ритой, и за домом, и за садом, каждый день одно и то же, и ни разу не пожаловался. Зато теперь начнется настоящая жизнь, обещаю тебе.

Он смотрел в окно на огород, поленницу, компостную кучу. Пруд возле берега начал замерзать, скоро можно будет кататься на коньках. Разве это не жизнь? О чем она говорит?

— В понедельник я съезжу в город: надо зайти в интернет-кафе и позвонить по телефону. Отпразднуем День благодарения с друзьями?

— Разве можно созвать всех так скоропалительно? И что делать Рите в такой взрослой компании?

— Каждый будет рад почитать Рите вслух или поиграть с ней. Она такое же чудо, как ты.

Что это она говорит? Что он такое же чудо, как дочка?

— Я могу спросить Питера и Лиз, не хотят ли они привезти с собой племянников. Правда, вряд ли родители отпустят их на День благодарения, но спросить-то можно. И сын моей редакторши как раз одного возраста с Ритой.

Он уже не слушал. Она его обманула. Обещала зиму и лето, а теперь говорит, что уже закончила. Через несколько месяцев агентша спокойно передала бы ей премию дома за бокалом шампанского, а теперь весь балаган запустится по полной программе, только с небольшим запозданием. Можно ли это как-то предотвратить? А что бы он предпринял, если бы времени оставалось до исхода зимы или до начала весны? Уговорил бы Кейт отложить починку техники до лучших времен, а до тех пор он будет ездить в город и забирать в интернет-кафе ее электронную почту? Она же доверяла ему обычную почту, отчего бы не доверить и электронную? А там, глядишь, начался бы снегопад и продолжался бы до весны, как в 1876 году, тогда они так и провели бы зиму: она бы писала, они читали бы книги, играли, готовили еду, спали, не интересуясь тем, что там делается в мире.

— Я пошла наверх. А в воскресенье мы уж отпразднуем втроем, хорошо?

10

Что же ему теперь — сдаться? Но Кейт никогда еще не была так спокойна, и никогда ей так легко не писалось, как в последние полгода. Ей нужна такая жизнь, как здесь. И Рите это тоже нужно. Не позволит он своему ангелу подвергаться опасностям, которыми грозят в городе уличное движение, преступность и наркотики. Если получится сделать жене еще одного ребенка, а лучше бы двух, он учил бы их дома. При одном ребенке это представлялось ему сомнительным с точки зрения педагогики, а при двух или трех было бы самое то. А может быть, подошло бы и при одном. Разве Рите не лучше у него под присмотром, чем в какой-то плохой школе?

В воскресенье Кейт встала рано и к двенадцати уже все закончила.

— Я закончила! — крикнула она, бегом сбежала по лестнице, обхватила одной рукой его, другой — Риту и заплясала с ними вокруг деревянных опор. Затем повязала передник. — Сготовим что-нибудь? Что там у нас есть в доме? Чего бы вы хотели?

За стряпней, а потом за столом Кейт и Рита до того разошлись, что заливались хохотом по любому поводу. «Много смеха — к слезам», — говаривала его бабушка, останавливая чересчур развеселившихся внуков. Сейчас его так и подмывало остановить Кейт и Риту, но он постеснялся — не стоит брюзжать как старикашка — и ничего не сказал. Но все вокруг как-то помрачнело. Их шаловливое поведение его раздражало.

— А теперь рассказ, рассказ! — заклянчила после обеда Рита.

На этот раз они с Кейт ничего не придумали заранее во время готовки, но, вообще-то, в этом и не было необходимости. Достаточно было одному начать, а второму подхватить, главное — слушать друг друга внимательно. Но сегодня он все тянул и мямлил, пока не испортил Рите и Кейт удовольствие от этой игры. Тут он и сам пожалел, что испортил всем настроение, но было уже поздно, да и Риту пора было укладывать.

— Я пойду с ней, — сказала Кейт.

Он слышал смех Риты из ванной, потом — как она расшалилась в спальне. Когда все стихло, он подумал, что сейчас дочка позовет его, чтобы поцеловать на ночь. Но она не позвала.

— Уснула мгновенно, — сказала Кейт, усаживаясь рядом с ним.

Про его мрачное настроение она не проронила ни слова. Она все еще была такой же воодушевленной; ему же при мысли, что она даже не замечает, как ему скверно на душе, стало еще хуже. Он давно уже не видел ее такой, она вся лучилась радостью, щеки разрумянились, глаза светились. А сколько уверенности чувствуется у нее в каждом движении! Она знает, как она хороша — слишком хороша для жизни в деревне, и ее место в Нью-Йорке! При одной мысли об этом он упал духом.

— Завтра я с утра еду в город. Будут какие-нибудь поручения?

— Завтра не получится. Я обещал помочь Джонатану чинить крышу сарая, и мне понадобится машина. Ты же говорила, что допишешь книгу к концу недели, и я подумал, что завтра ты сможешь посидеть с Ритой.

— Но я же предупреждала, что завтра хочу съездить в город.

— А что я хочу, не в счет?

— Я этого не говорила.

— Но именно так это прозвучало.

— Извини, пожалуйста. — Она не хотела ссориться, а пыталась найти выход. — Я подвезу тебя к Джонатану, а сама поеду дальше в город.

— А Рита?

— Риту возьму с собой.

— Ты же знаешь, что ее укачивает в машине.

— Тогда я оставлю ее с тобой. Дорога до Джонатана занимает всего двадцать минут.

— Для Риты даже двадцать минут в машине — это уже слишком много.

— Два раза было, что Риту тошнило, и только. В Нью-Йорке она спокойно ездила на такси и сюда из Нью-Йорка приехала на машине. У тебя навязчивая идея, будто она не переносит езды на машине. Давай, по крайней мере, попробуем...

— Ты что, собираешься проводить над Ритой эксперименты? Станет ли ей плохо или как-нибудь обойдется? Нет уж, Кейт! Никаких экспериментов над моей дочерью я не допущу.

— Твоя дочь, твоя дочь... Рита такая же моя дочь, как и твоя! Говори «наша дочь» или «Рита», только, пожалуйста, не разыгрывай из себя заботливого папашу, которому приходится защищать свою доченьку от злой матери.

— Я ничего не разыгрываю. Просто я больше думаю о Рите, чем ты. Я сказал, что она не поедет на машине, и, значит, она не поедет.

— Почему бы нам не спросить завтра у нее? Она сама неплохо разбирается в том, чего хочет, а чего не хочет.

— Она же маленький ребенок, Кейт! Мало ли что она пожелает ехать, а потом окажется, что не может.

— Тогда я возьму ее на руки и отнесу домой.

Он только покачал головой. После всех глупостей, которые она наговорила, у него появилось такое чувство, словно ему и впрямь надо ехать к Джонатану чинить крышу. Он встал:

— Как ты смотришь на то, чтобы я достал из холодильника припасенную там бутылочку шампанского? — Он поцеловал ее в темечко, принес бутылку с двумя бокалами и налил ей и себе. — За тебя и твою книгу!

Она с трудом заставила себя улыбнуться, подняла бокал и выпила.

— Пожалуй, я пойду и просмотрю еще раз написанное. Так что ты не дожидайся меня.

11

Он не стал ждать и лег без нее. Но не мог заснуть, пока она не пришла в постель. Было темно, он лежал, не говоря ни слова, и равномерно дышал. Полежав некоторое время на спине, словно обдумывая, будить ли его и начинать ли разговор, она перевернулась на другой бок.

Наутро, когда он проснулся, ее рядом уже не было. Он услышал голоса Кейт и Риты на кухне, оделся и спустился вниз.

— Папа, мне можно ехать на машине?

— Нет, Рита, тебе от езды делается нехорошо. Мы подождем с этим, пока ты подрастешь и окрепнешь.

— А мама сказала...

— Мама хотела сказать, что как-нибудь потом, а не сегодня.

— Пожалуйста, не толкуй за меня, что я хотела сказать, — произнесла Кейт сдержанным тоном.

На этом ее терпение лопнуло, и она на него закричала:

— Ну что ты несешь полную чушь! Говоришь, что собираешься помогать Джонатану с сараем, а сам спишь допоздна? Говоришь, что собираешься зимой кататься с Ритой на лыжах, и тут же заявляешь, что ей слишком опасно ездить на машине? Ты хочешь сделать из меня домашнюю клушу, которая стоит у плиты, дожидаясь, когда муженек соизволит уступить ей машину? Либо мы сейчас едем втроем и я подвезу тебя к Джонатану, либо мы с Ритой поедем одни.

— Я хочу сделать из тебя домашнюю клушу? А я-то кто тогда, по-твоему, если даже на домашнюю клушу у плиты не тяну? Всего лишь неудавшийся писатель? Который живет на твоем содержании? Которому разрешается ухаживать за ребенком, но нельзя ничего решать? Нянька и уборщица?

Кейт снова взяла себя в руки. Она посмотрела на него, приподняв бровь:

— Ты знаешь, что ничего подобного у меня в мыслях не было. Так я поехала. Ты едешь со мной?

— Ты никуда не поедешь!

Но она оделась, одела Риту в куртку и сапоги и направилась к двери. Когда он встал на пороге, загораживая проход, Кейт взяла Риту на руки и пошла к другой двери через веранду. Постояв в нерешительности, он бросился за ней, догнал, схватил, чтобы удержать. Тут Рита заплакала, и он выпустил Кейт. Он последовал за ней на двор и через лужайку к машине:

— Пожалуйста, не делай этого!

Не отвечая, Кейт села на водительское место, посадила Риту рядом с собой, захлопнула дверцу и включила двигатель.

— Только не на переднем сиденье!

Он хотел открыть дверцу, но Кейт нажала кнопку блокировки. Он заколотил в дверь, схватился за ручку, хотел удержать машину. Она тронулась. Он побежал рядом, увидел, как Рита, стоя на коленках, вся в слезах, смотрит на него с переднего сиденья.

— Ремень безопасности! — крикнул он. — Пристегни Риту ремнем безопасности!

Но Кейт словно не слышала. Машина набирала скорость, и ему пришлось отпустить ручку.

Он бежал следом за машиной, но уже не догнал. Кейт ехала по щебеночной дороге на небольшой скорости, но все равно удалялась от него: после первого поворота расстояние между ними неуклонно увеличивалось, а после следующего машина скрылась из виду, и он слышал, как стихает, удаляясь, шум двигателя.

Он продолжал бежать. Он не мог не бежать за машиной, хотя догнать ее было уже невозможно. Он бежал, стараясь не отстать, не потерять жену и дочку, чтобы сохранить то, что составляло его жизнь. Он бежал, чтобы не возвращаться в опустелый дом. Он бежал, только чтобы не стоять на месте.

Наконец он выбился из сил. Он нагнулся и уперся руками в колени. Немного успокоившись, когда уши его снова начали различать другие звуки, кроме собственного дыхания, он далеко-далеко услышал машину. Он выпрямился, но увидеть уже ничего не мог. Далекий шум еще доносился, но постепенно затихал, и он ждал, когда все окончательно смолкнет. Вместо этого послышался отдаленный грохот. Затем наступила тишина.

Он снова бросился бежать. Перед глазами у него вставала машина, наехавшая на перекладину и стойку или на дерево, если Кейт в последний миг вывернула руль. Он видел окровавленные при ударе о лобовое стекло головы Кейт и Риты, как Кейт с Ритой на руках, шатаясь, выходит на шоссе, а мимо равнодушно проезжают машины, слышал крики Риты и рыдания Кейт. Или вдруг обеих зажало в машине, они не могут выбраться, а бензин вот-вот вспыхнет и машина взорвется? Он бежал бегом, хотя ноги у него подкашивались и кололо в груди и в боку.

И тут он увидел машину. Слава богу, она не загорелась! В машине было пусто, а Кейт и Риты нигде не было видно — ни возле машины, ни около шоссе. Он ждал и махал рукой, но никто не останавливался, чтобы его подобрать. Он вернулся к машине, увидел, что она наехала на перекладину и подпорку, и подпорка, врезавшись между бампером и днищем, застряла таким образом, что ехать было невозможно. Дверца стояла распахнутая, и он сел на водительское место. Лобовое стекло было цело, однако на нем — не с водительской стороны, а напротив пассажирского сиденья — осталось кровавое пятно.

Ключ не был вынут из зажигания, но когда он дал задний ход, машина поволокла за собой заклинившуюся подставку. Он привязал подставку к дереву, дал задний ход и откатился вперед, еще раз назад и вперед, и еще, и еще. Он ощущал это как наказание за оборванную телефонную линию, и к тому времени, когда машина наконец освободилась от подставки, он успел прийти в такое же изнеможение, как тогда. Сложив подставки и перекладины в кузов, он поехал в больницу. Да, его жену и дочь доставили сюда полчаса тому назад. Его отвели к ним.

12

Больничные коридоры выглядели более приветливо, чем в немецких больницах. Они были широкие, с кожаными креслами, повсюду расставлены цветы. В лифте висел плакат, сообщавший, что эта больница в четвертый раз подряд завоевала титул больницы года. Его провели в приемную: доктор, сказали, сейчас придет. Он сел, встал, посмотрел цветные фотографии на стенах — развалины камбоджийских и мексиканских храмов навели на него тоску, — снова сел. Через полчаса дверь отворилась и вошел доктор. Он был молод, энергичен и бодр.

— Ваши, можно сказать, легко отделались. Ваша жена подставила перед девочкой вытянутую руку, — правой рукой он показал, как это было, — и, когда девочка налетела на нее со всего разгона, рука сломалась. Но перелом оказался простой, а вашей дочери это, вероятно, спасло жизнь. Кроме того, у вашей жены сломано несколько ребер и есть травма шейного отдела позвоночника. Но все это заживет. Мы подержим ее тут только несколько дней. — Врач засмеялся. — Для нас это честь — иметь в пациентках лауреатку Национальной книжной премии, и мне особенно повезло, что я первым мог сообщить ей такую приятную новость. Я ее сразу узнал, но не сразу решился заговорить с ней об этом. Оказывается, она еще ничего не знала и очень обрадовалась, когда услышала.

— А как моя дочь?

— У нее на лбу была ссадина, мы ее зашили. Сегодня ночью мы за вашей дочерью понаблюдаем, и если все будет в порядке, то завтра вы можете забрать ее домой.

Он кивнул:

— Можно мне повидать жену?

— Я вас к ней провожу.

Она лежала в одноместной палате. Правая рука и шея были в белых шинах из пластика. Врач оставил их одних.

Он придвинул к кровати стул:

— Поздравляю с премией!

— Ты знал о ней. Ты каждый день ездил в город, а бывая там, ты читаешь «Нью-Йорк таймс». Почему ты мне ничего не сказал? Раз ты не добился писательского успеха, значит, и мне нельзя?

— Нет, Кейт. Я только хотел сохранить наш мир. Я не ревную. Сколько бы ты ни написала бестселлеров...

— Я не считаю себя в чем-то лучше тебя. Ты заслуживаешь такого же успеха, и мне жаль, что мир так несправедлив и ты не получил признания. Но я не могу из-за этого отказаться от писательства. Я не могу пригибаться ниже своего уровня.

— Пригибаться до моего? — Он покачал головой. — Я не хотел, чтобы опять закрутился этот балаган. Бесконечные интервью, ток-шоу, банкеты... и как там оно еще называется. Чтобы все стало как раньше. Эти полгода, прожитые здесь, принесли нам столько хорошего.

— Я не выдержу, если от меня останется только тень, которая утром скрывается в кабинете за письменным столом, а вечером сидит с тобой у камина и раз в неделю играет в семейную жизнь.

— Мы же не сидим просто так у камина, мы разговариваем, и мы не играем в семейную жизнь, мы ее ведем.

— Ты отлично понимаешь, что я хочу сказать. Тем, чем я была для тебя в последние полгода, могла бы вместо меня быть любая женщина, которая тихо занимается своими делами, мало говорит, а ночью рада притулиться у тебя под боком. Я не могу жить с мужчиной, который из зависти хочет, чтобы от меня, кроме этого, ничего не осталось. Или который только это и любит.

— Что ты этим хочешь сказать?

— Мы уходим от тебя. Мы переезжаем...

— Вы? Ты и Рита? Ребенок, которого я пеленал и купал, для которого я готовил еду и которого научил читать и писать? За которым я ухаживал во время болезни? Ни один судья не присудит тебе Риту!

— После твоего сегодняшнего покушения?

— Моего покушения? — Он снова покачал головой. — Не было никакого покушения. Я только попытался от всего отключиться — от телефона и Интернета, ну и от всего остального отгородиться.

— Это было покушение. И водитель, который доставил меня сюда, сообщит об этом шерифу.

До сих пор он сидел на стуле, понурясь и опустив голову. Но тут он выпрямился:

— Я забрал оттуда машину и приехал на ней сюда. Заграждение уже убрано. Единственное, что выяснит шериф, — это то, что ты везла в машине ребенка, не посадив его в детское сиденье и не закрепив ремень безопасности. — Он посмотрел на жену. — Ни один судья не присудит тебе Риту. Так что придется тебе остаться со мной.

Какой взгляд она на него бросила? Ненавидящий? Этого не могло быть. Оторопелый. Болит у нее не сломанная рука и не сломанные ребра. Болит в ней досада на то, что он перечеркнул ее планы. Она не хочет осознать, что больше не сможет поступать, как ей вздумается, не считаясь с его мнением. Так пускай же наконец поймет!

Он поднялся:

— Я люблю тебя, Кейт!

По какому праву она глядит на него с таким ужасом? По какому праву заявляет: «Ты сошел с ума»?

13

Через город он проехал по главной улице. Он бы с удовольствием незаметно вернул назад перекладины и подставки, но праздник города уже прошел, и штабеля были убраны.

Из магазина он позвонил в телефонную компанию и сообщил им о повреждении на линии. Там пообещали сегодня же прислать ремонтников.

Дома он обошел все комнаты. В спальне раздвинул занавески и отворил окно, прибрал постель и сложил ночную рубашку и пижаму. Подойдя к кабинету Кейт, остановился на пороге. Там все было прибрано; на столе, кроме компьютера и принтера да стопки печатных листов, было пусто, книжки и бумаги, валявшиеся на полу, были сложены на полки. Казалось, она поставила завершающую точку не только в своей книге, но завершила целый период своей жизни. Ему стало грустно. Комната Риты пахла маленькой девочкой; он закрыл глаза, понюхал и учуял запах ее медвежонка, которого она не давала стирать, ее шампуня, ее пота. На кухне он собрал посуду и кастрюли и отправил в посудомоечную машину, остальное оставил, где нашел: свитер, словно Кейт в любую минуту может войти и его надеть, краски, словно Рита прямо сейчас сядет к столу и примется рисовать. Ему показалось вдруг холодно, и он отвернул кран отопления.

Он вышел на крыльцо. Ни один судья не отберет у него Риту. В худшем случае толковый адвокат добьется для него хороших алиментов. Ну что ж! Тогда он будет жить с Ритой один в горах. Значит, придется Рите привыкать к тому, что мать у нее живет отдельно в пяти часах езды отсюда. Кейт решила довести дело до крайности? Пускай попробует — ей же хуже!

Он обвел взглядом лес, лужайку с яблонями и кустами сирени, пруд с плакучей ивой. Что же, никогда, значит, не бывать совместному катанию на коньках по замерзшему пруду? Не бывать катанию на санках со склона на том берегу? Даже если Рита как-то справится без матери в эмоциональном плане, а он в финансовом обойдется без Кейт, он все равно не желает терять тот мир, который еще летом вызывал у него такое ощущение, словно принадлежал ему всегда и всегда будет принадлежать.

Он придумает план, как сохранить все, из чего состоит его жизнь. Даже смешно подумать, что при таком удачном раскладе, как сейчас, это у него не получится! Завтра он заберет из больницы Риту. Через несколько дней они с Ритой встретят у дверей больницы Кейт. С цветами. С плакатом: «Добро пожаловать домой!» Со всей любовью.

Он направился к машине, выгрузил стойки и перекладины и отнес их на площадку перед кухней, на которой пилил и колол дрова для камина. Он трудился дотемна, вытаскивая из стоек гвозди и распиливая на чурки перекладины и подпорки. При свете, падавшем из кухонного окна, он прибрал чурки в поленницу, сняв с нее часть заготовленных к зиме поленьев и рассовав между ними новые чурки.

Набрав в корзину старых дровишек вперемешку с новыми полешками, он отнес ее к камину. Зазвонил телефон: телефонная компания сообщала, что линия восстановлена. Он справился по телефону в больнице и услышал, что Кейт и Рита спят, он может ни о чем не беспокоиться.

Дрова разгорелись. Он подсел к огню и стал глядеть, как языки огня лижут поленья, те разгораются, полыхают жарким пламенем и рассыпаются на угли. На одной голубой чурке он прочел написанное белыми буквами слово «line» — часть надписи «Police line do not cross»[1]. Пламя расплавило краску, та растеклась, и надпись исчезла. Через несколько недель он вот так же будет сидеть у камина с Кейт и Ритой. Кейт прочтет на каком-нибудь чурбачке «not» или «do» и вспомнит сегодняшний день. Она поймет, как он ее любит, придвинется ближе и прижмется к нему.

---

[1] «За полицейское ограждение не заходить» *(англ.)*.

Странник в ночи

1

— Вы ведь узнали меня, да?

Едва успев сесть рядом, он сразу со мной заговорил. Он был последним пассажиром, после него стюардессы закрыли дверь.

— Мы с вами...

Мы с ним стояли в зале ожидания среди других пассажиров. За окнами лил дождь, рейс из Нью-Йорка на Франкфурт все откладывался, и мы убивали время, запивая досаду шампанским и развлекая друг друга историями о запоздавших рейсах и упущенных возможностях.

Он не дал мне договорить:

— Я понял по вашим глазам. Мне знаком этот взгляд: сначала вопросительный, затем припоминающий, затем ужаснувшийся. Откуда вы знаете... Дурацкий вопрос! В конце концов, ведь моя история прошла по всем газетам и по всем каналам.

Я посмотрел в его сторону. Ему можно было дать лет пятьдесят. Высокий и стройный, с приятным, умным лицом, в черных волосах сильно пробивается седина. В баре он не делился с окружающими никакими историями; я обратил внимание только на его мягко обволакивающий, примятый мягкими складочками костюм.

— Очень сожалею, — (и почему я сказал «очень сожалею»?), — но я вас не узнал.

Самолет оторвался от земли и стал круто набирать высоту. Я люблю эти минуты, когда тебя вжимает в спинку сиденья, — в животе появляется тянущее ощущение и ты всем телом чувствуешь, что летишь. В иллюминаторе виднелось море городских огней. Затем самолет описал широкую дугу, видно стало только небо, и затем подо мною возникло море, блестевшее в свете луны.

Мой сосед тихонько хохотнул:

— Сколько раз со мной кто-нибудь заговаривал и я делал вид, что я — это не я. Сейчас я решился взять быка за рога, а быка-то и нет! — Он снова хохотнул и представился: — Вернер Менцель. Выпьем за удачный перелет!

За аперитивом мы обменивались незначительными репликами, за ужином смотрели разные фильмы. Ничто не подготовило меня к тому, что он обратится ко мне после того, как в салоне выключат общий свет:

— Вы очень устали? Я понимаю, что не вправе вам навязываться, но если бы вы согласились выслушать мою историю... Это не займет много времени. — Он запнулся, снова тихо хохотнул. — Впрочем, нет — времени это займет много, но я был бы вам очень благодарен. Понимаете ли, до сих пор мою историю рассказывали средства массовой информации. Но это была уже не моя, а их повесть. Моя повесть еще не сложена. Мне еще предстоит научиться ее рассказывать. А разве можно для этого придумать лучший способ, как поведать ее тому, кто о ней еще ничего не знал, — страннику в ночи.

Я не принадлежу к числу тех людей, которые в самолете не могут спать. Но я не хотел его обидеть.

Вдобавок в том, как он упомянул о страннике в ночи, звучала какая-то скрытая нежность, она-то меня и подкупила, введя в соблазн.

2

— Эта история началась перед войной в Ираке. Я получил должность в министерстве экономики и был приглашен присоединиться к кружку молодых коллег из министерства внутренних дел, иностранных дел и университета. Кружок был читательский и дискуссионный: в то время в Берлине снова вошли в моду литературные салоны. Мы собирались раз в четыре недели в восемь часов, проводили время в дискуссиях за бутылкой-другой вина, а в одиннадцать к нам иногда присоединялись наши дамы, заходившие по пути с концерта или из театра — посмеяться над нашими книжными увлечениями и спорами, жаркий конец которых они обыкновенно заставали.

Иногда наши дипломаты приглашали нас на свои приемы — не на серьезные встречи, а на вечера, куда приходили писатели и художники. На первых порах мы с моей приятельницей держались общества тех, с кем были знакомы. Потом почувствовали, что остальные рады, когда мы с ними заговариваем. Конечно, там встречались лица настолько значительные, что мы для них не представляли интереса, попадались и люди, которые только изображали из себя значительных особ. Но это в виде исключения. Я и не знал, что на приемах может быть так интересно.

Я мог бы заметить это и сразу... Я заметил, что атташе кувейтского посольства флиртует с моей подругой. Надо ли мне было прекратить с ним отношения?

Он флиртовал как бы не всерьез, скорее выражая восхищение ее красотой, чем стараясь ее завоевать. Так и я флиртовал с понравившейся женщиной, для того чтобы показать ей свое восхищение, а не для того, чтобы ее добиться. Моя подруга в ответ тоже флиртовала; она не то чтобы поощряла его, а просто давала понять, что ей приятны его комплименты.

Рассказывая, он опирался на подлокотник. Сейчас откинулся на спинку.

— Она была изумительно хороша собой. До чего же я любил ее белокурые волосы! То, как они переливались более светлыми и темными прядями, как волнами ложились на ее плечи, то сияние, которым они окружали ее лицо. «Ангел мой, — так и хотелось мне повторять, — ангел мой». А фигурка! — Он снова засмеялся тихим смешком. — Вы же знаете, с какой злой придирчивостью сами женщины иногда на себя смотрят. Может быть, ее икры и впрямь были толстоваты. Но мне они нравились. Они придавали ее белокурой красоте какую-то почвенную укорененность. Это хорошо согласовывалось с тем, что ее дедушка был крестьянин, отец — железнодорожник, а сама она — энергичная докторша. Мне нравилось также, что расстояние между носом и верхней губой по какому-то капризу природы получилось у нее коротковатым, из-за чего рот у нее часто бывал чуточку приоткрыт. В такие минуты выражение лица у нее приобретало какое-то сказочное очарование, как у ребенка, который с удивлением смотрит на мир. Но в сосредоточенные моменты, когда она сжимала губы, лицо ее выражало всю свойственную ей решительность. Ну а походка! Знаете французский шансон со словами «Elle ne marche pas, elle danse»?[1] Он тихонько напел мелодию.

---

[1] «Она не просто ходит, а танцует» *(фр.)*.

— Напрасно мы приняли приглашение кувейтского атташе! Но моя подруга любила путешествия в дальние страны, а я, вовсе не любя путешествовать... Ну скажите, что за помрачение на меня нашло? Ведь я не любил путешествовать и в тот раз тоже предпочел бы никуда не ездить, а согласившись тогда, теперь вот вынужден путешествовать, чтобы спасти свою шкуру. Словом, я вообразил, что ради моей подруги обязан принять приглашение и радовался, что мы, по крайней мере, отправимся не в дурацкую туристскую поездку, а поедем по личному приглашению туда, где нам обеспечено пристанище и в случае чего есть к кому обратиться. Никто нас не предостерег, да и с какой стати кому-то было это делать! Мы приняли приглашение и на Пасху отправились в гости.

Поселили нас в отеле, а не в комплексе домов, дворов и садов, где проживал атташе со своим кланом. Я считал, что он и без того проявляет о нас достаточную заботу. Он все время куда-то нас возил, иногда мы ездили также с его братьями и друзьями. Мы побывали в пустыне, на нефтяных промыслах, выходили с рыбаками в море, ходили на экскурсию в университет и парламент, сделали ставки и выиграли на верблюжьих бегах. Это было не то что съездить куда-то наугад — мы отдыхали, как богачи! Инфраструктура там как во Флориде, в ресторанах предлагают французскую кухню, на пикниках ставятся столы, накрытые скатертью, едят на них с фарфоровой посуды, пользуясь серебряными приборами, возили нас на больших автомобилях. Это впечатляло, но, возвращаясь вечером в наш люкс, я вздыхал с облегчением. Вдвоем с нею мне было как-то уютнее, например когда мы утром, сидя на балконе, любовались восходом солнца. Будь то на Средиземном море или на Северном, мы не раз видели, как солнце садится в море, но ни разу не наблюдали, как оно из моря восходит.

3

Он дотронулся до моего локтя:

— Вы очень терпеливы. Выпьем по бокалу красного? Вы пробовали бордо, но пино нуар из долины Рашен-Ривер[1] лучше.

Он позвонил, не дожидаясь ответа, и уговорил стюардессу оставить нам всю бутылку. Голос у него был веселый — рассказ о прошлом привел его в оживленное настроение.

— Однажды утром выяснилось, что за нами не могут заехать, и мы хотели заказать такси. У подъезда к нам обратились два господина, которые занимали соседний столик и с которыми мы как-то обменивались газетами. Они спросили, не подвезти ли нас до города? Мы сели в машину, моя подруга на переднее сиденье, я — на заднее, поехали, и на одном перекрестке, пока горел красный свет, водитель попросил меня опустить в почтовый ящик письмо. Вы спросите, почему он не попросил другого господина или не вышел сам? Другой господин прихрамывал, я на это сразу обратил внимание, а водитель сидел слева, тогда как ящик стоял с правой стороны и находился от меня чуть ли не на расстоянии вытянутой руки. Итак, я вышел, на светофоре загорелся зеленый свет, и машина тронулась. Машин было много, и я подумал, что водитель поступил так, чтобы не задерживать движение, он объедет вокруг квартала и через минуту вернется.

Рассказчик умолк. Он выключил маленькие лампочки на потолке, которые освещали мое и его сиденья. Может быть, он не хотел, чтобы я увидел, как он переживает? Я ничего не сказал, только взял его руку и быстро пожал.

---

[1] Russian River *(англ.)* — Русская река (Калифорния).

— Да, он не вернулся. Я стоял и ждал, а через полчаса позвонил нашему атташе. Тот созвонился с министром, и министр тотчас же вызвал полицию, перекрыл дороги, ужесточил контроль в аэропортах, поднял по тревоге береговую охрану. Меня препроводили в полицейское управление и дали просмотреть сотни фотографий. Я не узнал на них ни того ни другого господина. За мной заехали немецкий посол с женой и забрали меня к себе в резиденцию; в создавшейся ситуации они не хотели бросать меня одного. Все были внимательны, дружелюбны, старались для меня что-то сделать.

В первую ночь я не спал. Однако с наступлением нового утра я снова воспрянул духом и с надеждой начал новый день. В последующие дни я тоже встречал каждое утро с надеждой, пока поневоле не убедился, что дело выглядит скверно. Посол рассказал мне то, что ему было известно о торговле белыми женщинами на Востоке. Вернувшись в Германию, я прочел все, что только смог найти, об этом вопросе. Раньше в определенных местах существовали своего рода перевалочные пункты, где происходила торговля похищенными женщинами. На этих торгах можно было, если повезет, перекупить свою. Теперь женщин снимают скрытой камерой, заинтересованные лица, ознакомившись в Интернете с видеофильмом, делают заказ, и торги ведутся по Интернету. Лишь после этого женщину похищают. К тому времени, как об этом узнает ее муж, или друг, или полиция, ее уже и след простыл.

Вам, вероятно, интересно будет узнать, какова судьба этих женщин. Мы говорим о самых высококлассных женщинах и самых высоких ценах. Если женщина соглашается играть по предложенным правилам, все складывается для нее более или менее благополучно. Если не соглашается, то ее перепродают, и, перейдя несколько раз из рук в руки, она в конце концов оказывается в борделе в Момбасе.

Я попробовал поставить себя на его место. Каково это должно быть, тоскуя о любимой женщине, надеяться только на то, что она жива и здорова, находясь в объятиях другого мужчины? Зная, что ты, может быть, сумеешь ее вернуть тогда, когда на нее уже не польстится даже пьяный матрос в Момбасе? Как долго ты будешь по ней тосковать? Как долго будешь ждать?

4

— Через год началась иракская война. Я не думал, что ко мне она может иметь какое-то отношение, а я — к ней. Но богатые кувейтцы испугались и стали уезжать за границу: в Лос-Анджелес, или Канн, или в Женеву, смотря где у них были свои дома.

В Женеве она от него сбежала. Она вылезла из окна, перелезла через ограду, остановила на дороге машину и прямо из автомобиля позвонила мне, позаимствовав у водителя телефон. Я вылетел в Женеву ближайшим рейсом. Она боялась, что ее будут разыскивать и поймают, и боялась оставаться одна. Студент-водитель отвез ее в читальный зал университетской библиотеки, там она меня и ждала.

Вы знаете университетскую библиотеку в Женеве? Великолепное здание с читальным залом — как на картинке начала века. Она сидела в середине первого ряда, выделяясь необычным нарядом, ярко накрашенная, надушенная. Когда я подошел к ее столу, она сидела опустив голову. Я дотронулся до ее плеча, она вскинула голову и громко вскрикнула. Но тут узнала меня.

Из кабины пилота раздался голос капитана: он предупредил, что мы входим в зону турбулентности, и велел достать и застегнуть ремни безопасности. По рядам пошли стюардессы, проверяя, как выполняется распоряжение пилота, они будили заснувших, у которых ремень безопасности был скрыт под пледом, и собирали бокалы.

Мой сосед умолк, наблюдая за происходящим.

— Дело, кажется, серьезное. Я еще никогда не видел, чтобы в первом классе стюардессы будили пассажиров.

Он обернулся ко мне:

— Вы боитесь, когда во время полета возникает опасность? Или вы верите в Бога? Что все мы в руках Божьих? Я в Бога не верю. Не верю в Бога и не знаю, верю ли еще в справедливость и правду. Раньше я думал, что, если человеку жить осталось недолго, он говорит правду. Но может быть, те, кому недолго осталось жить, как раз и бывают самыми отъявленными лжецами. Когда же им еще, как не в этот миг, показать себя во всей красе? Правда... Что такое правда, если она не скреплена подписью и печатью судьи? И что такое ложь, если она-то и скреплена? Что значит правда, если она только бродит в чьих-то головах и не подтверждена соответствующим образом? — Он опять хохотнул своим тихим и добрым смешком. — Вы уж простите, я немного не в себе. Мне страшно, когда во время полета возникает опасность, а то, что происходит сейчас, очень похоже на настоящую опасность. Но я не буду больше говорить, как Пилат или Раскольников. Иначе вы спросите себя, с какой стати вам меня слушать?

Затем началось такое, словно огромная рука схватила самолет и принялась им играть. Она трясла его, кидала вниз, снова подхватывала и снова кидала. Тело мое крепко удерживал ремень безопасности, но ощущение внутренних органов было такое, словно они все сорвались со своих мест; я крепко сцепил руки на животе. Сидевшую через проход женщину вырвало; мужчина передо мной звал на помощь, у меня за спиной попáдали вещи из багажного отсека. Только когда все успокоилось и самолет выправился, напал страх перед тем, что случилось и что еще может случиться. Тряска еще не закончилась. Самолет ухнул еще раз, и сила тяжести еще раз трепанула тело, дергая за внутренние органы.

5

— Вот так же было, когда мы снова оказались вместе. Что-то трепало нас и дергало. Это действовало как яд. Иногда все шло спокойно, но мы не доверяли друг другу. Мы следили друг за другом, пока один из нас вдруг не срывался. И тут начиналось: сперва холодно и резко, затем громко и грубо.

Опять он говорит? О чем он? Их «что-то трепало и дергало»? Какое еще «что-то»?

— Такое было ощущение. Как буря, которая треплет наш самолет. Сила, над которой мы не властны. В читальном зале мы бросились друг другу в объятия, и я всю ночь не выпускал ее: в первую ночь и последующие ночи. Мы съехались вместе, хотя раньше никак не решались, и вообразили, что все опять хорошо. Но она отказывалась спать со мной, и сперва я думал, что у нее психологическая травма, как бывает при изнасиловании, потом начал задаваться вопросом: любит ли она меня еще? Или часть ее сердца осталась с ним, с атташе? Может, для нее все было не так уж и страшно?

— С атташе?

— Ну да. Это он устроил ее похищение.

— Атташе? Его судили?

— Чтобы вылететь из Женевы в Берлин, ей потребовалось временное удостоверение личности. Мы поехали в Берн к немецкому послу и рассказали ему нашу историю. Он переговорил со швейцарской полицией, и там сказали, чтобы в Германии мы обратились в немецкую полицию. В немецкой полиции сказали, что она может обращаться только к швейцарской полиции. Никому не нужны были политические осложнения с Кувейтом. Мы могли бы подключить средства массовой информации, и после статьи в «Бильде» полиция и министерство иностранных дел, вероятно, вынуждены были бы предпринять какие-то шаги. Но мы не хотели вмешивать в свои дела прессу.

— Вы в чем-то подозревали свою подругу, несмотря на то что она...

— Несмотря на то, что она от него сбежала? — закончил он, кивая. — Мне понятен ваш вопрос. Я и сам его себе не раз задавал. Однако подчиниться силе, стать беззащитной жертвой, дать себя использовать — это ведь тоже порой не лишено сексуальной притягательности как для женщин, так и для мужчин. Она флиртовала с ним, а он — с нею. Она не захотела провести всю жизнь в его гареме. Поэтому ей пришлось сбежать. Но это еще не значит, что ее отношения с ним не стали для нее самым главным сексуальным приключением в жизни. И то, что она отказывалась спать со мной, а я стал относиться к ней с подозрением, — это ведь тоже еще не все. Она тоже относилась ко мне с подозрением. На ее взгляд, получалось, что, поехав с ней в Кувейт, я сам отправил ее навстречу опасности, а когда ее похитили, не сделал всего, что было можно, для ее спасения.

В салоне зажегся верхний свет, и стюардессы занялись уборкой блевотины за пассажиркой из соседнего ряда, пришли на помощь жалобно зовущему пассажиру, сидевшему передо мной, и подобрали с полу свалившиеся с багажной полки вещи. Мой сосед продолжал говорить, но я прислушивался к гудению моторов, в котором мне чудились фальшивые звуки, и пропустил то, что он рассказывал, мимо ушей, пока он не произнес:

— Но она была мертва.

— Мертва?

— Это был всего лишь третий этаж, и я подумал, что она сломала ноги или руку. Но она была мертва. Она упала головой вниз.

— Как...

— Я ее оттолкнул, но и не думал бить. Я только защищался, не хотел, чтобы она меня снова ударила. Я знаю, что не должен был ее толкать. Мы не должны были ссориться. Но мы тогда много ссорились. Собственно говоря, мы только и делали, что ссорились. Мы уже не впервые тогда перешли к рукоприкладству. Но впервые это случилось на балконе, а моя подруга была высокого роста, а перила были низкие. Я еще пытался схватить ее за руки и удержать, но она оттолкнула мою руку. — Он покачал головой. — Думаю, она не сознавала, что ей грозит и что она делает. Но я не знаю наверняка. Вдруг она скорее была готова умереть, чем согласиться, чтобы я ее спас?

6

Я снова взял его руку и пожал. Каково жить человеку с таким вопросом? Но тут вдруг мне послышалась фальшь не только в гудении моторов.

— Помнится, вы как будто сказали, что ваша история обошла все газеты и все каналы? Но ведь средства массовой информации, кажется, не интересуются такими вещами, как падение с балкона?

Он помедлил:

— К этому еще добавился денежный вопрос.

— Денежный?

— Дело в том, — медленно начал он огорченным тоном, — что атташе ей сказал, будто бы купил ее у меня. Она ему не вполне поверила, но ее это тревожило, поэтому иногда она принималась меня расспрашивать и обсуждала эту тему с подругой. После ее смерти подруга рассказала об этом в полиции.

— И это все?

— Полиция обнаружила деньги на моем счете. Когда на него поступили эти три миллиона, я тотчас же пытался отослать их обратно. Но они были перечислены наличными откуда-то из Сингапура, или Дели, или из Дубая, и их невозможно было отослать обратно.

— То есть кто-то просто так перечислил на ваш счет три миллиона?

Он вздохнул:

— Когда мы познакомились, атташе иногда отпускал шуточки и разыгрывал из себя бедуина, живущего по старым обычаям. «Ах, какой красивый белокурый женщина! Давай меняться! Хотеть верблюдов?» Я подыгрывал, мы торговались, сбивали и набивали цену. Цену одного верблюда мы приняли за три тысячи, а цену моей подруги я определил в тысячу верблюдов. Это же была игра!

Я не верил своим ушам:

— Игра?! При которой вы в конце концов пришли к согласию и заключили сделку? И, собираясь в Кувейт, вы не испугались, что там вашу игру могут принять всерьез?

— Испугался? Нет, у меня не было страха. Мне было немного любопытно, продолжит ли он игру и предъявит тысячу верблюдов или предложит скаковых лошадей или спортивные машины. Это щекотало мне нервы, но не пугало. — Он снова дотронулся до моего плеча. — Я сознаю, что совершил ужасную ошибку. Но если бы вы знали этого атташе, вы бы меня поняли: человек, воспитанный в английской закрытой школе, образованный, остроумный, светский... Я действительно думал, что мы играем с ним в безобидную игру на тему культурных различий.

— Но когда исчезла ваша подруга... Ведь, получив деньги, вы поняли, у кого она находится. Когда они поступили на ваш счет?

— Когда я вернулся из Кувейта, они уже там лежали. Что мне было делать? Лететь в Кувейт и сказать этому атташе, чтобы он забирал свои деньги и отдал мне мою подругу? А когда он засмеется мне в лицо, пойти жаловаться на него эмиру? Просить нашего министра иностранных дел, чтобы он поговорил с эмиром? Или мне надо было нанять нескольких ребят из русской мафии и устроить налет на комплекс, где жил атташе и где он, вероятно, держал ее? Знаю: настоящий мужчина, который любит свою женщину, будет за нее сражаться. И если придется, то погибнет за нее. Лучше пристойно погибнуть, чем жить трусом. Знаю также, что тех трех миллионов мне хватило бы и на русских, и на оружие, и на вертолет — в общем, на все, что в таком случае требуется. Но это уже из области кино. В моем мире так не делают. Этого я не умею. Ребята из русской мафии просто забрали бы себе мои деньги, оружие бы заржавело, а вертолет оказался бы бракованным.

7

Я забыл о моторах. Но пилот тоже расслышал фальшивое гудение и, наверное, увидел, как замигала какая-нибудь лампочка, отклонилась стрелка прибора.

Он обратился к пассажирам по внутренней связи и объявил, что через час мы сядем в Рейкьявике. Причин для беспокойства нет, возникла разве что небольшая проблема, с которой мы, скорее всего, спокойно могли бы долететь до Франкфурта, но он решил из предосторожности произвести в Рейкьявике техосмотр.

Пассажиры встревожились, услышав такое объявление. Нет причин для беспокойства? Отчего же тогда он решил садиться, если можно было лететь дальше? Мы не можем дальше лететь? Значит, все-таки существует опасность? Другие делились тем, что знали о Рейкьявике и Исландии, о белых ночах летом и полярной ночи зимой, о гейзерах и овцах, об исландских пони и исландском мхе. По всему салону поднимались откинутые спинки кресел, выдвигались столики и открывались крышки ноутбуков. Раздавались голоса, зовущие стюардесс. Сонные пассажиры проснулись, зашевелились, загомонили, пока один вдруг не заметил, что из двигателя вырывается черный дым. Эта новость полетела по салону из уст в уста, и каждый, передав ее соседу, умолкал. Вскоре в салоне стало тихо.

Мой сосед прошептал:

— Возможно, во время грозы в двигатель ударила молния. Говорят, что такое часто бывает.

— Да, — отозвался я так же шепотом.

Мне показалось, что я различаю в шуме двигателя скрежет, как будто в нем между поршнями, штоками и колесиками застрял какой-то посторонний предмет, который он безуспешно пытается перемолоть в порошок. Словно двигатель болен, устал и уже выбился из сил. Мне было страшно, и в то же время болезненный скрип раненой машины, словно стоны раненого человека, вызывал у меня жалость.

— Ну и как же вы поступили с этими деньгами?

— Я знаю, что не должен был к ним притрагиваться, пускай бы так и лежали. Но у меня легкая рука на деньги. Свои жалкие деньжишки я всегда во что-нибудь вкладывал и каждый раз получал прибыль на любых фондах и индексах. — Он виновато пожал плечами. — А тут вдруг у меня в руках оказались по-настоящему крупные деньги. Как было не развернуться! За три года три миллиона превратились у меня в пять. Кому бы это принесло пользу, если бы я не заставил эти деньги работать? Никому бы не принесло. Знаете притчу о доверенных рабам талантах?[1] Как хозяин дал трем своим рабам по десять талантов и, вернувшись, наградил двоих, которые пустили их в дело, а того, у которого деньги пролежали без дела, наказал. Кто имеет, тому дано будет и приумножится, а кто не имеет, у того отнимется и то, что имеет. Так уж есть.

Но на суде я увидел, что никто не хочет меня понять. — Он покачал головой. — Судья говорил со мной так, как будто я действительно продал мою подругу. Иначе почему же я, мол, взял деньги и пустил их в дело? Как будто я ее убил. Или, может быть, она узнала, что я сделал, и стала мне угрожать или пыталась шантажировать? Только у прокурора не было доказательств. Пока не появилась соседка.

8

Неисправный двигатель и черный дым не маячили у меня перед глазами, зато в ушах стоял скрежет. Пока он вдруг не прекратился. Тотчас же по салону пронес-

---

[1] Библейская притча из Нового Завета (Мф. 25: 14—30). *Талант* — зд.: античная денежная единица.

ся вздох — вздох пассажиров, видевших двигатель, из которого только что вырывался язык пламени.

Мой сосед задрожал и обеими руками вцепился в подлокотники:

— Ничего не могу с собой поделать, боюсь летать, несмотря на то что уже и не помню, сколько раз облетел вокруг земли. Мы не созданы для того, чтобы летать по небу и с высоты десяти тысяч метров падать на землю или в море. В то же время умом я вполне согласен на смерть от падения. Ты знаешь, вот оно сейчас и настанет, выпиваешь напоследок бокал шампанского, прощаешься с жизнью и бабах — все кончено.

Он снова произнес это шепотом, но на бабахе возвысил голос и хлопнул в ладоши. Подошла стюардесса, и он заказал шампанского:

— Вам тоже?

Я помотал головой.

Когда стюардесса наполнила бокал, он опять заговорил:

— Я, видите ли, начинаю чувствовать, что прижился в новом доме, в новом районе лишь тогда, когда познакомлюсь с людьми. Когда я узнаю, как живется женщине из газетного киоска, а она протягивает мне нужную газету, не дожидаясь, пока я скажу, какую мне надо. Когда я заведу знакомство с аптекарем и тот уже просто так выдает мне лекарства, которые положено отпускать только по рецепту. Когда повар-итальянец в моем квартале готовит для меня такую пасту, которая не значится у него в обычном меню.

Соседка, которая со своего балкона может видеть, что делается на моем, — дама пожилая, ей трудновато ходить и уж тем более носить тяжести, и я не раз переводил ее через дорогу, помогал подниматься по лестнице и, когда надо, приносил что-нибудь из магазина.

Я к ней отношусь хорошо, и она ко мне тоже. И вот во время процесса она мне звонит, просит зайти и говорит, что, Бог даст, она, может быть, и ошиблась, но на суде расскажет все так, как видела, а видела она, как ей кажется, что я не просто толкнул свою подругу, а старался выпихнуть через перила. Старушка ужасно мучилась и просила у меня извинения, говоря, что все, конечно, еще объяснится. Неужели это действительно я боролся со своей подругой на балконе? Она не могла отчетливо разглядеть, я это был или не я.

Много ли шансов было у моего адвоката доказать что-то в суде, когда против него выступила обаятельная интеллигентная старушка, бывшая учительница, находившаяся в здравом уме и твердой памяти, к тому же хорошо ко мне относившаяся? Тут объявился еще и старый друг моей подруги, известный журналист, и позаботился о том, чтобы мое дело попало на первые страницы газет и было представлено там как весьма и весьма подозрительное. Вы же знаете таких старых друзей, которые бывают у некоторых женщин? Еще со школьных лет, а не то и с детского сада? Которые не становятся постоянными спутниками, но продолжают всю жизнь поддерживать дружбу, питая к ней почтительную привязанность? Он невзлюбил меня сразу, еще ничего не зная об этом деле. Достаточно было того, что мы с ней вместе.

Я не хотел попадать в тюрьму. Поскольку меня обвиняли только в причинении смерти по неосторожности, я не был подвергнут предварительному заключению и на мои деньги не был наложен арест. Я переправил деньги на Виргинские острова и накануне выступления старушки-соседки в суде отбыл из Германии.

Мне не давал покоя один вопрос:

— Вы все-таки любили свою подругу? В вашем рассказе у нее даже нет имени.

— Ава. Ее мать обожала Аву Гарднер. Да, я любил ее. Она была изумительно хороша, и между нами не возникало никаких недоразумений, пока вдруг не возникли такие ужасные, что дальше некуда. Появиться вместе с ней на людях, например на банкете, или на премьере, или просто в ресторане, прокатиться в кабриолете по городу или в сельской местности, пройтись с ней по рынку, провести вместе отпуск в отеле на берегу моря — мы были парой, которой не стыдно показаться на люди, и мы с удовольствием это делали. По-вашему, это звучит несколько несерьезно? Больше похоже на тщеславие, чем на страстное увлечение? Но это не было несерьезным. Мы оба любили красивую жизнь. Нам обоим нравился красивый мир и чтобы мы оба могли в нем красиво себя показать. Нам это не просто нравилось — это было нашей страстью. Только страсть эта была другая — не «к небу лететь и низвергнуться вновь»[1], не буря и натиск[2]. Но это была неподдельная, глубокая страсть.

— Почему же вы не ушли, когда это перестало быть красивым? Почему не отпустили Аву?

— Я и сам этого не понимаю. Когда она начала меня допрашивать, обвинять и осуждать, я не мог молча это стерпеть. Я не мог не защищаться, не мог не ответить ей тем же. Я хотел, чтобы она относилась ко мне уважительно.

— Вы просили у нее прощения?

---

[1] Крылатое выражение из песни Клерхен: Плача, / Ликуя, / Мечтательной быть, / Чашу / печали / Блаженной испить, / *К небу лететь / и низвергнуться вновь*... / Счастлив лишь тот, / Кем владеет любовь (И. В. Гёте. Эгмонт. Действие 3. Пер. Н. Ман).

[2] *«Буря и натиск»* — название периода в развитии немецкой литературы (с середины шестидесятых до середины восьмидесятых годов XVIII в.), для которого характерна предельная эмоциональность.

— Она хотела, чтобы я просил у нее прощения.

Я ждал, но он так и не ответил на мой вопрос. Я не знал, повторить ли вопрос или отказаться от новой попытки, но, прежде чем я на что-то решился, самолет с мягким толчком сел на посадочную полосу Рейкьявикского аэропорта.

9

Стюардесса поздравила нас с прилетом в Рейкьявик и сообщила, что по местному времени сейчас два часа. Рулежные дорожки стояли пустые, здания тонули в темноте, и самолет вскоре подрулил к переходному рукаву для высадки пассажиров. Нам было сказано забрать ручной багаж, так как, возможно, придется пересесть на другой самолет.

Несмотря на необычные обстоятельства, все было произведено по обычным правилам; нас, пассажиров первого класса, провели с верхней палубы на нижнюю, пассажиры второго и третьего дожидались, когда высадят нас. В зале ожидания, открытом специально для нас, пассажиры первого класса и бизнес-класса сидели вместе. Снова, как и в Нью-Йорке, пассажиры первого класса встретились за барной стойкой. Шампанского не предлагали, и те, у кого не было в запасе собственной истории об авиакатастрофе или едва не случившейся авиакатастрофе, слушали вполуха чей-то чужой рассказ. Да и с какой стати им было проявлять интерес к опасностям, которых избежал кто-то другой?

Мой сосед по самолету снова молчал. Я иногда поглядывал на него, он улыбался в ответ, и его улыбка была такой же тихой и ласковой, как его смех. Я, главным образом, слушал, что рассказывают. Пока вдруг со звоном не разбился упавший на пол бокал. Рассказчик замолк, его слушатели обернулись на звук. Бокал выпал из руки моего соседа. Но он не нагнулся, чтобы собрать осколки, и не отирал пятна со штанин. Он не двигался.

Я подошел и тронул его за плечо:

— Я могу чем-то помочь?

Сделав над собой усилие, он наконец обратил на меня внимание и ответил:

— Он... он...

Почувствовав на себе взгляды присутствующих, он умолк, не договорив.

Пришел официант, собрал метелкой осколки и вытер пролитое вино. Я хотел отвести своего соседа к окну, где было меньше народу. Но он не пошел и каким-то странным, капризным тоном произнес:

— Нет, не надо к окну.

Я огляделся по сторонам. Возле газетных стоек было спокойнее.

— Может быть, позвать вам врача?

— Врача... Нет, врач мне не поможет. — Несколько раз он глубоко перевел дыхание. Наконец он овладел собой. — Вон там, у окна, человек в светлом костюме... Я знал, что он преследует меня, но думал, что оторвался от него, опередив на два или три рейса. Два года назад он в меня стрелял. Не знаю, хотел ли он меня застрелить и я лишь по счастливой случайности отделался раной, или он собирался меня только проучить.

— Он стрелял в вас? Вы заявили об этом в полицию?

— В больницах всегда вызывают полицию, когда к ним попадают люди с огнестрельными ранениями. Я описал его, мне опять показывали фотографии, но это ничего не дало. В Кейптауне, где это случилось, стрельба — не редкость, и в полиции решили, что я просто нечаянно затесался между враждующими сторонами. Я-то знал, что это не так. Но какой прок было рассказывать это полиции?

Я ждал, когда он сам захочет продолжить.

— Уехав из Германии, я летал туда и сюда и в конце концов остановился в Кейптауне. Если у вас есть деньги и вы не делаете лишних движений, в Южной Африке вас не трогают. Я поселился в Кейптауне в домике привратника при большом винодельческом хозяйстве. С одной стороны море, с другой — виноградники — казалось бы, райское местечко. Но через несколько месяцев я получил от него письмо. Он не подписал на оборотной стороне конверта свой адрес, но в этом не было необходимости. История, которую он изложил в письме, и без того мне все объяснила. У одного шейха сбежала жена к другому мужчине. Она — его любимая жена, зеница ока, юная и прекрасная, как утренняя заря. Шейх опечален, но, хотя он человек гордый, у него большое сердце, и он может понять, если влюбленная женщина идет туда, куда зовет ее любовь. Спустя несколько лет мужчина в гневе убивает эту женщину. Шейх стерпел, что его собственность ушла своим путем, но не потерпит, что кто-то посмел погубить его собственность. Поэтому он заказал убийство этого человека.

Когда я наутро выехал на машине с территории хозяйства и свернул на шоссе, через дорогу от себя я увидел на обочине человека в светлом костюме. Он всегда носит светлый костюм, и костюм ему всегда немного великоват. Он мог бы показаться жалким и нелепым. Но во всем его облике, в каждом движении, в походке чувствуется угроза, поэтому он выглядит не жалким и нелепым, а опасным. В зеркале заднего вида я увидел, как он перешел через дорогу и сел в стоявшую там машину, а немного спустя заметил, что его машина едет следом за мной.

10

Сделав несколько шагов, он подошел к стулу, повернул его так, чтобы не видеть человека в светлом костюме, сел согнувшись и опустив сложенные руки на колени и остался сидеть повесив голову. Я пододвинул себе другой стул и уселся напротив:

— Потом он стрелял в вас в Кейптауне?

— Всю следующую неделю я то и дело на него натыкался. То он ждал, прислонившись к фонарному столбу напротив ресторана, где я обедал, то оказывался перед книжным магазином, когда я из него выходил, хотя, когда я входил, его там еще не было, то обнаруживался на противоположном сиденье в автобусе, когда я поднимал глаза от газеты. Двери моего дома выходили прямо на море, и я каждое утро и каждый вечер совершал длинные прогулки по пляжу. Встретив его однажды на берегу, я засел дома. Но иногда все-таки приходилось выходить, и, когда я отправился в Кейптаун за покупками, он в меня выстрелил. Средь бела дня, прямо на улице.

Проведя несколько дней в больнице, я снова начал летать, я петлял и петлял и наконец решил, что оторвался от него. И ему действительно-таки понадобился целый год, чтобы снова меня отыскать.

Я посмотрел на человека в светлом костюме. Он обратил на меня взгляд и стал смотреть, как будто играя в гляделки: когда двое смотрят друг другу в глаза, пока кто-нибудь не сморгнет. Через некоторое время я отвел глаза.

Мой сосед улыбнулся:

— Такой год! Я люблю море и опять подыскал дом на морском берегу, на этот раз в Калифорнии. Если имеешь деньги и ведешь себя правильно, в Америке тоже можно, не привлекая к себе внимания, жить неузнанным. Сначала я испытывал некоторое неудобство оттого, что не мог пользоваться кредитными карточками, ведь по ним человека можно отследить. Но если тебе спешить некуда, то можно обойтись и без кредитной карточки. Тем более что хозяин дома предпочитал наличные, а не пластиковые деньги, — вероятно, он обманывал налоговую службу.

Вам знакомо побережье к северу от Сан-Франциско? Местами оно скалистое и суровое, местами песчаное и ласковое; Тихий океан грозен и беспощаден, как никакое другое море; нависшие над водой горные склоны по утрам затянуты туманом, а под лучами полуденного и вечернего солнца их засохший бурый травянистый покров отливает золотом: этот мир словно каждый день заново рождается во всей его красе. Мой дом стоял у подножия склона, достаточно далеко от проезжей дороги, чтобы не слышать машин, и достаточно близко к морю, чтобы его шум сопровождал меня с утра и до вечера не громким и грозным ворчанием, а тихим и мирным шепотом. А небо! Ах, какие закаты! Особенно нравились мне алые и розовые — живописные полотна с роскошной палитрой красок. Но и приглушенные краски трогали мое сердце — когда бледное солнце погружается в туманную дымку и без следа скрывается в море. — Он тихонько хохотнул — немного иронически, немного смущенно. — Я увлекся восторгами? Да, действительно. Я мог бы еще долго продолжать восторгаться: терпким соленым воздухом, и грозами, и радугой над морем, и вином. А Дебби! Как она была хороша и белокура и не шла по жизни, а танцевала. Она была словно вернувшаяся с того света Ава, но если вернувшиеся с того света покойники стремятся причинить зло другим, то Дебби желала мне только добра. Она жила в получасе от меня, у нее был дом на горе, конь и собака, и она рисовала иллюстрации к детским книжкам. Она была добра — не потому ли, что воспринимала каждый миг настоящего как ребенок? Она жила моментом, и без нее я бы не насладился последним годом на воле так, как это случилось благодаря ей.

— Последний год на воле?

Он кивнул в сторону человека в светлом костюме:

— Спустя год он снова стоял у въезда на мой участок. Я мог бы его убить. О да, я обзавелся оружием и выучился стрелять. Из снайперского ружья я попадал в цель с большого расстояния. Но тогда вместо него пришел бы другой. Я подумал, что атташе, может быть, успокоится, если в Германии я предстану перед судом, и удовольствуется приговором, каким бы тот ни был. Может быть, тогда он оставит меня в покое.

— Вы решили сдаться властям?

— Поэтому я и лечу в Германию. Если получится, мне хотелось бы, чтобы мой арест произошел не прямо на паспортном контроле. Сначала я хотел бы повидаться с матерью и с моим защитником. Если ты сам с адвокатом являешься к судье, это производит более выгодное впечатление, чем если тебя приводит полиция как арестованного. Не знаю, как бы... — При этих словах он взглянул на меня с тихой, мягкой улыбкой. — Не согласились бы вы одолжить мне свой паспорт? Мы с вами довольно похожи. Вы скажете, что у вас украли бумажник, — это доставит вам некоторые неприятности, но ничего страшного не случится. Самая большая неприятность от украденного бумажника — это хлопоты по восстановлению документов, но с этим вам не

155

придется возиться. Через несколько дней вы найдете свой бумажник в почтовом ящике.

Я только молча на него посмотрел.

— Для вас это слишком неожиданно? Прошу прощения. Как вы насчет того, чтобы нам обоим немного вздремнуть? — Он огляделся. — Там у окна есть свободное кресло, а возле гардероба — еще одно. Вы же не против, если вам я уступлю то, что у окна, а сам устроюсь там? — Он поднялся. — Доброй ночи! Спасибо вам за то, что меня слушали.

Он взял оставленный возле бара чемодан, забрал в гардеробе пальто и шляпу, положил ноги на чемодан, накрылся пальто, а лицо закрыл шляпой.

11

Я подошел к окну. За окном было светло, как днем. Солнце выкатилось из-за горизонта красным шаром и сейчас желтым кружком висело на небе. Я давно мечтал побывать в Петербурге летом во время белых ночей. И вот пожалуйста тебе — белая ночь. Но вместо воды, мостов, гуляющего народа и влюбленных парочек передо мной расстилалось поле с пустыми посадочными полосами, рулежными дорожками, посадочными рукавами и бетонными постройками. Ни самолета, ни машины, ни одной живой души.

В зале ожидания все успокоилось. Никто не смотрел телевизор, не пил за барной стойкой, никто не разговаривал. Некоторые раскрыли ноутбуки, некоторые читали книжки. Многие устраивались поспать, иногда прямо на полу. Я подошел к окошечку у входа и спросил, когда ждать продолжения полета. Девушка сказала, что, как она слышала, из Франкфурта за нами отправляют самолет. Он прибудет не раньше восьми, так что ждать посадки осталось не менее четырех часов.

Я вернулся на место, отодвинул кресло подальше от света к стене, где было темно, и сел. Тут человек в светлом костюме уже не мог меня разглядеть. Все это время, когда бы я ни взглянул в его сторону, он следил за мной, не спуская глаз.

По-видимому, мне пора представиться. Зовут меня Якоб Зальтин, по образованию я физик, защитил диссертацию по теории транспортных потоков и руковожу кафедрой транспортоведения в Дармштадтском университете. Сколько поездов требует столько-то рельсовых путей, сколько автомобилей — столько-то полос? Как возникают пробки и как их можно избежать? Где нужно ставить светофоры и где их ставить нельзя? Как оптимально настроить их переключение? Это увлекательнейшая наука. Но, как и всякая наука, она суха и рациональна, и сам я тоже рационалист-сухарь.

Я больше не читаю художественной литературы. Да и когда бы я нашел для нее время? Но когда-то давно я читал историю, в которой один путешественник рассказывает другому путешественнику, что он убил свою жену. У нее был любовник. Он и его тоже убил? Во всяком случае, он совершил это из ревности и отчаяния, под влиянием музыки и алкоголя. Насчет алкоголя не уверен, а вот насчет музыки — это точно. Насколько я помню, один путешественник только слушал, что ему рассказывал другой. Тот его ни о чем не просил.

Мой сосед опробовал на мне свою историю. Вскоре ему предстояло изложить ее перед полицией, прокурором и судьей, так что он хотел проверить, как она будет восприниматься слушателями. Каким он сам выглядит в этой истории? Что ему лучше опустить, а что приукрасить? Почему он выбрал в слушатели именно меня — потому ли, что мы с ним действительно несколько схожи фигурой, лицом и возрастом? Задумал ли он с самого начала попросить у меня взаймы паспорт? И так разжалобить своей историей, что я не смогу ему отказать?

Да нет же! Все билеты на рейс были распроданы, он не мог выбрать сам ни место, куда ему сесть, ни меня в качестве слушателя. Почему я так подозрительно к нему отношусь? Русская мафия, по его словам, не его стихия. Дипломатические приемы в Берлине, пикники в кувейтской пустыне, дорогие дома на побережье Африки и Америки и спекуляция женщинами, верблюдами и миллионами — не моя. Он уже и сам не помнил, сколько раз летал вокруг света, мне же ни разу не довелось облететь земной шар, и я не очутился бы в первом классе, если бы все места бизнес-класса не оказались распроданными и я не получил бы дорогой билет со скидкой. В мире, о котором мне рассказывал мой сосед, я совершенно не разбираюсь, на него мое чутье не настроено. Может быть, оно отказало мне и в отношении моего соседа? Так убил ли он свою подругу?

Для нас, специалистов по транспортным сообщениям, авария — один из параметров. Я не циник, но и не сентиментальный человек. Я знаю, что аварии возможны и у вида homo sapiens. Есть люди, в которых не заложено ничего, кроме алчного желания быстрых денег и легкой жизни. Я встречал таких среди студентов и коллег, в экономике и политике. Нет, мой сосед к ним не принадлежал. Он искал не легкой, а красивой жизни. Он не был жаден до денег, он с ними играл.

Или между тем и другим нет никакой разницы? Самое сложное в жизни — это понять, когда нельзя отступать от своих принципов, а когда можно поступиться и отойти от них. В своей области я это знаю. А вот в других?

Затем я уснул. Спал я неглубоко; я слышал, когда где-нибудь падал чемодан, звонил мобильник и когда кто-нибудь возвышал голос. В половине восьмого громкоговоритель объявил, что через час прибывает самолет, который доставит нас во Франкфурт. В буфете можно получить завтрак.

Подошел мой сосед:

— Позавтракаем?

Мы отправились к буфету, взяли кофе и чай, круассаны и йогурты и уселись за столик.

— Вам удалось поспать?

Между нами начался вежливый диалог о том, как человеку спится в дороге, насколько удобны самолетные кресла и стулья в зале ожидания.

Когда объявили посадку, мы вместе направились к выходу. По переходам двигались люди, открылись лавки, а на табло и по радио сообщалось время прилета и отправки самолетов. Аэропорт проснулся.

12

При перелете из Рейкьявика во Франкфурт мы сидели на соседних местах. На этот раз мы мало разговаривали. Когда речь идет о моей жене, которая умерла, и о дочери, которая от меня ушла, я становлюсь немногословным. Зная, что жена, наверное, была бы жива и дочь оставалась бы со мною, если бы я обеим сумел дать больше того, что я им дал, — как такое расскажешь? Возможно ведь, я ошибаюсь и напрасно виню себя.

Я ждал, что он снова попросит у меня паспорт. Вообще-то, я не люблю, когда посторонние люди втягивают меня в свои личные проблемы. С меня хватает решать проблемы транспортные. Они требуют от меня полной отдачи, и дело того стоит; если бы они были решены, на свете стало бы легче жить. Я горжусь тем, что разработал решение транспортной проблемы для Мехико, благодаря которому вечные пробки там рассасывались, транспортные потоки приходили в движение и задыхающийся город снова мог свободно вздохнуть. Во всяком случае, все было бы так, если бы политики как следует реализовали предложенный план.

Но мой сосед уже не был для меня посторонним. Я сидел рядом с ним в темноте, распил с ним бутылку пино нуар, выслушал его повесть, видел его оживленным, взволнованным и расстроенным, пожимал ему руку и трогал его за плечо. Я был готов дать ему свой паспорт.

Но он больше не напоминал о своей просьбе, а я не привык навязываться. Мы сидели на верхней палубе в последнем ряду, и, когда во Франкфурте самолет подрулил к месту высадки пассажиров, мы с ним первыми оказались на нижней палубе у выхода. Когда зажегся сигнал, что дверь открывается, он обнял меня. Вообще-то, я не любитель нынешней культуры обнимания и обмена поцелуями. Но в ответ я тоже обнял его: два человека, два странника в ночи, встретились, поговорили, дав друг другу не все, что могли бы дать, однако сблизились. Возможно, я обнимался с особенной сердечностью, будучи слегка под хмельком от выпитого шампанского.

Затем дверь отворилась, и мой сосед подхватил чемодан и, хотя тот был с колесиками, зашагал прочь, держа его на весу. В здании аэропорта я его больше не видел. Не увидел я его и на паспортном контроле. Он растворился.

13

Растворился и мой паспорт. Когда на паспортном контроле я полез за бумажником, его не оказалось на месте. Я даже не стал его искать; мой бумажник всегда лежит в левом внутреннем кармане, и раз его там нет, значит, его нет вообще. Я помню, где лежат мои вещи.

Во время полета моя куртка, так же как и его, находилась на хранении у стюардессы. В какой-то момент мой сосед, вероятно, попросил у стюардессы свою куртку, но назвал номер моего места и, получив мою, вынул из нее бумажник. Он боялся, что иначе я ему откажу, и решил не рисковать.

Полицейские были доброжелательны и вошли в мое положение. Я сказал, что предъявлял паспорт в Нью-Йорке и с тех пор больше его не вынимал, что не имею ни малейшего представления, где я мог потерять или где у меня могли вытащить паспорт. Один из полицейских проводил меня снова к самолету, из которого еще продолжали выходить пассажиры, и я безрезультатно поискал свой бумажник возле сиденья, на багажных полках и в гардеробе в служебном помещении стюардесс. Затем меня проводили на пост. К счастью, моя фотография есть на веб-странице университета, а в деканате оказался на месте работник администрации, там подтвердили, что я действительно тот, за кого себя выдаю.

Я взял такси. Уже въехав в Дармштадт, но еще не доехав до дому, я спохватился, что у меня при себе нет других денег, кроме мелочи, которая осталась в кармане, а ее никак не хватит, чтобы расплатиться за такую большую поездку. Я сообщил об этом водителю и добавил, что дома у меня найдется столько денег, сколько понадобится. Но он мне не поверил, взял то, что у меня было, и под ругань и причитания высадил меня посреди улицы.

Было довольно жарко, но не душно. После ночи и утра, проведенных в самолетах и залах ожидания, воздух показался мне живительно свежим, хотя это и был дармштадтский городской воздух, пропахший под светофорами бензином, а перед турецкой закусочной — горелым жиром. С каждым шагом настроение у меня поднималось; я был окрылен, потому что чувствовал себя молодцом. В чем я был молодец, я и сам не мог объяснить. Но это не имело значения.

Никто и не спрашивал меня про то, чего я не мог объяснить. Другое дело, если бы дома меня ждала жена или я знал бы, что вечером мне позвонит дочь, поздравит с приездом и спросит, как прошла поездка.

Еще не было двенадцати, а я уже вернулся домой. При моем маленьком домике есть садик. Я разложил шезлонг и улегся отдыхать. Один раз я встал и сходил за бутылкой вина и стаканом. Я попивал вино, засыпал, просыпался, и все еще во мне жило приятное чувство, что я поступил как молодец. Я представлял себе, как мой сосед проходит с моим паспортом через паспортный контроль, как он звонит в дверь матери, она его обнимает и он пьет у нее чай, как он беседует со своим защитником и отправляется к судье.

14

На другое утро моя жизнь пошла дальше своим ходом. В последние недели семестра всегда набирается особенно много дел; в придачу к лекциям, семинарам и заседаниям начинаются еще и экзамены, к тому же я наверстывал то, что пришлось пропустить из-за конференции в Нью-Йорке. Мне было не до того, чтобы вспоминать моего соседа и его историю. Да, он был интересный тип, и его история тоже была интересной. Но все это было делом одной ночи, значительно сократившейся из-за шести часов перелета с запада на восток, затем снова немного удлинившейся из-за остановки в Рейкьявике, но в целом все-таки короткой.

Через неделю по почте пришел мой бумажник. Я не удивился, так как полагался на своего соседа. Однако все же почувствовал облегчение; без еврочековой карты и кредитных карточек я испытывал некоторые неудобства.

Записку, оставленную моим соседом в левом внутреннем кармане моей куртки, я обнаружил только спустя несколько недель: «Был бы рад не брать вашего бумажника. Вы были чудесным попутчиком. Но мне нужен ваш бумажник, а для вас было бы лишней проблемой решать, как быть с моей просьбой — выполнить ее или отказать. Не хотите ли навестить меня в тюрьме?»

К тому времени в газетах уже было напечатано о том, что он добровольно сдался властям и что скоро возобновится процесс. В репортажах о ходе процесса упоминалась и дама, которая будто бы видела, что мой сосед не только толкал, но и выпихивал свою подругу через перила. В суде она не выступала; за несколько дней до того, как мой сосед сдался властям, она вдруг исчезла. На суде зачитали ее заявление в полицию. Я-то думал, что запротоколированные в полиции по всем правилам показания более опасны для обвиняемого, чем показания, сделанные в суде, которые защитник может разнести в пух и прах. Оказывается, все обстоит как раз наоборот. Разделаться со свидетелем или свидетельницей в суде гораздо труднее, чем обвинить полицейского в том, что он не задал того или иного вопроса, а потому представленные им запротоколированные показания носят односторонний характер и не имеют доказательной силы.

Женщина исчезла за несколько дней до того, как мой сосед добровольно сдался. Мне это как-то не понравилось. Неужели он... Нет, этого я не мог себе представить. Возможно столько разных причин, почему исчезает пожилой человек. Он может во время загородной прогулки слишком близко подойти к краю обрыва и упасть в пропасть, может заблудиться и свалиться от усталости, уехать на отдых — и там с ним случился инфаркт, могут пройти месяцы и годы, прежде чем пропавшего отыщут. Такое постоянно случается.

Моему соседу дали восемь лет. Некоторые комментаторы находили, что это чересчур много, другие — что слишком мало. Суд не снял с него обвинения в убийстве по неосторожности, но и не признал виновным в преднамеренном убийстве, а квалифицировал это как непреднамеренное убийство в состоянии возбуждения, возникшего в результате длительных, внезапно обострившихся разногласий.

Я не собираюсь в это вмешиваться. Я специалист по транспортным потокам, а не по уголовному праву. Я могу судить о том, как предотвратить инфаркт в городских транспортных сетях. Виновен ли тот или иной человек — пускай решают судьи, которые изо дня в день только этим и занимаются.

Однако приговор суда все же не показался мне убедительным. В сущности, правильно, что тот, кто отбирает чью-то жизнь, должен расплачиваться за это своей жизнью. Держать его пожизненно в тюрьме не имеет смысла. Какое отношение жизнь в камере имеет к отнятой жизни, которой не стало? Да, я знаю: никого нельзя казнить, потому что бывают судебные ошибки. Но чтобы восемь лет? Смех, а не наказание! Тот, кто приговаривает к такому наказанию, не верит в собственное суждение. Чем так наказывать, лучше прямо выносить оправдательный приговор.

Я подумывал о том, чтобы навестить моего соседа в тюрьме. Но я с трудом заставляю себя даже навестить кого-то в больнице. Когда мне жаль больного, я все равно не могу найти нужных слов, а когда не жаль, то и тем более. Желаю поскорее выздоравливать — годится в любом случае. А какие пожелания могут быть заключенному?

15

Через пять лет он объявился у меня на пороге. День был летний, теплый. Я взял у него сумку, отвел в сад, разложил два шезлонга и принес два стакана лимонада.

— И давно вы вышли на свободу?

Он потянулся:

— Хорошо тут у вас! Деревья, цветы, запах скошенной травы, птички поют! Вы сами подстригаете лужайку? И гортензии сами сажали? Я слышал, что цвет гортензий зависит от минерального состава почвы. Правда, ведь удивительно, что у вас рядом цветут голубые и розовые гортензии? Давно ли я вышел на свободу? Вчера. На оставшееся время я освобожден условно. Условное освобождение подразумевает некоторые ограничения, но никто не запрещает мне слетать на пару дней в Америку, чтобы заняться своими денежными делами. — Он улыбнулся. — У вас я, так сказать, делаю промежуточную остановку на пути в Америку.

Я посмотрел на его лицо. Прошедшие годы не оставили на нем заметных следов. Волосы его поседели, но его это не старило, он выглядел даже лучше, чем прежде. Речь его была так же приятна, движения так же спокойны, и сидел он так же свободно, как и раньше.

— Трудно пришлось?

Он снова улыбнулся, и улыбка его была все такой же тихой и ласковой, как тогда.

— Я там привел в порядок библиотеку, прочитал то, что давно наметил прочесть, занимался спортом. Приходилось как-то налаживать отношения с людьми, с которыми не слишком хотелось вступать в какие бы то ни было отношения. Но разве не приходится делать то же самое всякий раз, как попадаешь в новое окружение?

— А что человек в светлом костюме?

— Вчера он не явился встречать меня у выхода из тюрьмы. Надеюсь, что с этим покончено. — Он вздохнул, глубоко набрав воздух. — Вы знаете, что, взяв что-то взаймы, я это потом возвращаю. Не могли бы вы меня выручить? В тюрьме не получается откладывать на черный день, а кроме вас, мне больше не у кого попросить в долг денег на самолет. Моя матушка умерла очень скоро после процесса.

— А пожилая дама, которая видела вас с балкона...

Эти слова вырвались у меня сами собой. Я не знал, как закончить фразу.

Он засмеялся:

— Не одолжит ли она мне денег? Сомневаюсь. Разве она тогда не исчезла?

— Вы не...

Опять я умолк на полуслове, не зная, как закончить.

— Не убил ли я тогда свидетельницу обвинения? — Он дружелюбно смотрел на меня со снисходительной насмешкой. — Почему вы так плохо обо мне думаете? Почему вы в первую очередь подумали об убийстве, а не о том, что, имея деньги, я мог подкупить старушку? Разве не могла она на эти деньги скрыться не в могиле, а, например, на Балеарах или Канарах? — Он покачал головой. — Вы думаете, что могли бы предотвратить убийство? Что вы обязаны были его предотвратить? Но вы, конечно, правы! Если произошло убийство, тут невольно задаешься вопросами. — На лице у него оставалось насмешливое выражение. — Но если бы оно и произошло, я не мог бы вам ничего сказать. Я должен сказать вам, что ничего такого не было. Сами видите, это никуда не ведет.

Действительно, это никуда не вело.

— Сколько вам нужно денег?

— Пять тысяч евро.

Вероятно, у меня был удивленный вид, ибо он с улыбкой пояснил:

— Вы же понимаете, что я слишком стар, чтобы путешествовать экономклассом и ночевать на молодежной туристской базе.

— Я могу выписать вам чек, — сказал я, вставая.

— Не могли бы вы дать мне денег наличными? Я не знаю, выдадут ли мне без вопросов такую крупную сумму.

Было без нескольких минут шесть, и кассы были закрыты. Но с моей еврочековой карточкой и с моими кредитными карточками я мог как-то набрать нужную сумму.

— Ну так поедемте!

— Спешить некуда. Я даже подумал, не воспользоваться ли мне на денек-другой вашим...

Он надеялся, что я сам договорю за него начатую фразу. Что я с радостью предложу ему пожить у меня несколько дней. Отчего бы и нет? Я, правда, не люблю беспорядка у себя в доме. Но у меня есть для гостей специальная комната и отдельная ванная, а моя приходящая уборщица наведет после гостей порядок, так что я даже не замечу никакого безобразия. Мне бывает только приятно, когда есть с кем побеседовать вечером и распить стаканчик вина, — это лучше, чем сидеть в одиночестве. Но я помедлил, прежде чем ответить:

— Хорошо было бы провести вместе парочку дней. Но к сожалению, это невозможно. Мне пора в путь, чем раньше, тем лучше. Как вы смотрите на то, чтобы проводить меня в аэропорт?

Я отправился с ним в аэропорт, по дороге набрал из нескольких автоматов пять тысяч евро и передал ему. Мы распрощались — на этот раз без объятий, а только пожав руки. Приглашать ли его, чтобы он еще заезжал? Я слишком долго раздумывал, прежде чем принять решение.

— Всего хорошего!

Он улыбнулся, кивнул на прощание и пошел.

16

Я глядел ему вслед, пока он не скрылся в толпе. Я вышел из аэропорта, перешел через дорогу в здание автопарковки и на лифте поднялся на крышу. Свою машину я отыскал не сразу, а отыскав, не мог найти в карманах ключей. Небо затянуло тучами, подул холодный ветер. Я бросил искать и стал сверху глядеть на другие парковочные здания, гостиницы, аэропорт и самолеты, которые то и дело взлетали или снижались, заходя на посадку. Скоро мой сосед уже будет сидеть в одном из взлетающих самолетов.

Вот и кончились наши встречи. Расставаясь с ним в первый раз, я не задумывался о том, доведется ли нам еще встретиться. Сейчас я знал, что новых встреч больше не будет. Найду ли я однажды в почтовом ящике письмо с вложенным чеком?

Мне стало холодно. Все, что в его присутствии воспринималось положительно, теперь вдруг стало вызывать неприятные ощущения, все, что было близким и теплым, внезапно показалось чужим и холодным. И то, что я, слушая его рассказ, сопереживал ему, разделяя его надежды и тревоги. И то, что я дал бы ему свой паспорт, если бы он не взял его сам, пустил бы пожить в гостевой комнате, если бы он не улетел. Что я радовался, когда он на паспортном контроле одурачил полицию и смог побывать у матери и обговорить все нужное со своим адвокатом. То, что я, вопреки всякому здравому смыслу, поверил ему, будто смерть его подруги произошла в результате несчастного случая, а исчезновение пожилой дамы представляет собой необъяснимую загадку.

Что же это со мной случилось? Почему я клюнул на него? Почему позволил ему использовать себя? Только потому, что он улыбался тихой, ласковой улыбкой, отличался приятным обращением и носил мягкий, свободно сидящий костюм с мягкими волнистыми складочками? Что это со мной стряслось? Куда девалась хваленая рациональность, которая делала меня зорким наблюдателем, обусловливая четкость мышления, свойственную хорошему ученому? Обыкновенно я неплохо разбирался в людях. Допустим, что поначалу я строил себе иллюзии в отношении моей жены. Но я очень скоро понял, что за ее миловидным личиком и внешней симпатичностью кроется пустота, за которой нет ни мысли, ни силы, ни характера. И как ни был я пленен своей дочерью, но, когда она подросла, я при всей любви сразу увидел, что она не знает ничего, кроме «дай», сама же не способна ни на какие созидательные усилия.

Нет, невозможно понять, как я мог позволить этому человеку так меня опутать!

И что мне понадобилось столько времени, прежде чем я наконец... Неужели способность здраво мыслить вернулась ко мне только потому, что подул холодный ветер? Неужели, будь сейчас по-прежнему тепло, я бы все еще...

Я увидел взлетающий самолет, это был авиалайнер «Люфтганзы». На пути в Америку? Может быть, он по-быстрому достал билет и еще успел на этот самолет? Интересно, обидно ли ему сидеть не в первом, а в бизнес-классе?

На миг из-за туч показалось заходящее солнце, и самолет озарился ярким светом. Он пылал, как раскаленный, словно вот-вот вспыхнет огненным шаром и взорвется на тысячи кусков. И ничего не останется от Вернера Менцеля и от моей глупости тоже.

Затем солнце скрылось за облаками, а самолет поднялся выше, сделал круг и вышел на свою трассу. Я нашел ключи, сел в машину и поехал домой.

Последнее лето

1

Он вспоминал тот — самый первый — семестр, которым когда-то началась его преподавательская деятельность в Нью-Йорке. Как же он радовался, когда прислали приглашение, а затем в паспорте появилась виза, радовался, когда улетел из Франкфурта и когда в Нью-Йорке, забрав багаж и выйдя из здания аэропорта Кеннеди, он сразу окунулся в вечернюю теплынь, и радовался, когда, взяв такси, поехал в город. И долгий перелет был ему в радость, несмотря на то что ряды кресел в самолете стояли слишком тесно да и сиденье оказалось узковато; помнится, когда летели над Атлантическим океаном, он вдруг заметил вдали другой самолет и подумал: вот, словно путешествуешь на корабле и видишь в далеком море другой корабль.

В Нью-Йорке он и раньше бывал — туристом или в гостях у друзей, и на конференции летал туда. Но тут другое дело — он жил в ритме этого города. Он стал в Нью-Йорке своим. У него была собственная квартира в центральном районе, неподалеку от парка и реки. Утром он, как все, спускался в метро, совал в щель проездной, проходил через турникет, дальше — по лестнице на платформу, там протискивался в вагон и двадцать минут стоял, крепко сжатый со всех сторон, не мог даже пошевелиться, а уж газету развернуть — и не мечтай, потом кое-как пробивался к выходу из вагона. Зато вечером в метро можно было и посидеть, и газету дочитать, а добравшись в свой район, он заходил в продуктовые магазины, что поближе к дому. В кино и в оперный театр он ходил пешком, благо до них было рукой подать.

В университете он не стал своим, но его это не огорчало. У коллег не было необходимости обсуждать с ним те вопросы, о которых они беседовали между собой, а студентам он читал только один курс, короткий, так что относились они к нему не столь серьезно, как к другим преподавателям, у которых они учились в течение нескольких семестров. Впрочем, коллеги держались приветливо, студенты слушали хорошо, его лекционный курс имел успех, а из окна его кабинета в университете открывался прекрасный вид на высокую башню готического собора.

Да, он радовался и перед отъездом, и даже по возвращении некоторое время не покидала его радость. Но если честно, счастливым он в Нью-Йорке себя не чувствовал. Тот первый семестр в Нью-Йорке был ведь первым семестром, когда он, выйдя на пенсию, уже не читал курса в немецком университете, да он с превеликим удовольствием вообще не работал бы на пенсии, а проводил бы время так, как давно уже хотелось. Квартира в Нью-Йорке была темноватая, кондиционер на дворовой стене гудел громко, не давал заснуть, приходилось вставлять в уши затычки. Вечерами, когда он ужинал в недорогом ресторанчике или смотрел какую-нибудь ерунду в киношке, часто ему бывало тоскливо от одиночества. В университете из кондиционера вечно дуло в лицо сухим воздухом, и в результате у него началось гнойное воспаление носовых пазух, пришлось делать операцию. Ох, до чего же скверная операция, и после не лучше: проснувшись, он увидел, что лежит не в кровати, а на этаком шезлонге в общей палате, среди других пациентов, лежащих на таких же креслах, и в самом недолгом времени его отправили домой, невзирая на то что у него шла кровь из носу и сильно болела голова.

Он отогнал эту мысль — что не был счастлив. Ему хотелось верить, что он был счастлив. Ему хотелось в это верить, потому что из немецкого университетского городишки он прорвался в Нью-Йорк и стал своим в этом мегаполисе. Он хотел считать себя счастливым, потому что долго, долго мечтал о счастье и наконец дождался его. По крайней мере, все ингредиенты счастья, как он его себе представлял, были налицо. Изредка раздавался в душе тихий голосок, нашептывавший сомнения: а было ли счастье-то? Но голосок этот он живо заставлял умолкнуть. Еще в детстве, в школе, и потом в университете перемены, связанные с поездками, расставание с привычным миром и с друзьями были для него мучительны. Но сколько бы он упустил, если бы всегда жил дома! Потому-то в Нью-Йорке он внушал себе: такова твоя судьба — глушить в себе сомнения, чтобы находить счастье там, где, казалось бы, ничто его не обещало.

2

Этим летом снова пришло приглашение из Нью-Йорка. Достав письмо из почтового ящика и на ходу открывая конверт, он направился к скамейке на берегу озера, где любил посидеть утром, просматривая почту. Нью-Йоркский университет, с которым он сотрудничает вот уже двадцать пять лет, предлагает следующей весной провести у них семинар.

Скамья стояла у озера, на краю участка, отрезанном неширокой дорогой. Когда они покупали дом, жена и дети ворчали: мол, дорога портит пейзаж. Со временем привыкли. Ему же с первых дней полюбилось это место: здесь был особый маленький мирок и он мог по своему усмотрению затворять вход в него или оставлять открытым для других. Получив наследство, он отремонтировал и надстроил старый лодочный домик на берегу. Сколько летних месяцев провел он в нем на чердаке за работой! Однако нынешним летом приятней сидеть-посиживать на скамейке. Укромный уголок, здесь никто не увидит его ни от лодочного домика, ни с причала, где так любят играть внуки. Заплывая подальше от берега, они могли его увидеть, и он — их, и они махали друг другу.

Нет, не будет он весной преподавать в Нью-Йорке. И никогда уже не будет там преподавать. Поездки в Нью-Йорк, с годами ставшие неотъемлемой частью его жизни — частью настолько привычной, что он давно уж перестал раздумывать, счастлив ли он был там или нет, — теперь это в прошлом. А раз в прошлом... ну что ж, потому он и вспоминает сегодня о своем первом семестре в Нью-Йорке.

Признаться самому себе, что в Нью-Йорке он был несчастлив, — в этом не было бы ничего страшного, если бы это признание не потянуло за собой другое. Вернувшись в тот самый первый раз из Нью-Йорка, он по воле случая — несчастного случая! — познакомился с женщиной: они ехали на велосипедах и столкнулись, потому что оба нарушили правила; ему еще подумалось: забавный способ знакомиться с дамами! Два года они встречались, ходили в оперу, и в театры, и в рестораны, несколько раз куда-нибудь ненадолго уезжали вдвоем и часто проводили вместе ночи, то у нее, то у него. По его мнению, она была хороша собой и в меру умна, приятно было обнимать ее, приятно было и когда она его гладила; он думал: вот, это и есть то, чего ты хотел. Потом ей понадобилось уехать по работе, и отношения сразу стали мучительно-трудными и мало-помалу сошли на нет. Но лишь сегодня он, вспоминая, признался себе, что вздохнул тогда с облегчением: этот двухлетний роман давно его тяготил. И часто он чувствовал, что куда приятней было бы не ходить на свидание, а остаться дома, читать книги или слушать музыку. Он сошелся с ней, потому что подумал — в очередной раз подумал, — все ингредиенты счастья налицо, отсюда следует вывод: он счастлив.

Ну-ну, а как обстояло дело с другими женщинами в его жизни? Первая любовь? Его переполняло счастье, когда Барбара, самая красивая девочка в их классе, согласилась пойти с ним в кино, после кино не отказалась, когда он угостил ее мороженым в кафе, а потом он провожал ее домой и у дверей, на прощание, ее поцеловал. Ему было пятнадцать... первый поцелуй. Года через два его уложила к себе в постель Хелена, и все получилось лучше не придумаешь — не слишком быстро; она осталась довольна, до самого утра он давал ей все, что мужчина может дать женщине; да, ему было девятнадцать, а ей-то тридцать два... С тех пор они встречались, пока не вышла она, в тридцать пять уже, за адвоката-лондонца, с которым, как он позднее узнал, много лет была помолвлена. А он в те дни сдавал выпускные экзамены, выдержал отлично — сам не ожидал; его взяли на кафедру ассистентом; с тех пор он работал, писал статьи и книги, получил степень, стал профессором. Был счастлив... Или опять-таки лишь думал, что счастлив? Опять-таки лишь уверился в своем счастье, поскольку все ингредиенты счастья были налицо? И то, что он испытывал, опять-таки было не счастьем, а этакой сборной солянкой, суммой ингредиентов? Иной раз ему приходило в голову: а что, если настоящая жизнь не там, где он, а осталась где-то в другом месте? Но этот вопрос он вытеснил из своего сознания, так же как вытеснил мысль, что ухаживал за Барбарой и угождал Хелене лишь из тщеславия и что куда как часто усилия, положенные лишь на то, чтобы утолить свое тщеславие, бывали ему тягостны.

Размышлять о своем супружеском и семейном счастье он остерегался.

Как хорошо просто радоваться синему небу и синему озеру, зеленым полянам и лесу... Он полюбил этот вид, но не потому, что вдали высились Альпы, — он полюбил мягкие линии ближних гор, ласково обнявших озеро.

По озеру плыли в лодке девочка и мальчик, он — на веслах, а девочка сидела, свесив ноги в воду. Стекая с поднятых весел, капли воды ярко сверкали на солнце, от лодки и от ног девочки по водной глади разбегались круги. Дети в лодке — это, конечно, Майке, старшая дочь сына, и Давид, старший сын дочери, — молчали. С той минуты, как уехала машина, развозившая почту, ничто не нарушало глубокой тишины. Жена в доме, готовит завтрак, скоро кто-нибудь из внуков прибежит и позовет завтракать.

Чуть позже он подумал, что вывод об иллюзорности его счастья следует оценить не отрицательно, а, наоборот, принять как нечто позитивное. Что может быть лучше, чем такой вот итог, если ты решил уйти из жизни... А он решил уйти — ведь те несколько месяцев, которые ему остались, будут ужасны. Нет, терпеть боль — это он умеет. Он уйдет не раньше, чем боль станет нестерпимой.

Однако принять как нечто позитивное вывод о ложном характере своего счастья у него не получилось.

Идея со всеми вместе провести здесь лето — его последнее лето — была в то же время последней попыткой счастья, разделенного с близкими. Долго их уговаривать не пришлось — дети согласились приехать со своими семьями и провести месяц в доме на озере. Но все-таки без уговоров не обошлось. И жена тоже не сразу согласилась — она бы предпочла поехать с ним вдвоем в Норвегию, где она еще никогда не бывала, хотя ее бабка была родом из Норвегии. Как бы то ни было, вся семья в сборе, и старый друг обещал приехать на два-три денька. Да, он всех собрал и думал, что неплохо подготовил это последнее совместное счастливое лето. А теперь вот засомневался: не получилась ли опять вместо счастья лишь сборная солянка, набор ингредиентов?

3

— Деда! — Детский голосок и быстрые детские шаги — кто-то бежал через дорогу и лужок сюда, на озеро. А, это Матиас, младший сынок дочери, самый маленький из внучат, пятилетний бутуз, голубоглазый, со светлым чубчиком. — Завтрак готов!

Увидев лодку, а в ней брата и двоюродную сестру, Матиас принялся звать их, не умолкая ни на минуту, он с криком вприпрыжку носился по причалу, пока лодка не пристала.

— Бежим наперегонки!

Дети пустились бегом, дед медленно пошел за ними к дому. Еще год назад он бы со всех ног бросился за ними, а несколько лет назад, пожалуй, и обогнал внуков. Но разве не намного приятней идти себе не спеша и со стороны смотреть, как двое старших детей, взбежав по склону, пятясь, сбегают обратно, чтобы гонку выиграл малыш? Хорошо — именно таким воображение рисовало ему это лето, его последнее лето, в кругу близких людей.

Он уже придумал, как уйдет. Добрый приятель, врач, раздобыл по его просьбе коктейль, который дают тем, кто состоит в одном из Обществ добровольной кончины. Коктейль — название симпатичное. Раньше его никогда не тянуло попробовать коктейль где-нибудь в баре, стало быть, его первый коктейль будет и последним. Понравилось ему и то, как именуют члена общества, который подносит коктейль сотоварищу, решившемуся на добровольный уход из жизни, — «ангел смерти». Ну а он сам себе будет «ангелом смерти». Никакой шумихи — когда настанет его час, он вечером подождет, пока все соберутся в гостиной, потихоньку встанет, выйдет из комнаты, выпьет коктейль, бутылку сполоснет и припрячет, затем вернется в гостиную. Посидит, послушает их разговоры, заснет и умрет, будить его не станут, а утром увидят, что он умер, и врач скажет: от остановки сердца. Ему — мирная смерть без страданий, другим — мирное прощание, опять же без страданий.

Но пока еще время терпит. Ага, к завтраку накрыли в столовой. В начале лета он раздвинул там стол, воображая, как во главе будут сидеть они с женой, рядом с ним — дочь с мужем, рядом с женой — сын со своей женой, дальше — все пятеро внуков и внучек. Однако они не оценили по достоинству его систему и рассаживались где придется. Сегодня вот осталось незанятое место между невесткой и Фердинандом, ее шестилетним сыном, все ясно: малец капризничает, потому и отсел подальше от мамочки.

— Ну что тут у нас стряслось?

Но мальчуган лишь молча помотал головой.

Он любил своих детей и их супругов, и внуков любил. С ними было хорошо, ему нравилась их активность, нравились болтовня и забавы, даже ссоры и шум.

Приятней всего сидеть в уголке дивана и размышлять о своем, при этом он в кругу близких и в то же время сам по себе. Раньше он нередко работал в библиотеках или в кафешках, умея сосредоточиться, даже если рядом шуршали листками, слонялись, разговаривали. Иногда он участвовал, когда они играли в боча, случалось, брался за флейту, когда они музицировали, иногда вставлял реплики в их разговор. Они смотрели на него удивленно — да и сам он удивлялся, вдруг осознав, что играет, музицирует или о чем-то беседует вместе со всеми.

Жену он тоже любил. «Конечно, я люблю свою жену» — так он ответил бы, если б спросили. Было хорошо, когда она подсаживалась к нему на диван. Еще лучше, подумал он, смотреть на нее, когда она в кругу близких. Рядом с молодежью она словно молодеет, ни дать ни взять первокурсница, с которой он познакомился в университете, сам-то он в ту пору сдавал выпускные экзамены. В ней не было никакой искушенности и никакой фальши — того, что к Хелене его и влекло, и в то же время отталкивало. Он почувствовал тогда, что эта любовь очищает его от горького опыта отношений с Хеленой, сводившихся к тому, что он использовал женщину и женщина его использовала... Они поженились, после того как она окончила университет и стала учительницей. Родились дети, сразу, в первые годы их брака, и жена вскоре вернулась на половину ставки в школу. Рука у нее легкая — все спорится, за что ни возьмется. Со всем она справлялась играючи: растила детей, работала в школе, вела хозяйство в городской квартире и в этом загородном доме, а иногда еще и на весь семестр она приезжала вместе с детьми к нему в Нью-Йорк.

Что ж, подумал он, можно без опасений размышлять о своем супружеском и семейном счастье. Тут все удалось как надо. И в первые дни этого совместного лета все шло как надо. Внучата в своей компании, дети, зять и невестка рады отдохнуть в своем кругу, жена с удовольствием занимается садом. Четырнадцатилетний Давид влюбился в Майке, ей тринадцать. Дед заметил, а остальные, похоже, не догадываются. Погода стоит прекрасная. «Каждый божий день как по заказу», — сказала недавно жена и улыбнулась, а гроза — вечером на другой день после приезда разразилась гроза — тоже была как по заказу; он сидел на веранде, любуясь великолепием тяжелых черных туч, глубоко потрясенный блеском молний, громом и, наконец, отрадной свежестью хлынувшего ливня.

И пусть опять он собрал свою солянку счастья, пусть счастье этого последнего их общего лета чревато несчастьем — не все ли равно? Он-то этого уже не узнает.

4

Ночью — в постели — он спросил жену:

— Скажи, ты была со мной счастлива?

— Я рада, что мы здесь. В Норвегии мы не чувствовали бы себя счастливее.

— Я не об этом. Со мной — была ли ты со мной счастлива?

Она приподнялась и поглядела на него:

— Ты про все годы, что мы с тобой женаты?

— Да.

Она опустилась на подушку.

— Мне было трудно привыкнуть к тому, что ты так часто надолго уезжал. Было трудно свыкнуться с тем, что я оставалась одна. Одна должна была растить детей. Когда Дагмар в пятнадцать лет убежала и полгода не возвращалась, ты был дома, верно, но в го́ре ты замкнулся, ты в одиночку переживал это несчастье, бросив меня одну. А когда Хельмут... Да ладно, что толку ворошить прошлое! Сам прекрасно знаешь, когда мне жилось получше и когда — плохо. Я ведь знаю, в какие времена тебе жилось хорошо, в какие — плохо. Когда дети были еще маленькие, а я вернулась в школу, тебе пришлось несладко. Да, тебе хотелось, чтобы я больше интересовалась твоей работой, читала, что ты пишешь. Еще тебе хотелось чаще спать со мной. — Она повернулась на бок, спиной к нему. — Мне и самой часто хотелось приласкаться к тебе.

Спустя минуту-другую он услышал ее ровное дыхание. Как же так? Им больше нечего сказать друг другу?

Левое бедро ныло. Не сильная боль, однако непрерывная, упорная — судя по ощущению, боль вознамерилась обосноваться в его теле надолго и всерьез. Или уже обосновалась? Кажется, вот уже несколько дней, нет — недель левое бедро и вся нога немеют, когда поднимаешься по лестнице. По-видимому, с ногой уже давно что-то не так, но он ходил, превозмогая слабость и покалывание в ноге, затрачивал больше сил на ходьбу, чем раньше. Но не обращал внимания на эти мелочи. Одолевал лестницу — и боль исчезала. А ведь то покалывание, возможно, было предвестником боли, которую он ощущал сейчас, — боли, внушающей ему страх. Да ведь и сцинтиграмма[1] скелета показала вроде бы наличие очагов с локализацией в левом бедре. Показала или нет?

Точно не припомнить. Да и не желает он сделаться таким, как те больные, которые все знают о своей бо-

---

[1] *Сцинтиграфия* — метод диагностики метастазирующего рака.

лезни, умничают, нахватавшись сведений из Интернета, книг и разговоров с товарищами по несчастью, ставят врачей в дурацкое положение. Левое бедро, правое — да не слушал он, когда врач разъяснял, какие там кости уже захватило. Подумал тогда: «Дойдет до дела, сам почувствую какие».

Он тоже повернулся на бок. Что там левое бедро, все болит? Или теперь болит правое? Он прислушивался к своим ощущениям. И в то же время слушал, как шумит за окном ветер, и шелестит листва, и разоряются лягушки на озере. В окно видны были звезды на небе, и он подумал, что вовсе не золотые они и не сияют, — это крохотные неоновые искорки, жесткие и холодные.

Ну так и есть, левое бедро болит и болит. Но теперь болит еще и правое. Прислушиваясь к своим ощущениям, он чувствовал боль не только в ногах и в позвоночнике, но и в руках, и в затылке. В любой части тела, стоило лишь прислушаться, боль как будто только того и дожидалась, чтобы сообщить: она здесь поселилась. Здесь теперь ее дом.

5

Спал он плохо, проснулся ни свет ни заря. На цыпочках дошел до двери, осторожно ее отворил, осторожно закрыл за собой. Половицы, ступеньки, двери — все скрипело. На кухне он заварил себе чаю и вышел с чашкой на веранду. Светало. Галдели птицы.

Иногда он помогал жене в кухне: накрывал на стол, вытирал вымытую посуду. Но ни разу в жизни он не приготовил что-нибудь самостоятельно, ни разу не угостил других собственной стряпней. Раньше, если жена куда-нибудь уезжала, завтрак попросту отменялся, а обедать и ужинать он с детьми ходил в ресторан. Да, но раньше-то у него вечно не было свободного времени. Зато теперь появилось.

В кухне он разыскал «Поваренную книгу для начинающих» доктора Эткера. Захватил ее на веранду. С помощью поваренной книги как-нибудь управится даже он, философ, специалист по аналитической философии, даже он напечет блинчиков к завтраку! Даже? Не кто иной, как он, а не «даже»! Как там говорится у Витгенштейна в «Tractatus logico-philosophicus»? «То, что можно описать, может быть сделано». Однако блинчиков в поваренной книге не оказалось. Может, у них там блины как-нибудь по-другому называются? Не имеющее именования не может быть найдено. Не могущее быть найденным не может быть испечено.

Нашел он рецепт оладий, прочитал, какие нужны продукты, все данные по количеству указанных ингредиентов умножил на одиннадцать, по числу едоков. И приступил к делу. Пришлось долго шарить в кухне, пока он не собрал на столе все необходимое. 688 граммов муки, 11 яиц, литр молока, $1/3$ литра минеральной воды, почти полкило маргарина... так, еще — сахарный песок и соль. Досадно — хоть бы словечко о том, сколько взять этого добра. Ну как прикажете делить «песок» и «соль» на четыре и потом умножать на одиннадцать? А вот и еще досадная история: не объяснено ни как отделять желтки от белков, ни как взбить белки в пену. Хорошо бы, чтобы эти оладьевидные блины получились нежные и воздушные. Просеять муку, все смешать, растереть массу до полного исчезновения комочков — тут он не дал маху.

Потянул из шкафчика сковороду — и выронил, сковорода с грохотом заплясала на керамической плитке пола. Поднял ее, прислушался — все ли в доме тихо — и услышал на лестнице шаги жены. В ночной рубашке она вошла в кухню и огляделась.

— А ну-ка! — Он обнял ее и почувствовал — какая-то она одеревенелая.

«Наверное, и я на ощупь такой же одеревенелый, — подумал он. — Когда же это было, когда мы последний раз обнимались? Давно, ох как давно!» Он не отпускал жену, а она, хоть и не прижалась к нему, все-таки приобняла за плечи.

— Что это ты делаешь в кухне?

— Блинчики... Хочу испечь тот блин, что всегда комом. А остальные спеку, когда все уже сядут за стол. Не сердись, я не хотел тебя будить.

Она окинула взглядом стол — пакет с мукой, яйца, маргарин, миска с тестом.

— Это все ты сюда?..

— Хочешь попробовать первый блин?

Отпустив жену, он зажег газ и поставил сковороду на огонь. Заглянув в поваренную книгу, растопил на сковороде полпачки маргарина и плеснул туда ложку теста, потом выудил и переложил на тарелку полуиспеченный блин, добавил на сковороду маргарина, скинул туда блин, перевернув поджаренной стороной кверху, и наконец с торжественным видом поднес его, золотисто-желтый, жене.

Она попробовала:

— Вкусно. Прямо как настоящий блин.

— Это и есть настоящий блин! А где же поцелуй? Я заслужил.

— Поцелуй? — Она уставилась на него во все глаза.

Когда же это было, когда же они последний раз целовались? Давно, совсем давно. Она медленно поставила на стол тарелку, подошла к нему, поцеловала в щеку и осталась возле него, как будто растерявшись и не зная, что делать.

На пороге кухни выросла Майке:

— Что тут такое?

Она с любопытством смотрела на деда и бабушку.

— Он печет блинчики.

— Деда печет блинчики? — Ей, конечно, не верилось.

Но вот же все они тут, ингредиенты, и миска с тестом налицо, и сковорода, и половина блина на тарелке, и он сам в кухонном переднике. Майке взлетела на второй этаж и принялась стучать во все двери:

— Деда печет блинчики!

6

В этот день он не стал уединяться на скамейке у озера. Притащив из лодочного домика стул, уселся на причале. Раскрыл книгу, которую принес с собой, но не читал. Он смотрел на своих внуков.

Влюблен, влюблен Давид в Майке! Вон как старается произвести впечатление на девчушку, с каким непринужденным видом ходит, как независимо держится, а собравшись прыгнуть в воду вниз головой и с оборотом, сперва оглянулся — смотрит ли она, и еще, этак невзначай упоминая, хвастается книгами, которые прочитал, фильмами, которые посмотрел, а уж с каким равнодушием — нигилист, да и только! — он говорил о своем будущем. Неужели Майке ничего этого не замечает? Или ведет с Давидом свою игру? Она как будто не видит ничего особенного во всех его подвигах, да и вообще она спокойна и уделяет Давиду не больше внимания и веселой приветливости, чем остальным.

Страдания первой любви! Посматривая на Давида, такого неуверенного в себе, он живо вспомнил, как лет этак пятьдесят тому назад сам мучился от робости. Когда-то и он в мечтах о своей ненаглядной заносился высоко, а иногда ощущал себя полным ничтожеством. Когда-то и он думал: если Барбара увидит, какой он на самом деле и как ее любит, то ответит на его любовь, но он не умел ни открыть, какой он, ни признаться в любви. Когда-то и ему в малейшем дружеском жесте девочки, в каждом приветливом слове виделось некое обещание, но при всем том он знал, что Барбара ничего ему не обещает. Он тоже прикрывался маской стоического равнодушия, делая вид, что ни во что не верит, ни на что не надеется, и вообще всем своим поведением показывал: ничего, дескать, ему не нужно. Но ненадолго его хватало — он опять томился и тосковал.

Ему стало жаль внука, а заодно и себя самого.

Страдания первой любви, болезни взросления, разочарования взрослой жизни — хорошо бы сказать Давиду что-нибудь в утешение, приободрить паренька, но что же тут скажешь?... Все-таки нельзя ли ему помочь? Он подошел и примостился рядом с Давидом, сев на доски причала.

— Честное слово, деда, в жизни бы не подумал, что ты вдруг напечешь блинчиков!

— Да, оказывается, заниматься кулинарией — это по мне. Вы, старшие, поможете мне завтра? Грандиозных планов я не строю, но с вашей помощью спагетти болоньезе и салат я бы сварганил.

— А на десерт шоколадный мусс?

— Ладно. Если отыщем рецепт в поваренной книге Эткера.

Еще немного посидели, но Давид и Майке молчали. Ну да, он же помешал их разговору, а о чем теперь поговорить с ними обоими, не знал.

— Я, пожалуй, пойду. Итак, завтра в одиннадцать? Слетаем в магазин и — за работу?

Майке засмеялась:

— Круто, деда! До завтра еще сто раз увидимся.

И он опять уселся на своем стуле. Матиас и Фердинанд бултыхались недалеко от берега, нашли там отмель и, натаскав камней, сооружали остров. Однако что-то не видно двенадцатилетней сестренки Давида и Матиаса.

— А где Ариана?

— На твоей скамейке сидит.

Он поднялся и побрел туда. Левое бедро болело.

Ариана читала, поджав под себя ногу и пристроив книгу на коленке; услышав его шаги, подняла голову:

— Ничего, что я тут сижу?

— Конечно сиди. А я-то тебе не помешаю?

Она спустила ногу со скамейки, закрыла книгу, подвинулась. При этом она заметила, что он прочитал заглавие книги — «Почтальон звонит дважды»:

— У вас на полке стояла. Может, и не понравится — не поняла еще. Но интересно. Я думала, мы тут больше времени будем вместе, но у Давида один свет в окошке — Майке, а у Майке — Давид. Она, конечно, притворяется, будто это не так, а он не понимает, что она притворяется.

— Ты уверена?

Кивнув, она снисходительно взглянула на него как старшая. Подрастет Ариана — станет красавицей, подумал он, да, да, однажды она снимет очки, распустит волосы и накрасит губы.

— Вот, значит, как оно обстоит дело с Давидом и Майке. Может, нам с тобой придумать что-нибудь?

— Например?

— Например, можно посмотреть здешние замки и церкви, а то давай проведаем моего знакомого художни-

189

ка или, хочешь, съездим к автослесарю? У него в мастерской все так, как было пятьдесят лет назад.

Она немного подумала:

— Ладно, давай проведаем художника.

7

Прошла неделя.

— Что же это у нас творится? — сказала жена. — Если нынешнее лето идет как надо, значит, все прошлые годы что-то летом было не так, как надо. А если все прошлые годы лето шло как надо, значит, теперь все не так. Сам посуди: ты ничего не читаешь, ничего не пишешь. Целыми днями ты мотаешься по округе с внуками или с детьми. А вчера ты заявился в сад и вздумал подстригать живую изгородь! И при каждом удобном и неудобном случае ты норовишь меня облапить. Нет, правда, можно подумать, ты не в состоянии держать руки при себе! И более того, ты... — Она покраснела и покачала головой. — Ну, в общем, все не так, как всегда, и я желаю знать, в чем тут дело.

Они сидели на веранде. Дети, зять и невестка ушли на весь вечер к друзьям, внуки уже легли спать. Он зажег свечу, откупорил бутылку вина, наполнил два бокала.

— Вино при свечах! Опять же — нечто небывалое.

— Но разве не пора кое-что наверстать? Заняться внуками и детьми, возделывать сад? И вспомнить, как приятно подержаться за тебя? — Он обнял ее за плечи.

Но она сбросила его руку:

— Нет, Томас Велмер. Это никуда не годится. Я не машина, которую ты можешь то включать, то выключать. Совсем не таким воображала я когда-то наш брак, но, как видно, было невозможно жить так, как хотелось мне, и я приспособилась, свыклась с той жизнью, какая получилась. Не надейся, что я пойду на поводу у какой-то твоей прихоти, меня не купишь каким-то одним летом, которое через пару недель кончится. Лучше уж сама буду возделывать свой сад.

— Три года, как я оставил преподавание. Мне жаль, что я упустил столько времени, пока не понял, как хороша вольная жизнь на пенсии. Ведь в университете не в один день уходишь на пенсию, как на государственной службе, — ты еще руководишь диссертантами, какой-нибудь курс дочитываешь, тебя приглашают в комиссии, и ты думаешь, надо бы написать то, что давно задумал, да не написал, потому что времени не находилось. Вроде как мотор: когда отключишь, машина еще немного проедет на холостом ходу. И если дорога идет под уклон, то...

— Ты автомобиль, твой мотор отключился с выходом на пенсию. Так, а дорога под уклон — это, интересно, кто?

— Все, кто относился ко мне так, словно мотор еще тянет.

— Ах, значит, я должна относиться к тебе по-другому. Не так, словно мотор еще тянет, а так, словно он заглох. И ты...

— Нет, ничего уже не надо. Три года с тех пор прошло. Машина встала.

— И с этого момента ты проявляешь интерес к внукам, а также к садовой изгороди?

Он засмеялся:

— И не даю тебе прохода.

Они сидели бок о бок, близко, он буквально ощутил ее недоверие — эти токи словно струились от ее плеча, руки, бедра. Что, если еще разок попробовать обнять ее за плечи? Пожалуй, она не сбросит руку — они же

191

разговаривают, они же слышат друг друга. Не сбросит-то не сбросит, но будет ждать, когда он уберет руку. А может... Нет, может, сама чуть погодя положит голову ему на плечо? Ведь тогда в кухне-то обняла легонько, словно хотела показать, что понимает его, ничего не обещая обняла, просто так.

8

Он ухаживал за ней как влюбленный. Утром подавал ей чай в постель; когда она работала в саду, приносил лимонад; он подстригал изгородь и косил газон, он каждый вечер готовил ужин, в чем ему нередко помогала Ариана; он развлекал внуков, если те маялись от безделья; он следил, чтобы в доме не переводились бутылки яблочного сока, минеральной и молока. Каждый день он приглашал жену погулять вдвоем, и если поначалу она скоро говорила, что пора вернуться домой, где ждала ее работа, то через несколько дней уже не возражала, когда он уводил ее все дальше, и не отнимала свою руку, пока ей на глаза не попадалось что-нибудь, что ей хотелось подобрать с земли, или цветок, который надо было сорвать и рассмотреть, повертев в пальцах. Однажды вечером он привез ее в ресторан на другом берегу озера. Всего с одной звездочкой заведение, зато столики расставлены на лужайке, под плодовыми деревьями. Они долго смотрели на озерную гладь, блестевшую в зареве заката, как расплавленный металл, как свинец с крохотной добавкой бронзы, потом на воду опустилась, захлопав крыльями, пара лебедей.

Он положил руку на стол:

— А ты знаешь, что лебеди...

— Знаю. — Она положила на его руку свою.

192

— Когда вернемся, я хочу быть с тобой.

— А ты помнишь, когда это было последний раз? — Она не убрала руку.

— Перед твоей операцией?

— Нет, не перед, а после. Я думала, все будет как раньше. Ты говорил, что я такая же красивая, какой была, и что любишь мою новую грудь, как любил прежнюю. Но потом, в ванной, я посмотрела на этот багровый шрам и поняла: нет, все будет уже не так, как раньше, все будет стоить усилий, преодоления. Мне это тяжело, и тебе тоже. Ты с пониманием отнесся к моему решению, тактично сказал, что наберешься терпения и подождешь, пока я сама не дам тебе знак, когда почувствую, что опять могу быть с тобой. Знака я не дала, однако тебя это устраивало — сам ты тоже не подавал мне никаких знаков. Потом я заметила, что и до моей операции все у нас с тобой было в точности так же, то есть между нами ничего никогда не происходило, если я не подавала тебе знака. И тогда мне вообще расхотелось подавать какие-то там знаки.

Он кивнул:

— Потерянные годы — не могу передать, как я о них жалею. Я ведь думал, непременно нужно доказать что-то такое самому себе и окружающим, стать ректором или госсекретарем или возглавить какое-нибудь солидное объединение, но ты оставалась безучастной ко всем этим вещам, и я чувствовал себя так, будто ты меня предала. Между тем ты была права. Вот оглядываюсь я назад и вижу: ничего они не значили, те годы. Шум, гонка — вот и все, что было.

— У тебя была любовница?

— Нет! Кроме работы, ничего и никого, я никого не подпускал к себе. Да иначе я и не справился бы с работой.

Она тихонько засмеялась. Почему? Вспомнила его тогдашнюю одержимость наукой? Или вздохнула с облегчением — он же сказал, что не было любовницы?

Он попросил счет.

— Так что ты думаешь, еще не поздно попробовать?

— Мне страшно, как в самый первый раз. Или еще страшней. Не представляю себе, как все это будет...

9

А никак. Он сжал ее в объятиях, и тут — сильнейший приступ боли. Боль с дикой силой ударила в копчик, волны боли покатились по спине, бедрам и ногам. Она была куда свирепей, чем самые сильные боли, какие он испытывал до сих пор. Она убила желание, чувства, мысли. Боль завладела им, мгновенно превратив в существо, не способное чувствовать ничего за ее пределами, не способное даже пожелать, чтобы она прекратилась. Он невольно застонал, не сознавая, что стонет.

— Что с тобой?

Он повалился на спину и сжал ладонями лоб. Ну что сказать?

— Кажется, радикулит, ох, такого еще не бывало.

С мучительным трудом он слез с кровати. В ванной проглотил таблетку новалгина — врач выдал обезболивающее на случай острого приступа. Опершись руками о раковину, он поглядел на себя в зеркало. Странно — ему так плохо, как никогда в жизни еще не было, однако в зеркале он увидел свое привычное, ничуть не изменившееся лицо. Русые волосы с сединой на висках и кое-где на темени, серо-зеленые глаза, глубокие складки над переносицей и от носа к уголкам рта, лицо как лицо, да еще волоски, торчащие из носа, — утром надо их подстричь, — узкие губы... Кажется, полегчало, можно подумать, оттого, что он поделился болью с этим привычным лицом в зеркале и оно, стиснув зубы, подтвердило: нет, не околел еще старый барбос! Боль немного стихла, и он вернулся в спальню.

Жена уже уснула. Он опустился на свою половину кровати очень, очень осторожно, боясь разбудить спящую. Ее веки вздрагивали. Может, она не совсем уснула, а лишь слегка задремала? Или ей что-нибудь снится? Интересно, что? Как знакомо ему это лицо! Он хорошо помнит и юное лицо жены, оно живет в этих постаревших чертах. Два лица: юное, сиявшее детской радостью и простодушием, и другое — усталое, с выражением горечи. Как же получается, что эти два лица, такие разные, друг с другом ладят?

Ложиться он не стал. Как бы не спровоцировать новую атаку боли. Боль показала себя — теперь он знает, она не просто устроилась в его теле как дома, она сделалась в нем полновластной хозяйкой. Сейчас-то ушла в какую-то отдаленную комнатку, но дверь оставила незатворенной, чтобы мигом наброситься, если не окажут ей должного почтения.

Волосы жены — глядя на них, он растрогался. Покрасилась в темно-каштановый цвет, а волосы отросли, корни уже белые, седые, да, тут идет война со старостью, бесконечная, — каждая битва завершается поражением, но не капитуляцией. Перестань жена краситься, она была бы похожа на старую и мудрую индейскую скво — нос с горбинкой, высокие скулы, морщины, а главное, глаза. Он так никогда и не мог понять, отчего ее взгляд иногда становился загадочным — от глубины мыслей и чувств или от пустоты. Теперь уж никогда не разгадать ему этой загадки.

Утром она смущенно сказала:

— Ты уж не сердись. Шампанское, потом вино, да ужин, да еще эта затея насчет интима, которая потерпела фиаско, когда было так хорошо, да твой радикулит — всего этого мне за глаза хватило. Вот я и заснула.

— Нет, это ты меня прости. Врач предупреждал, что могут быть приступы радикулита, он и таблетки велел принимать. Но я не ожидал, что будет такой сильный приступ, да еще в самый неподходящий момент.

Он не рискнул повернуться на бок и просто протянул ей руку.

Она положила голову ему на плечо:

— Надо мне вставать, завтрак готовить.

— Не надо.

— Надо, надо.

Это она не всерьез. Хотела она того же, что и он.

Он упросил свою боль еще посидеть в дальней комнатушке — только этим утром и в этот час.

— Забирайся на меня.

10

Когда они с женой спустились в столовую, все уже заканчивали завтрак. Ариана взглянула на деда с бабушкой лукаво, словно догадалась, почему они так поздно встали. Ариана, двенадцатилетняя девчушка? А все-таки он покраснел, жена тоже покраснела и, словно желая показать всей честной компании, что да, было у них кое-что, поцеловала его.

Около полудня он поехал на станцию встречать старого друга. Поезд пришел и встал у платформы, тут выяснилось, что подножка довольно высоко над платформой или, наоборот, платформа слишком низкая, — в общем, другу пришлось спрыгнуть. Он спрыгнул, как всегда улыбнувшись смиренной улыбкой. Как будто уверен был, что полетит носом в землю и, вместо того чтобы погостить день-два у старого приятеля, проваляется месяц в провинциальной больнице.

Смиренность — словно признающая, что игра, толком не начавшись, уже проиграна, в сочетании с обаятельной веселостью, говорящей: так-то оно так, да только ерунда это, пустое. Друг всегда был таким. Он и когда учился, не слишком усердствовал, не питал честолюбивых надежд, но со всеми был приветлив, и все его любили, в том числе и те, кто его экзаменовал, а после университета — те, у кого он устроился на работу. Он стал известным адвокатом и своими успехами был обязан, конечно, профессиональной компетенции, но ничуть не меньше и своему умению со всеми находить общий язык — с клиентами, представителями другой стороны и судьями. Он их очаровывал. Очаровывал и жен, и детей своих друзей, его любили, хотя среди жен друзей попадались собственницы, старавшиеся привязать мужа к своей юбке и ни в грош не ставившие его старых друзей.

Хельмут, сын, души не чает в его старом друге. Когда Хельмут был еще малышом, они с другом брали его с собой в отпуск, который проводили вместе, — отпуск настоящих мужчин. Зимой катались на лыжах, и, если Хельмут уставал или капризничал, друг, бегавший на лыжах в джинсах и пальто, ставил мальчугана на свои лыжи, перед собой, зажимал между колен и летел с ним с горы. В глазах маленького Хельмута друг в развевающемся темном пальто, ловко и храбро летавший с ним по крутым склонам, был герой, Бэтмен. Позднее друг часто помогал дельным советом, когда Хельмут учился в университете, на первых порах помогал ему и в работе. Если бы не друг, сын не выбрал бы профессию адвоката.

Хельмут хотел, конечно, поехать с ним встречать гостя. Но только в дороге — пока добирались со станции и на другой день, когда ехали вечером на станцию, — они, два друга, могли потолковать без помех.

Они и в этот раз поговорили о житье-бытье на пенсии, о своих родных, о лете. Потом друг спросил:

— Ну а как ведет себя твой рак?

— Давай там, наверху, остановимся. — Не спеша отвечать, он указал на горку, куда поднималось шоссе. — Пройдемся немного.

В который раз он взвешивал, сказать другу о своем решении или не говорить. Никаких тайн у них не было, о раке они говорили легко и просто, потому что эта судьба постигла обоих: несколько лет назад и ему, и другу поставили этот диагноз. Рак, разумеется, у каждого свой, и протекала болезнь у каждого по-своему, но оба перенесли операцию, оба прошли лучевую терапию и химию. Все бы ничего, но если друг узнает о решении, каково ему будет встретиться с его родными?

Они поднялись на горку. Справа тянулся лес, слева виднелось озеро, и совсем вдали — Альпы. Было тепло — мягкая, густая теплынь лета.

— Когда откажут кости — это только вопрос времени. Скоро они начнут крошиться, ломаться и боль станет нестерпимой. Уже были прелюдии этой петрушки, но пока все терпимо. А твой рак что?

— Он вот уже четыре года как затаился. В прошлом месяце надо было обследоваться, а я вот взял да не пошел. Впервые. — Воздев руки, друг опустил их жестом безнадежной покорности судьбе. — Скажи-ка, как ты думаешь поступить, когда боль станет нестерпимой?

— А что бы ты стал делать?

Они шли и шли, но друг молчал. И наконец рассмеялся:

— Радоваться лету, в меру возможного конечно. Что ж еще?

11

После ужина он устроился в уголке дивана, сидел и смотрел на остальных. Они играли в какую-то игру, рассчитанную на восьмерых участников. Сидя в сторонке, он мог, не привлекая к себе внимания, менять положение тела, так и этак прилаживать подушку — за спину, под бедро, за поясницу. Эти перемены приносили временное облегчение, пока боль, освоившись с новой позой, не располагалась в его теле с прежним комфортом. Новалгин он принял, но лекарство уже не помогало. Что же дальше-то? Ехать в город к врачу, просить, чтобы выписал морфий? А может, пора? Пора достать из холодильника, где вино, пузырек, спрятанный за бутылкой шампанского, и выпить свой коктейль?

Раньше, когда он воображал, каким будет его последний вечер, в мечтах не находилось места боли. А теперь вот он понял, что не так-то просто будет выбрать подходящий вечер. И чем дальше — тем будет хуже, он перемогается, кое-как тянет, а меж тем все реже будут выдаваться вечера без боли, становясь с каждым разом желанней и драгоценней. Ну как ради смерти пожертвовать таким вечером? Однако умирать в мучениях он тоже не хочет. Морфий... Морфий — это выход? Превратятся ли благодаря морфию вечера без боли из драгоценной, редко выпадающей случайности в рукотворное благо?

Двери и окна открыты, теплый ветер с озера нагнал в дом комаров. Он попытался прихлопнуть правой рукой комара, севшего на левое плечо, и не смог даже поднять руку. Рука не послушалась. Но чуть позже, когда на плечо опять сел комар, руку удалось поднять, все получилось и еще раз, хотя он в своем уголке опять устроился в той позе, как в тот раз, когда рука не повиновалась. Он перепробовал разные положения — рука слушалась, и он даже засомневался: может, первая неудача ему просто померещилась? Да нет, тут дело ясное, яснее некуда, — он это понимал, как отдавал себе отчет и в том, что в его теле снова произошло нечто необратимое.

Игра у них закончилась, теперь друг рассказывал всевозможные занятные истории из своей практики. Раньше дети не могли их наслушаться, теперь вот внукам подавай все новых рассказов. А он почувствовал обескураженность: что сам-то он мог рассказать детям? И внукам? Что Кант замечательно играл в бильярд и таким вот способом зарабатывал, чтобы получить образование? Что Гегель и его жена в своей семейной жизни стремились подражать Мартину Лютеру и Катарине фон Бора? Что Шопенгауэр безобразно третировал мать и сестру, а Витгенштейн о своей сестре трогательно заботился? Да, он знал кое-какие истории из жизни философов, мог рассказать несколько занятных анекдотов, которые когда-то услышал от своего деда. Но что-нибудь интересное о своей работе? Нет, ничего интересного он не находил. Какой же вывод из этого следует? Что он представляет собой как человек? Что такое его работа? Что за штука аналитическая философия? Может быть, она тоже лишь изощренный способ бесплодной растраты интеллектуальной энергии?

Ага, друга упросили, он сел к роялю. Посмотрел с улыбкой сюда, на старого товарища, и заиграл. Чакона из партиты ре минор Баха — студентами они слушали ее в исполнении Менухина и полюбили эту вещь. Переложение для фортепиано, он и не подозревал о его существовании, как и о том, что друг его разучил. Может быть, специально разучил для него? И это прощальный подарок друга? Музыка и мысль о прощальном подарке друга растрогали его до слез, он тихо плакал и не мог унять слез даже тогда, когда друг заиграл что-то джазовое, чего, собственно, и дожидались дети и внуки.

Жена заметила его слезы, села рядом, положила голову ему на плечо:

— Я тоже сейчас расплачусь. Так чудесно начался сегодняшний день, и так чудесно он завершается.

— Да.

— Давай пойдем наверх. Если они нас хватятся — ну не беда, поймут.

12

Лето перевалило на свою вторую половину. Ясное дело, вторая половина этого общего со всеми лета пробежит быстрее, чем первая, а ведь и первая пролетела как один день. Он размышлял о том, что же сказать детям напоследок. Дагмар — что не следует чрезмерно опекать детей? Что она дельный биолог и не должна растрачивать свои способности на всякую ерунду, что ей надо вернуться к научной работе? Что мужа она избаловала, а это только вредит и ему, и ей? Хельмута спросить: неужели и правда ему интересно, какая фирма с какой сольется да какая другую приберет к рукам? И неужели ему действительно только и нужно — зарабатывать деньги, вечно деньги и деньги, которых у него и так целая куча. Спросить его: не хотелось ли ему, благо был перед глазами пример старого друга, стать совсем не таким адвокатом, каким он стал?

Нет, это не годится. Дагмар вышла за напыщенного дурачка, ну, значит, надо лишь уповать на то, что как не сознаёт она этого, так и впредь не осознает, останется при своем заблуждении, в которое введена богатством и хорошими манерами мужа. Хельмут уже распробовал вкус денег, отведал сладкой жизни и тянется к богатству, как алкоголик к рюмке, а жена Хельмута пожинает плоды. Наверное, дочь и сын от неуверенности погнались за внешними признаками успеха, наверное, это он, их отец, виноват, что не сумел внушить детям чувство уверенности. А теперь им этого уже не дашь. Он может лишь сказать детям, что любит их. В американских фильмах родители и дети так легко перебрасываются этими словами, ну и он уж как-нибудь сумеет это сказать.

Может, что-то в детях и не так, но этим летом они выше всех похвал — уступчивые, внимательные. И то, что внуки приносят ему столько радости... этого, конечно, не было бы, если бы родители не подавали им хороший пример. Итак, мудрого напутствия он детям не может дать. Только сказать, что любит их.

Настал день, когда боли настолько усилились, что он сел-таки в поезд, добрался к врачу и попросил назначить ему морфий. Врач очень неохотно выписал рецепт — наркотик же! — и долго поучал насчет дозировки и побочных действий. Аптекарша, у которой он уже лет десять покупал лекарства, отнеслась к нему мягче — с невеселой улыбкой протянула ему лекарство и стакан воды. «Значит, уже не обойтись без этого».

Дневной поезд давно ушел, он дождался вечернего. Машину он оставил возле станции и теперь, подъезжая, засомневался: сможет ли вести? Однако деваться некуда: сел за руль, на дорогах затишье — в общем, добрался благополучно. В доме темно. Все уже спят, вот и хорошо. Спешить ему некуда. Можно посидеть на скамейке у озера. Можно насладиться покоем, раз уж нынче вечером боль в его теле не только убралась в дальнюю комнатку, но и какое-то время не выйдет оттуда, запертая крепким замком.

Да, морфий — это выход. Благодаря ему вечер без боли не выдался как редкая, драгоценная удача, а стал рукотворным благом. Он чувствовал легкость в теле, а не просто отсутствие боли, пульс бился ровно и мягко, тело словно стало крылатым. Даже пальцем не пошевелив, он мог бы дотянуться до огней на том берегу и даже до звезд.

13

Чьи-то шаги — он узнал походку жены. Пусть тоже посидит — он подвинулся на скамейке.

— Что, услышала, как я подъехал?

Она опустилась на скамью, но не ответила. Он хотел обнять ее за плечи, и тут она резко наклонилась вперед — его рука повисла в пустоте.

— Здесь то, что я думаю? — Она показала ему бутылочку с коктейлем.

— А что́ ты думаешь?

— Хватит играть в прятки, Томас Велмер! Что это?

— Это чрезвычайно сильное болеутоляющее, его полагается хранить в прохладном месте, недоступном для детей, то есть для внуков.

— И поэтому ты спрятал это в холодильнике, где вино, за бутылкой шампанского?

— Ну да. Не понимаю, почему ты...

— Так вот, у меня появились чрезвычайно сильные боли. С той минуты, когда я нашла этот пузырек... Я, видишь ли, хотела приготовить ужин нам с тобой — ужин с шампанским. Так вот, у меня чрезвычайно сильные боли. И я это выпью.

Она отвинтила крышку и поднесла пузырек к губам.

— Не надо!

Она кивнула:

— Однажды вечером, когда все мы, собравшись в гостиной, будем приятно проводить время, ты пожелаешь выйти, выпить содержимое этого пузырька, потом вернуться на диван и заснуть. А перед тем ты скажешь нам, что очень устал, что тебя клонит ко сну, и попросишь не будить, если ты уснешь. Правильно?

— Таких подробностей мой план не предусматривал.

— Но ты решил все это устроить, не сказав мне ни слова, не спросив меня, не поговорив со мной. Такие подробности твоим планом предусмотрены? Да или нет?

Он пожал плечами:

— Не понимаю, чем ты недовольна. Я решил уйти, когда уже не смогу переносить боль. Решил уйти так, чтобы никому не доставлять лишней мороки.

— Ты помнишь нашу свадьбу? «Пока смерть не разлучит вас...» А не пока ты подольстишься к смерти и тайком смоешься с нею! А ты помнишь, что я была против твоей затеи насчет счастливого, единственного лета в кругу родных и близких — лета, которое скоро кончится? Ты думал, я не докопаюсь до правды? Или думал, когда я доберусь до нее, ты уже будешь покойником? И я уже не смогу призвать тебя к ответу? Ты не обманывал меня с любовницей, зато сейчас ты меня так обманул, так обманул! Этот обман ничуть не лучше, нет, он в сто раз хуже!

— Я думал, никто не узнает. Думал, красивое прощание получится. А как бы ты...

— Красивое прощание?! Ты уходишь, а я знать не знаю, ведать не ведаю о твоем уходе! Это, по-твоему, красивое прощание?! Да это вообще не прощание! По крайней мере, я так прощаться не желаю. Да и не со мной ты прощаешься, а с самим собой, а я тебе нужна только как статистка.

— Нет, я все-таки не понимаю, почему ты с таким возмущением...

Она встала:

— Вот именно! Ты сам не понимаешь, что делаешь. Утром все расскажу детям и уеду. И делай тут что угодно. Я в качестве статистки тут не останусь и не сомневаюсь: дети тоже не останутся.

Она поставила пузырек на скамейку и ушла.

Он потряс головой. Что-то не заладилось. Что именно — непонятно. Но никаких сомнений: что-то пошло совсем не так, как должно было. Завтра утром придется поговорить с женой. Давно он не видел ее в таком негодовании...

14

Кровать, когда он пришел в спальню, была пуста, не увидел он жены и утром, проснувшись. Вместе с детьми он приготовил завтрак, потом разбудил внуков. Когда все уселись завтракать, вошла жена. За стол она не села.

— Я уезжаю в город. Ваш отец кое-что задумал — в один из ближайших дней, вечерком, в кругу родных и близких покончить с собой. Об этом я узнала совершенно случайно. Он ни мне, ни вам не собирался сообщать о своем решении. Он хотел просто выпить некий препарат, уснуть и во сне умереть. Я не желаю иметь к этому какое-либо отношение. Он в одиночку все это придумал, вот пусть один и доводит дело до конца.

Дагмар обернулась к своему мужу:

— Ну-ка, забирай детей, иди займись с ними чем-нибудь. Да не только наших — всех детей уведи!

Это было сказано столь решительно, что муж сразу встал и вышел, следом потянулись все внуки.

Дагмар смотрела теперь на отца:

— Ты решил покончить с собой? Все так, как мама сейчас сказала?

— Я думал, об этом незачем знать всем вам. Вообще-то, никто не должен был знать. Боли усиливаются. Я подумал, когда станет невмоготу, тихонько уйду. Что тут плохого?

— То, что ты ни слова не сказал нам и не собирался говорить. А если не нам, детям, так хоть маме сказал бы. Ты говоришь, когда боли станут невыносимыми, но ведь это имеет отношение к маме — как она помогает тебе переносить боль. Я-то думала, и мы помогаем... — Взгляд Дагмар был полон разочарования.

Тут встал Хельмут:

— Оставь, Дагмар. Родители должны вдвоем выяснить, что тут происходит. Во всяком случае, я не хочу вмешиваться, и тебе тоже лучше не встревать в эти дела.

— Да ничего они не выясняют вдвоем! Мама сказала: она не желает иметь к этому отношения. — Дагмар растерянно уставилась на брата.

— Мамины слова тоже своего рода способ разобраться с отцом. — Хельмут повернулся к жене. — Вот что, собирай вещи и — едем.

Хельмут и его жена ушли. Дагмар нерешительно встала и с немым вопросом в глазах посмотрела на мать, на отца; не дождавшись ответа, она тоже ушла. В доме поднялась суета: хлопали дверцы шкафов, стучали ящики комодов, в комнатах снимали постельное белье, повсюду собирали книги и игрушки, укладывали вещи. Родители посылали детей принести то и другое, дети, почувствовав, что привычная жизнь пошла кувырком, послушно делали, что им велели.

Жена уложила чемодан еще ночью. Минуту-другую она постояла в кухне, глядя в какую-то невидимую точку. Потом перевела взгляд на него:

— Я уезжаю.

— Не надо. Не уезжай.

— Надо.

— В город поедешь?

— Не знаю. До конца отпуска у меня еще три недели.

Она ушла. Он услышал, как она простилась с детьми и внуками, отворила и затворила входную дверь, вот запустила двигатель... Уехала. Чуть позже все остальные тоже собрались и уложили вещи. Пришли в кухню попрощаться с ним, дети — смущенно, внуки — растерянно. Потом он услышал, как они хлопали дверцами машин, как отъезжали. И все стихло.

15

Он все сидел в кухне и никак не мог освоиться с мыслью, что дом вдруг, за какие-то минуты, опустел. Он не знал, как быть. Чем ему занять это утро, и этот день, и следующий день, и следующую неделю. Он не знал, покончить с собой сейчас же, не откладывая, или позднее. Наконец он встал, собрал со стола посуду, сунул все в посудомойку, включил машину, потом собрал наверху постельное белье и полотенца, отнес все в подвал. С посудомойкой он умел обращаться, а вот стирать в машине ему никогда не приходилось, не беда — на полке, где стиральные порошки, он отыскал инструкцию к стиральной машине и сделал все так, как там написано. В одну загрузку — два комплекта белья, всего, значит, четыре или пять загрузок будет.

Он пошел к озеру, на свою скамью. Когда рядом шумели внуки, играли или купались, его скамейка была как стол в библиотеке, или столик в кафе, или диван в гостиной — сидя на ней, он был вместе со всеми и в то же время сам по себе. А в тишине ему стало одиноко. Он пришел сюда поразмышлять о том, как же теперь быть, однако ничего не придумал. Ладно, можно обмозговать какую-нибудь философскую проблему, одну из тех, с которыми он не расстался, выйдя на пенсию. И опять ничего не приходило на ум, да не только в связи с какой-нибудь проблемой — он и самих-то проблем не смог толком вспомнить. Вспоминались ситуации последних недель: Давид и Майке в лодке на озере, Матиас и Фердинанд сооружают свой остров, Ариана с книжкой на коленях, они с Арианой в гостях у художника, он с детьми готовит завтрак, он подстригает живую изгородь и несет жене лимонад или чай, растущая близость с женой и, наконец, утро, когда они любили друг друга. Стало чуть-чуть тоскливо — лишь чуть-чуть, ведь он еще не осознал по-настоящему глубоко, что все, все его покинули. Умом он понимал, и слышал своими ушами, и видел своими глазами, как они уходили. Но он все еще не осознал этого по-настоящему.

Когда боль снова дала о себе знать, он почти обрадовался. Вот так чуть ли не радуешься, если ты, всеми покинутый в чужих краях, вдруг встретишь знакомого, которого, вообще-то, терпеть не можешь, но с которым тебя связывает что-то в прошлом — школа, или университет, или служба, или работа. Встретишь — и мысли отвлекутся от одиночества. А боль вдобавок явилась не одна, а с напоминанием, зачем он придумал это лето — лето в кругу родных и близких: не для того, чтобы умереть в кругу близких, а чтобы с ними проститься. Что же, прощание состоялось немножко раньше и получилось немножко иным, чем он рассчитывал. Да, так оно и есть. Или все-таки нет?

Он встал — пора вынуть из машины первую порцию стирки, повесить белье сушиться, в машину загрузить новую порцию. Еще не дойдя до дому, он понял, что прощание не только состоялось немножко раньше и получилось немножко иным, чем он рассчитывал. Оно не имело ничего общего с тем прощанием, которое еще впереди. Если прощание имело место в прошлом — значит, оно состоялось. Но если прощание еще предстоит, значит, существует возможность, что прощание что-нибудь задержит, что-нибудь ему помешает, случится чудо. В чудеса-то он не верил. Однако он все же тешился некой надеждой — думал, что боль будет постоянно усиливаться, переносить ее будет все труднее, и когда она станет нестерпимой, тогда естественным образом явится его решение. А вышло наоборот — боль стала сильнее и средство против боли стало сильнее. Так что решение выпить коктейль и расстаться с жизнью не явится естественным образом. Его необходимо принять, но, так как в запасе у него еще было время, он не признался самому себе, как трудно ему дается это решение. Ну а если он сломает руку или ногу, тогда настанет решительный момент?

Ему случалось видеть, как жена развешивала белье. Она протирала тряпкой бельевую веревку, натянутую в саду, приносила из подвала корзину с бельем, каждую вещь встряхивала, потом, повесив, прикрепляла прищепками, вынимая их из мешочка, висевшего у нее на поясе вместо передника. Так же все сделал и он. Наклонялся за каждой вещью, встряхивал, брал из мешочка прищепки, вешал вещь на веревку, зажимал прищепками. Совершая все эти действия, он мысленно видел, как все это делала жена, нет, не видел — ощущал при каждом движении. И его охватила жалость к ее телу, которому достались все тяготы и труды по дому, уходу за детьми, и родовые муки, и однажды — выкидыш, и частые циститы, и изматывающие мигрени. От жалости его так разобрало, что он заплакал. Хотел перестать — и не мог. Сев на ступеньках веранды, он сквозь пелену слез смотрел, как ветер то надувал простыни на веревке, то стихал, и они опускались, и снова ветер налетал и вздымал их кверху.

Нет, ничего не останется от этого последнего лета, которое он так тщательно продумал. Опять, опять он собрал вместе все ингредиенты счастья, но получилось не то, что хотелось. Все вышло иначе, чем в прежние годы; некоторое время он ведь был этим летом по-настоящему счастлив. Но счастье не пожелало с ним остаться.

16

В тот же день он начал прислушиваться. Находясь в саду или на озере, он прислушивался: не жена ли приехала, не ее ли это машина? Или, сидя на втором этаже, он вдруг слышал какой-то шорох внизу и прислушивался: не ее ли это шаги? А если сидел внизу, ему чудились какие-то звуки на верхнем этаже, и он вслушивался: не голоса ли там раздаются?

В последующие дни иногда явственно слышался шум подъехавшей машины — он был уверен, это приехала жена,— или, определенно, раздавались шаги на лестнице, или слышалось, что со всех ног бежит к нему Матиас или что его зовет Ариана. Он спешил к двери или на лестницу или оборачивался на звук — нет, никого. Однажды он целый день ходил то в дом, то на озеро, потому что в голове засела мысль, что жена приплывет на лодке и будет дожидаться его на скамейке. Добравшись до скамейки, он сам удивлялся, как ему это могло прийти в голову, но стоило вернуться в дом, и через некоторое время ему явственно слышался стук лодочного мотора.

Спустя некоторое время вместо звуков в доме и в саду осталась лишь гулкая пустота, и он махнул на все рукой. На утренний ритуал — душ, бритье, одевание — у него не хватало сил. Если надо было съездить за продуктами, он натягивал брюки и куртку поверх пижамы, а в магазине не обращал внимания на взгляды, которыми его провожали. Сразу после обеда он наливал первый стаканчик и к вечеру напивался в лоск, а если одновременно принимал болеутоляющее, то впадал в почти бессознательное состояние. И лишь тогда не чувствовал боли. В остальное время у него постоянно что-нибудь болело и нередко все тело ломило от боли.

В один из таких вечеров он сверзился с лестницы, спускаясь в подвал, но был к этому времени уже пьян, так что не смог встать на ноги и подняться наверх. Присев на ступеньке и прислонившись к стене, он заснул. Поздно ночью он пришел в себя и увидел, что правая рука сильно распухла. Рука болела, но это была не старая знакомая боль, а молоденькая, свеженькая, и при малейшем движении она как бешеная пронизывала руку от запястья до кончиков пальцев. Эта боль сказала ему, что рука сломана. И еще сказала: теперь пора.

Однако он не пошел за коктейлем, а пошел в кухню и сварил себе кофе. Завернув в полотенце побольше кубиков льда из холодильника, подсел к столу и, кое-как приладив на руку повязку со льдом, выпил кофе. Так-так, вести машину он не сможет. Придется вызвать такси. Отвратительно он выглядит и пахнет не лучше — с грехом пополам он принял душ, сменил белье, напялил костюм. Позвонив в такси, он поднял с постели старика-директора, с которым они знакомы сто лет, тот сказал, что приедет лично. Он сел на террасе и принялся ждать. Ночной воздух был теплым.

Дальше все пошло как-то само собой. На такси он добрался до больницы, врач чего-то кольнул ему, отправил на рентген, сестра в рентгеновском кабинете, сделав снимки, велела подождать. Других пациентов не было. В одиночестве он ждал, сидя на белом пластмассовом стульчике в холле, залитом белым светом длинных неоновых ламп, и глядел в окно на пустую парковку. И мысленно сочинял письмо жене.

Прошло не меньше часа, прежде чем его позвали. Рядом с первым врачом стоял еще один. Он-то всем и распоряжался, он и объяснил ему, сколько там, в кисти руки, косточек, и как они расположены, и какие из них две сломаны, и что нет необходимости оперировать и даже накладывать гипс или шину, достаточно тугой повязки, и что вообще все будет хорошо. Перевязав ему руку, врач велел снова показаться через три дня. А сейчас ему в приемном покое вызовут такси.

Старик-таксист, доставивший его в больницу, отвез его и домой. По дороге они поговорили о детях. Доехали, он вылез из такси, и оказалось, что уже светает и галдят птицы, как в то утро, когда он пек блинчики. Когда же это было? Три недели назад?

17

Он поднялся в свой кабинет и сел за пишущую машинку. На ней он печатал письма, статьи и книги, пока по должности ему не предоставили секретаршу, которой он диктовал. Надо было освоить компьютер, выйдя на пенсию. Но он предпочел иногда приглашать старую секретаршу или вовсе не писал.

Печатать на машинке он отвык, а уж одной левой рукой и вовсе получалось хуже некуда. По буковке, по буковке, левым указательным.

«Я не могу без тебя. Не из-за стирки — сам стираю и сушу белье, потом ровно все складываю. И не из-за готовки — сам покупаю продукты и готовлю. Убираю в доме и поливаю сад.

Я не могу без тебя, потому что без тебя все теряет смысл. Во всем, чем я в жизни занимался, я находил смысл лишь потому, что со мной была ты. Если бы тебя не было, я ничего бы не добился. С тех пор как тебя со мной нет, я начал опускаться и дошел уже до предела. Но мне повезло: я оступился на лестнице и тогда наконец опомнился.

Я жалею, что не все рассказал тебе о своем состоянии. И что в одиночку составил план, как положу конец своей жизни. И что в одиночку хотел решить, в какой момент буду уже не в силах выносить такую жизнь.

Ты, конечно, помнишь шкатулку, которая досталась мне от покойного отца. В шкатулку я положу тот пузырек, закрою шкатулку на ключ и поставлю в холодильник, где вино. Ключ от шкатулки кладу в этот конверт вместе с письмом, потому что без тебя я ни на что не могу решиться. Если станет совсем невмоготу, мы с тобой вместе так и решим: да, больше невозможно. Я люблю тебя».

Он положил пузырек в шкатулку, запер ее на ключ, шкатулку поставил в холодильник, ключ и письмо сунул в конверт, на конверте написал адрес городской квартиры. Дождавшись почтальона, отдал ему конверт.

Как только почтальон уехал, начались сомнения. Его жизнь и смерть — в руках жены? Что, если она не получит письма или не откроет конверт, просто не захочет? Хорошо бы перечитать, что он там написал, но он же в одном экземпляре напечатал, не под копирку. Остался, правда, почти целиком первый вариант, в котором он насажал опечаток. В корзину для бумаг бросил, надо пойти порыться в ней.

Подойдя к письменному столу, он вдруг заметил, что в выдвинутом ящике лежит ключ. Он взял его в руки. Забыл, начисто забыл, что у шкатулки-то два ключа! Он засмеялся и сунул ключ в карман.

Потом он прилег на диван в кабинете и уснул, он же совсем не спал ночью. Часа через два проснулся от боли в руке, пошел на озеро и сел на свою скамью. Если жена не уехала куда-нибудь, она получит письмо завтра. А если уехала, придется ждать несколько дней.

Он встал, вытащил из кармана ключ и бросил его в озеро, неловко размахнувшись левой рукой, как можно дальше. Ключ сверкнул на солнце и напоследок опять сверкнул, уходя в воду. От этой точки разбежались мелкие круги. И вновь стало озеро гладким.

Бах
на острове Рюген

1

К концу фильма глаза у него наполнились слезами. А ведь в этой картине не было хеппи-энда — героям не светило счастливое будущее, ну разве что появилась какая-то неопределенная надежда. Он и она, «созданные друг для друга», упустили свой шанс, хотя, может быть, когда-нибудь они еще встретятся. Бизнес главной героини накрылся, но она не отчаялась, начала все с нуля.

Накрылся из-за ее сестрицы, это она прибрала денежки к рукам. А начать все с нуля этой женщине удалось потому, что помог отец, ворчливый старикан, худо-бедно присматривавший за ее сынишкой, — дедок с головой, набитой вздорными идеями, — так вот, старик продал свой дом, чего никто от него не ожидал, и, получив деньги, преподнес дочери грузовичок, без которого ей пришлось бы туго. В финале отец и дочь стоят на улице, глядя на грузовичок, дочь притулилась к плечу отца, он приобнял ее одной рукой. А бизнес-то какой? Уборка и мытье улиц, помещений и прочих мест, где были совершены преступления. В последних кадрах фильма отец с дочерью снова вместе принялись за уборку, напялив синие комбинезоны и белые респира-

торы: работали и понимали друг друга не то что с полу-
слова — вообще без слов.

Все чаще с ним это случается: как дойдет до хеппи-
энда, сразу глаза на мокром месте. Дышать тяжело, под-
ступают слезы, а захочешь что-нибудь сказать, так прежде изволь проглотить комок в горле. Но по-настоящему
он не плакал. А жаль, он бы поплакал, и не только в
кино, когда у них там хеппи-энд, — он бы поплакал, когда одолевает тоска от мыслей о том, что брак его рас-
пался, или вспомнив, что умер лучший друг, да и вообще, почему не поплакать, если не осталось в его жизни
ни надежды, ни мечты? В детстве он плакал, уткнувшись в подушку, и, наплакавшись, засыпал. А теперь
вот разучился плакать.

Последний раз он по-настоящему плакал давно,
много лет назад. Они с отцом в очередной раз сцепи-
лись из-за политики; в те времена такие стычки между
стариками-родителями и детьми случались на каждом
шагу: отцам было невмоготу смотреть, как рушилось
все, ради чего они прожили жизнь, а дети бунтовали,
так как старики не давали им никакой возможности
по-своему — и лучше — устроить жизнь. Умом он отца
понимал и даже с уважением относился к его пережи-
ваниям, ведь тому приходилось расставаться с привычным и любимым миром, он и хотел-то всего-навсего,
чтобы отец, со своей стороны, понимал и уважал его
желание — строить новый мир. Отец же вечно его рас-
пекал: и неразумный-де он, и опыта не набрался, и
самонадеянный, и в грош не ставит любой авторитет,
и об ответственности не имеет ни малейшего понятия — вот так отчитывая, бранил; в конце концов к
глазам подступали слезы. Но разреветься — нет, этого
торжества он отцу не доставил ни единого раза. Глотал
слезы, из-за комка в горле не мог слова сказать, но все
равно пер против отца.

Интересно, а его отец продал бы свой дом, чтобы подарить сыну грузовичок, если бы тот позарез был ему нужен? А напялил бы отец синий комбинезон, да еще и на нос — белый респиратор, помогал бы сыну убирать грязь за преступниками? Кто его знает... Ах, да ведь разные это вещи — его отношения с отцом и какие-то грузовички, комбинезоны и респираторы. Не в том дело, другое важно: помог бы отец, если бы, ввязавшись в какую-нибудь политическую историю, его сын потерял работу? Поддержал бы, узнав, что ему пришлось все начать с нуля, сменить профессию или уехать из страны? Или решил бы, что поделом сынку и не заслуживает он поддержки и помощи?

Даже если бы отец помог, наверняка, наверняка оказалось бы, что его помощь не имеет ничего общего с полнейшим, не требующим слов пониманием, какое было в этом кино между отцом и дочерью. Понимание, оно-то и было микроскопическим чудом хеппи-энда в затянутом и довольно невнятном финале фильма. Крохотное чудо. Чего ж удивляться, если глаза защипало.

2

Вообще-то, он хотел после кино взять такси, чтобы поскорей добраться до дому и посидеть пару часов над статьей, раз уж редакции позарез надо пустить ее в газету в начале недели. Но, выйдя на улицу и окунувшись в теплый и мягкий воздух летнего вечера, он решил пройтись пешком. Он пересек площадь, миновал здание музея, побрел вдоль реки... Удивительно, подумал он, как много народу на улицах. Там и сям туристы, и, кстати, очень часто в этих группах старики вперемежку с молодыми. А одна компания — итальянское семейство — прямо-таки затронула его за живое. Дед с бабкой, отец с матерью, их дочери и сыновья и еще, наверное, друзья — они шли ему навстречу, легко и весело, взявшись под руки, что-то напевая, и все посмотрели на него приветливо, словно приглашая в свою компанию. Да нет — взглянув, они прошли мимо, он даже не успел толком ни сообразить, ни хотя бы предположить, что, собственно, означали улыбки на лукавых и доброжелательных лицах и как бы он мог на них ответить. Да что это я? — удивился он. — Впадаю в сентиментальность при виде детей и родителей, которым хорошо вместе?

И опять же с удивлением он вновь об этом подумал, когда завернул в итальянский ресторанчик промочить горло. Неподалеку сидели двое — отец и сын — и о чем-то увлеченно болтали, определенно о чем-то хорошем. А его настроение вдруг резко изменилось — ему стало завидно, досадно, горько. Никогда не случалось им с отцом поговорить вот так, как эти двое, никогда в жизни не бывало у них ничего хоть чуточку похожего, никогда. У них если разговор шел увлеченный, значит, они зло спорили о политике, или о правопорядке, или об устройстве общества. А поговорить по-хорошему им случалось, конечно, но только о житейских пустяках.

На другой день с утра настроение было уже другим. Воскресенье, он завтракал на балконе, сияло солнце, распевал дрозд, в церкви звонили колокола. Он решил больше не злиться. Нельзя, подумал он, чтобы в памяти только и остались — когда отец умрет — эти пресные или невыносимо тяжелые разговоры. Который час? Родители, наверное, уже вернулись из церкви — он позвонил. Трубку сняла мама, как обычно, и опять же, как обычно, мама замялась, когда иссяк запас дежурных вопросов о здоровье и погоде.

— А что, если бы я увез отца на пару деньков проветриться? Как тебе эта идея?

Она ответила не сразу. Конечно, больше всего на свете ей хочется, чтобы у отца отношения с детьми были получше, он это знал. Так почему же она медлит с ответом? Разволновалась на радостях, услышав, что он придумал? Или испугалась, так как уверена: отношения отца и сына зашли в тупик и ничего хорошего все равно не получится? Наконец она сказала:

— Проветриться? А куда ты хочешь поехать?

— Ты же знаешь, есть две вещи, которые любит отец и люблю я. Одна — море, другая — музыка Баха. — Он засмеялся. — Может, тебе известно что-нибудь еще, что любим мы оба? Я-то ничего другого не припоминаю. В общем, на Рюгене в сентябре проходит фестиваль Баха, не ахти какой, но все же. Почему бы не провести там денька три? Будем ходить на концерты и гулять на взморье.

— Без меня.

— Ну да, без тебя.

И снова она ответила не сразу. Помолчав и словно что-то в себе преодолев, она наконец сказала:

— Идея просто замечательная! Отцу ты напиши-ка письмо. Понимаешь, если позвонить, мне кажется, он не согласится, потому что предложение свалится как снег на голову. Он откажется и сам потом пожалеет. Ну так спрашивается, зачем два раза улаживать одно дело, если можно с самого начала договориться в письмах?

3

И вот в сентябре он приехал к отцу, в тот городишко, где жили родители и где сам он провел детство. Два номера в гостинице на Рюгене и билеты на концерты он

заказал заранее. Решил, что не стоит поселяться в та-
мошних городках с прекрасными отелями эпохи мо-
дерн — отец предпочитал устраиваться поскромнее, —
ладно, он выбрал недорогую гостиницу в деревушке у
моря, где на много километров протянулся пустынный
пляж. Приедут они в четверг, в пятницу вечером пойдут
слушать Французские сюиты, в субботу — два Бранден-
бургских концерта плюс Итальянский, а в воскресенье — мотеты. Программки он распечатал с компьютера
и, когда выехали на автобан, дал отцу. А еще он заранее
обдумал, о чем будет в дороге расспрашивать отца, —
о его детстве, юности, о студенческих годах и начале
карьеры. Уж здесь-то не найдется повода для ссоры.

— Славно, — обронил отец, изучив программки,
и все, замолчал.

Он сидел выпрямившись, скрестив ноги, опершись
на подлокотники и небрежно свесив кисти рук. Отец и
дома часто сидел так в своем кресле и так же — в суде.
Однажды он заглянул к отцу в суд — это было неза-
долго до окончания школы. Шло какое-то разбиратель-
ство, отец сидел, казалось, очень удобно, без малейшего
напряжения, наклон головы и легкая тень улыбки должны были означать, что он благожелательно, сосредоточенно слушает. В то же время всем своим видом он
словно подчеркивал дистанцию между собой и другими — с подобной непринужденностью держится человек, который ничем не связан с другими людьми или с
ситуацией, так, едва заметно улыбаясь, чуть склонив
голову, слушает собеседника тот, кому приветливость
служит маской, за которой скрывается скептическое отношение. Он понял это после того, как раз-другой с
ужасом поймал себя на том, что сидит в точности как
отец, один к одному скопировав его позу.

Для начала он спросил отца о его первом детском
воспоминании и услышал про матросский костюмчик,

который отцу в три года подарили на Рождество. Потом он спросил, какие ему запомнились радости и огорчения школьных лет, и тут старик разговорился — рассказал о муштре на занятиях физкультурой, об уроках по предмету, именовавшемуся историей Отечества, и о своих незадачах с написанием сочинений; от этих досадных неприятностей он избавился, когда догадался взять за образец статьи из какой-то книги, которую он нашел в книжном шкафу своего отца. Рассказал он и об уроках танцев, и о пирушках, которые мальчишки устраивали, учась в старших классах, — пили как большие, как студенты на праздниках студенческого союза, а крепко выпив, те, кто считал себя совсем взрослым, шли за дальнейшими увеселениями в бордель. Нет, отец никогда не ходил с ними, да и от выпивки он не получал большого удовольствия. Поступив в университет, он не стал членом студенческого союза вопреки настоятельным советам своего отца. В университет он пришел за знаниями, за сокровищами мысли, ибо в школе ему перепали лишь жалкие крохи. Отец вспоминал также о профессорах, чьи лекции слушал, о семинарах и занятиях, которые посещал, — рассказ его утомил.

— Может, опустишь спинку сиденья и вздремнешь?

Отец опустил спинку:

— Немножко отдохну.

Но минуту спустя он крепко уснул, во сне похрапывал и даже причмокивал губами.

Спящий отец. Он сообразил, что никогда в жизни не видел отца спящим. В детстве, как он помнил, ему не позволяли забираться в постель к родителям, чтобы покувыркаться, побеситься, и никогда он не просыпался рядом с родителями и не засыпал. В отпуск они ездили одни, детей на это время отвозили к дедушке с бабушкой, к теткам и дядям. Его это вполне устраивало. Еще бы! Он наслаждался на каникулах свободой не только от школы, но и от родителей... Он посмотрел на отца и заметил щетину на его щеках и подбородке, волоски в ушах, влажные уголки рта, красные жилки на носу. Он и запах отца почувствовал — чуть затхлый, чуть кисловатый. Хорошо, подумал он, что, кроме ритуальных поцелуев при встрече и прощании, которых обычно удавалось избежать, в их семье не приняты были нежности. Тут явилась другая мысль: ну а если бы родители не скупились на ласку, когда он был маленьким, сегодня он бы с большей симпатией воспринимал внешность и физический облик отца?

Когда он наполнял бак на заправке, отец, повернувшись, с грехом пополам устроился на боку и опять заснул. Когда он стоял в пробке и «скорая» с синей мигалкой на крыше, прокладывая себе дорогу, включила сирену, отец что-то сонно пробормотал, но не проснулся. Как крепко отец спит! Его это неприятно удивило, словно крепкий сон свидетельствовал о том, что отец с чистой совестью и сознанием собственной правоты всю жизнь осуждал и порицал своего сына. Наконец пробка рассосалась. Вскоре он, оставив в стороне Берлин, пересек Бранденбургские края и теперь погнал по дорогам Мекленбурга. Здешний бедноватый природный ландшафт настраивал на меланхолический лад, в спускавшихся сумерках сердце смягчалось.

— «О, сколь покоен мир и тих и розы сумерек сколь ласковы и милы!» — Отец, проснувшись, продекламировал строку из Матиаса Клаудиуса[1].

Он улыбнулся отцу — и тот ответил улыбкой.

---

[1] Из стихотворения «Вечерняя песня» М. Клаудиуса (1740— 1815), уроженца Любека. Патриархально-народные мотивы и благочестивый настрой его лирики способствовали тому, что многие его стихотворения стали народными песнями.

— Видел во сне твою сестру. Приснилось, что она маленькая девочка, и вот залезла она на дерево и забиралась все выше, а потом вдруг слетела мне прямо на руки, легонькая как пушинка.

Сестра — это дочь от первой жены отца. Дав жизнь ребенку, первая жена отца умерла. В семье ее называли «покойная маменька», а вторая жена отца была просто мама, их с братом живая, земная мама, но она стала мамой и для сводной сестры, вообще относилась ко всем троим детям одинаково, они тоже привыкли считать себя родными, а не сводными. Но впоследствии он иногда задумывался: не была ли особенно сильная любовь, которую отец питал к дочери, как бы продолжением его любви к первой жене?.. Сумерки, улыбка отца, рассказанный сон... а ведь, похоже, отец поделился с нами сокровенным чувством неизжитой тоски... Пожалуй, он рискнет спросить отца:

— Скажи, какая она была, твоя первая жена?

Отец не ответил. Сумерки уже сменились темнотой, и не различить было ни черт его лица, ни выражения. Отец кашлянул, но молчал и молчал. А когда сын уже не надеялся дождаться, вдруг последовал ответ:

— Да не очень-то она отличалась от вашей мамы.

4

На следующее утро он проснулся рано и первым делом принялся размышлять: а не уклонился ли отец от того последнего вопроса? Или ему и впрямь больше нечего было сказать? Может быть, в его мыслях и чувствах первая жена слилась с мамой, потому что иначе он бы не вынес боли воспоминаний, горечи утраты и забвения?

Все это были не те вещи, о каких можно спросить между делом, за завтраком. Они сидели на террасе с видом на море. Отец передал привет от мамы — он только что говорил с ней по телефону, — потом срезал верхушку вареного яйца, сделал себе бутерброд с ветчиной и сыром, принялся за еду, жевал он молча, сосредоточенно. Покончив с едой, взялся за газету.

О чем же они с матерью говорили по телефону? Хорошо ли спалось да какая погода здесь и какая — там? А почему отец назвал маму «маман», хотя никто из детей ее так, по-старомодному, не называет? А газета? Она и правда его интересует или он ею отгородился? Неужели простая поездка с сыном настолько выбила его из привычной колеи?

— Ты, наверное, одобряешь решение нашего правительства...

Эге, опять отец намерен затеять один из их вечных политических споров. Он не дал ему договорить:

— Я уже несколько дней не брал в руки газет. Ничего, успеется. Пойдем на берег?

Но отец пожелал дочитать. Впрочем, он больше не пытался втянуть его в спор. Ну наконец газета дочитана и сложена.

— Так что, идем?

Они вышли на берег, отец — в костюме с галстуком и в черных ботинках, сам он — в джинсах и рубашке, кроссовки, связав за шнурки, перекинул через плечо.

— Когда мы ехали сюда, ты рассказывал об университете. А что было потом? Почему тебе не пришлось воевать? Ты потерял тогда место судьи, но из-за чего конкретно? Тебе нравилось быть адвокатом?

— Сразу четыре вопроса! Ну, у меня уже были перебои в сердце, нарушения ритма, они и теперь случаются, а тогда они уберегли меня от фронта. Место судьи я потерял, потому что, как юрист, давал консультации приверженцам Исповедующей церкви[1]. Председатель земельного суда, но не только он, а еще и гестапо этого не потерпели. Из суда пришлось уйти, я стал адвокатом, но Исповедующей церкви продолжал помогать. Коллеги-юристы не чинили мне препятствий, однако адвокатскими делами — договорами и компаниями, ипотеками, завещаниями — я почти не занимался и в суде выступал редко.

— Я читал статью, которую ты в сорок пятом году напечатал в «Тагеблатте». О чем же ты писал? Не должно быть ненависти к нацистам: никакого возмездия, никакого отмщения, а вместо этого предлагалось совместными усилиями преодолевать беду, совместно возрождать разрушенные города и села, содействовать беженцам... Откуда взялась эта примиренческая позиция? Понимаю, нацисты наворотили дел и пострашней, но тебя они как-никак сняли с должности.

Увязая в песке, они шли совсем медленно. Отцу, как видно, даже в голову не приходило, что можно разуться и закатать штанины, он тащился с мучительным трудом, еле продвигаясь вперед. Ему-то все равно, что эдак они не доберутся в конец длинного светлого пляжа и на мыс Аркона, но он был уверен, что отцу это далеко не безразлично. Отец всегда ставил перед собой цели, строил планы, вот и за завтраком спросил про Аркону. А через три часа им надо быть в гостинице.

И опять он уже не рассчитывал получить ответ, как вдруг отец сказал:

---

[1] Ответвление Евангелической церкви, созданное церковной оппозицией в 1934 г., после того как нацистский режим вынудил протестантские церкви Германии слиться в Протестантскую церковь рейха — ПЦР, которая должна была поддерживать нацистскую идеологию. Некоторые члены Исповедующей церкви участвовали в движении Сопротивления.

— Ты и вообразить себе не можешь, как оно бывает, когда люди точно с цепи срываются. В такие моменты важнее всего прочего — добиться, чтобы в жизни снова настал порядок.

— А тот председатель земельного суда...

— В сентябре сорок пятого встретил меня радушно, как будто я вернулся на работу после продолжительного отпуска! Он неплохой был судья и председатель неплохой. Но в те времена он, как и все остальные, взбесился и, как все остальные, был рад, когда это кончилось.

Он заметил, что на лбу и на висках у отца блестят капельки пота.

— А ты взбесишься, если снимешь пиджак и галстук и разуешься?

— Э нет! — Он засмеялся. — Завтра, может быть, и попробую. А сегодня хорошо бы посидеть у моря, посмотреть на волны. Вот здесь, а?

Отец не сказал, что больше не хочет или не может идти. Садясь на песок, поддернул штанины, чтобы не растянулись на коленях, устроился, скрестив ноги по-турецки, и стал молча глядеть в морскую даль.

Он сел рядом. Избавившись от чувства, что надо непременно о чем-нибудь говорить с отцом, он любовался тихим морем и белыми облаками, игрой солнечных бликов и теней, наслаждался соленым воздухом и легким ветерком. Было не жарко и не холодно. Денек на славу, лучше не придумаешь.

— А с чего это ты прочитал ту мою статью сорок пятого года? — Впервые за все время отец о чем-то его спросил, да, с той самой минуты, как они сели в машину.

По голосу было не понять — то ли у отца какие-то подозрения, то ли ему просто любопытно.

— Я однажды помог кое-чем одному коллеге из «Тагеблатта», и он, желая меня отблагодарить, прислал ксерокопию твоей статьи. Вероятно, порылся в газетном архиве, нет ли чего, что может меня заинтересовать.

Отец кивнул.

— А бывало тебе страшно, когда ты оказывал помощь Исповедующей церкви?

Отец вытянул ноги и оперся на локти. Наверняка ему неудобно вот так полулежать — ну да, он опять выпрямился и положил ногу на ногу.

— Когда-то я собирался написать что-нибудь о страхе. Да вот вышел на пенсию, появилось свободное время, и все равно не написал.

5

Концерт начинался в пять. В половине пятого, когда они поставили машину возле замка, где был назначен концерт, почти все места на парковке пустовали. Он предложил до начала концерта погулять по саду. Но отец решительно направился в замок, и они сели там, в пустом зале, в первом ряду.

— Да... Они тут, на Рюгене, впервые проводят фестиваль Баха, — сказал сын.

— Ко всему людям поначалу надо привыкнуть. Вот и с музыкой Баха им надо освоиться. А ты знаешь, что Баха открыл и впервые исполнил Мендельсон только в девятнадцатом веке?

Отец рассказывал о Бахе и Мендельсоне, о становлении жанра сюиты, в шестнадцатом веке еще состоявшей из отдельных танцев, о том, как в семнадцатом веке появилось название «партита», принятое и распространенное наряду с «сюитой», затем он заговорил о сюитах и партитах Баха — произведениях, вся прелесть которых в их грациозной легкости; он упомянул о ранних редакциях некоторых сюит, вошедших в «Нотную тетрадь» Анны Магдалины Бах[1]; не забыл сообщить, что три Французские сюиты написаны в миноре и три — в мажоре, наконец остановился на различиях между композиционными частями сюиты. Отец говорил увлеченно, радуясь и своим познаниям, и вниманию, с каким слушал сын. Снова и снова он возвращался к тому, как радуется, что сейчас будет слушать эту музыку.

Игра молодого пианиста, имя которого ни отцу, ни сыну не было известно, неприятно удивила своим холодным рационализмом. Музыкант играл так, словно звуки — это числа, а сюиты — математические выкладки. Исполнив все, что полагалось, он так же холодно поклонился немногочисленной публике.

— Интересно, если бы слушателей собралось побольше, играл бы он с душой?

— Нет. Он думает, что так и надо играть Баха. А то исполнение Баха, какое нам нравится, он считает сентиментальным. Да ведь это просто замечательно! Баха не может испортить никакое исполнение, даже то, что мы услышали сейчас. Куда там — его не испортишь, даже запустив тренькать вместо звонка. Я раз сижу в трамвае, вдруг слышу — чей-то мобильник Баха заиграл, каково? И все равно это был Бах, и все равно он был хорош! — Отец разгорячился.

Когда возвращались в гостиницу, он сравнивал между собой интерпретации Французских сюит, созданных разными музыкантами — Рихтером, Андрашем Шиф-

---

[1] Так называются два сборника 1722 и 1725 гг., в которые входят произведения для клавесина, хоральные обработки, арии для сопрано. *Анна Магдалина* — вторая жена И. С. Баха, музыкантша, певица.

фом и Тилем Фельнером, Гульдом и Жарре. Какие познания у отца! Он был поражен, и не меньше, чем глубина отцовских познаний, изумил его этот внезапный бурный монолог, изливавшийся каскадом, без остановки, без единой паузы: отцу не приходило в голову спросить, интересно ли сыну, у него и мысли не возникало, что, может быть, тому не все понятно и стоило бы, например, что-нибудь растолковать. Отец словно вел разговор с самим собой, а сын лишь при сем присутствовал.

И за ужином все это продолжалось. От различных интерпретаций Французских сюит отец перешел к исполнению месс, ораторий и «Страстей». Этот монолог иссяк лишь благодаря вынужденной паузе, когда он оставил отца, так как понадобилось выйти. Отец замолчал — и разом пропали его оживление, радость, пыл.

Заказав новую бутылку красного, он уже приготовился выслушать отцовский выговор: к чему эти роскошества, вечная невоздержанность. Но отец с готовностью подставил свой бокал.

— Откуда у тебя такая любовь к Баху?

— Что за вопрос!

Он не сдавался:

— Одни за что-то любят Моцарта, другие — Бетховена, еще кто-то — Брамса, у каждого свои причины. Но мне хотелось бы понять, за что ты любишь Баха?

И опять отец выпрямился, положил ногу на ногу, оперся на подлокотники, кисти рук уронил, голова чуть опущена, на лице тень улыбки. Взгляд его устремился куда-то далеко. Какое лицо у отца? Высокий лоб под шапкой седых волос, глубокие складки над переносицей и от носа к углам рта, твердые скулы и отвислые щеки, мягкая линия тонких губ и волевой подбородок. Хорошее лицо, подумал он, но замкнутое: глядя на него, нельзя угадать, какие заботы прочертили эти глубокие борозды на лбу, отчего так безвольны губы и почему ускользает взгляд.

— Бах меня... — Он тряхнул головой. — Твоя бабушка была попрыгунья, буквально искрилась радостью, а дед — усердный чиновник, несвободный от некоторых...

И опять он умолк на полуслове. К бабушке они с отцом раз или два ездили, навещали ее в доме престарелых, она сидела в инвалидном кресле, ничего не говорила; из обрывков разговора между отцом и доктором он тогда вынес выражение «старческая депрессия». Дедушку он тоже застал в живых, но не помнил — слишком мал был. Почему отцу так трудно говорить о своих родителях?

— Бах примиряет противоборствующие начала. Свет и тьму, силу и слабость, прошлое и... — Он пожал плечами. — Впрочем, может быть, дело в том, что я именно с Баха начинал учиться музыке. Первые два года мне ничего не давали играть, кроме этюдов, зато на третьем году «Нотная тетрадь» явилась как чудесный подарок Небес.

— Как?! Ты играл на пианино? Почему же теперь не играешь? Когда ты бросил играть?

— Да я думал, вот выйду на пенсию, опять начну брать уроки музыки. Не получилось. — Он встал. — Завтра утром давай опять пойдем на море. Мама, кажется, сунула мне в чемодан подходящие брюки. — Он легонько тронул сына за плечо. — Доброй ночи, сынок.

6

Позднее, когда он вспоминал эту поездку с отцом, ему казалось, что в ту субботу ничего не было на свете, кроме синего неба и синего моря, песка и скал, сосен и буковых рощ, полей, лугов и — музыки.

После завтрака они зашагали к морю: он — в джинсах и майке, с кроссовками за плечом, отец — в светлых легких брюках и рубашке, джемпер он повязал на пояснице, сандалии нес в руках. Прошагав вдоль моря по пляжу, добравшись туда, где уже не было песка, они надели обувь. Идти стало легче, и часа через два они достигли Арконы. Шли и ни о чем не разговаривали. Иногда он спрашивал, не пора ли повернуть назад, но отец лишь качал головой.

На мысе они отдохнули и опять же ни о чем не говорили, а потом вызвали такси и обратно тоже ехали молча, глядя в окно. В гостинице отдохнули, вечером отправились на концерт, который на сей раз был устроен в здешней гимназии. Актовый зал оказался переполненным. В тот вечер они с отцом без слов понимали друг друга: оба радовались тому, с каким вдохновенным подъемом играли музыканты.

— Чудесно! В Четвертом Бранденбургском в оркестре играют поперечные флейты, а не продольные. — Вот и все, что сказал отец.

Вернувшись в гостиницу поздно вечером, они слегка закусили, потолковали о погоде — не подвела бы завтра — и решили, что с утра пойдут к белым меловым скалам, потом пожелали друг другу спокойной ночи.

Он прихватил в номер бутылку с остатками вина и допивал, расположившись на балконе. Весь день они с отцом провели вместе и молчали — так же, без лишних слов, дружно работали отец и дочь в финале того фильма. Так, да не так — у них с отцом в молчании ощущалось скорее что-то от недавно заключенного перемирия, а не безмолвная, полная доверия близость. Отец не хотел, чтобы нарушали его покой, ему неприятны вопросы. Но почему же вопросы неприятны отцу? Потому что он не желает раскрывать душу даже перед родным сыном? Потому что в его душе, куда он не открывает ни двери, ни оконца, все уже высохло, умерло и он не понимает, чего, собственно, добивается от него сын? Или потому, что он вырос в те времена, когда еще не стали обычным житейским делом откровенные излияния у психоаналитика, психотерапевта? И у него нет слов или нет умения рассказать о том, что он думает и чувствует? Потому что — чем бы отец ни занимался и что бы ни испытывал в жизни, начиная с двух браков и кончая виражами в карьере до и после сорок пятого, — он впоследствии пришел к твердому убеждению, что, в сущности, ничего не меняется и не о чем тут рассказывать?

Ладно, завтра он опять попробует его разговорить. Молчаливой близости не получилось. Рассчитывать на многоречивую близость опять же не приходится. И все-таки он должен расшевелить отца. Ведь он хочет, чтобы после смерти отца остались не только фотография в рамочке на столе да воспоминания, от которых мечтаешь избавиться.

Вспомнилось, как неумело и нетерпеливо отец учил его плавать, как два раза в год, в воскресенье, после церкви, отец водил их с братом на скучную, унылую прогулку, еще вспомнились форменные допросы, которые отец учинял ему, требуя отчета о делах в школе, потом в университете, наконец — изматывающие душу споры о политике и та нудная морока, когда отец сурово осудил его за развод — еще бы, первый развод в семье. Ни одной отрадной картины, ничего, о чем было бы приятно вспомнить.

Пустота между ним и отцом, пус-то-та. От этой мысли он так расстроился, что дышать стало трудно и защипало глаза. Но слезы не пролились.

Лишь когда вдали показались белые скалы из известняка, отец рассказал, что ему уже доводилось дважды побывать на Рюгене: в свадебном путешествии с первой женой, позднее — со второй. И в тот и в другой раз ездили, собственно, на озеро Хиддензее и не было времени сделать крюк, чтобы посмотреть меловые скалы, — слишком далеко. Теперь, наконец увидев их, он радовался.

За обедом отец спросил:

— Какие мотеты сегодня исполняют?

Пришлось сходить за программкой.

— «Не бойся, ибо Я — с тобою»[1], «Дух подкрепляет (нас) в немощах наших»[2], «Иисусе, моя радость»[3], «Пойте Господу песнь новую»[4].

— Тексты знаешь?

— Тексты мотетов? Ха! А ты что, знаешь?

— Да.

— Тексты всех мотетов? Всех кантат?

— Кантат — сотни, мотетов совсем немного. Я пел их когда-то в студенческом хоре. «Не бойся, ибо Я — с тобою; Я укреплю тебя, и помогу тебе, и поддержу тебя десницею правды Моей»[5] — прекрасный текст для студента юридического факультета.

— Ты вот каждое воскресенье ходишь в церковь. Просто по привычке или ты действительно веришь?

Вопрос он задал щекотливый, что и говорить. В свое время отец был глубоко огорчен, когда все трое детей,

---

[1] Ис. 41: 10.
[2] Рим. 8: 26.
[3] На стихи Иоганна Франка (1653).
[4] Пс. 149: 1.
[5] Ис. 43: 10.

еще не успев по-настоящему вырасти, даже слышать не захотели о церкви, однако своего огорчения он никак не выказывал, разве что смотрел хмуро, когда утром в воскресенье вставал из-за стола и без них, детей, отправлялся в церковь. О религии он с ними никогда не говорил.

Отец откинулся на спинку кресла:

— Вера и есть привычка.

— Нет, она входит в привычку, но она не рождается как нечто привычное. Скажи, как ты начал верить?

Еще более щекотливый вопрос. Мама однажды обмолвилась, что отец, в детстве воспитывавшийся вне религии, обратился к вере, уже будучи студентом. Но о том, как произошло это обращение, она ничего не сказала, а отец никогда даже не упоминал о том, что оно вообще было в его жизни.

Отец откинулся на спинку кресла, стиснул пальцами подлокотники:

— Я... я всегда уповал... — Его взгляд устремился куда-то вдаль. Потом он медленно покачал головой. — Вы должны сами испытать это... Если вы сами не...

— Ну поговори же со мной! Мама однажды упомянула, что ты обратился к вере, когда был студентом. Ясно же, что в твоей жизни это самое важное событие, — так почему же ты ни разу не попытался рассказать о нем своим детям? Ты не хочешь, чтобы мы тебя понимали? Чтобы узнали, что для тебя важнее всего и почему это так важно? Неужели ты не видишь, как мы от тебя далеки? Думаешь, только из-за работы твоя дочь уехала в Сан-Франциско, а сын — в Женеву? Ну сколько еще ты будешь тянуть, когда наконец захочешь поговорить с нами, твоими детьми? — Он все больше волновался. — Разве ты не понимаешь, что детям нужно от отца нечто большее, чем сдержанные манеры и внушительное молчание, да еще эти препирательства из-за какой-нибудь политической проблемы, о которой завтра забудешь? Тебе восемьдесят два, хочешь не хочешь, но однажды ты умрешь. Что же мне останется после тебя? Твой письменный стол, который мне так нравился еще в детстве, и брат с сестрой тогда же решили, что со временем я его заберу себе. Да может, иногда буду ловить себя на том, что сижу в кресле, точно скопировав твою позу, вот так, как ты сейчас сидишь. А какой в этом смысл? Простой: держать на расстоянии собеседника, так же как ты вот сейчас меня не подпускаешь к себе, не желаешь поговорить по-человечески! — В эту минуту он бы все на свете отдал, если бы можно было вскочить и убежать.

Вдруг вспомнилась одна история, случившаяся в детстве. Лет десять ему было. Он принес домой черную кошечку — старший брат кого-то из детей, игравших во дворе, собрался ее утопить с другими котятами. Он заботился о кошечке, приучал ее к лотку, кормил, играл с ней. Он полюбил ее, и отец, которому это пополнение семейства совсем не понравилось, все-таки терпел и молчал. Но как-то раз, когда вся семья сидела за ужином, кошечка прыгнула на рояль — и тут отец поднялся из-за стола и небрежно смахнул ее на пол, словно пыль или сор. А ему почудилось, отец смахнул и его самого. Он так расстроился, так огорчился, что встал, схватил кошечку и убежал из дому. Но куда было идти? Проболтавшись три часа на холоде, он вернулся; отец молча открыл ему дверь. Сделать шаг навстречу отцу — это было мучением, таким же, как та минута, когда отец смахнул кошечку на пол. Через месяц у него началась астма, и кошечку кому-то отдали.

Отец посмотрел на него:

— Вы же меня знаете. Мое обращение к вере ничуть не походило на историю с молодым Лютером, когда молния ударила в дерево над его головой. Не подумай, будто я умалчиваю о каких-то драматических событиях. — Он взглянул на часы. — Мне надо немного отдохнуть. В котором часу концерт?

8

Он понимал, что любовь к музыке Баха объединяет их с отцом, однако его самого привлекали лишь светские произведения; его Бах — это был Бах «Вариаций Гольдберга», сюит и партит, «Музыкального приношения», концертов. В детстве вместе с родителями он ходил слушать «Страсти по Матфею» и Рождественскую ораторию, помнится, оба раза изнывал от скуки и пришел к выводу, что духовные произведения Баха ему чужды. Если бы мотеты не оказались в программе концерта, а концерт не пришелся кстати для поездки с отцом, ему и в голову не пришло бы слушать мотеты.

Но теперь, в церкви, эта музыка его захватила. Слов он не разбирал, а так как не хотел отвлекаться от музыки, то не стал заглядывать в программку, где были напечатаны тексты. Он хотел сполна изведать сладость этой музыки. Сладость — раньше это не приходило ему на ум, когда он размышлял о Бахе, да и вообще разве «сладость» должна ассоциироваться с Бахом? Нет. Однако то, что он ощущал, было именно сладостью, иной раз саднящей, но благотворной, а в хоралах глубоко, глубоко примиряющей. Он вспомнил, что сказал отец, отвечая на вопрос, за что он любит Баха.

Объявили антракт; выйдя из церкви, они постояли на улице, вокруг шла обычная суетливая жизнь воскресного летнего вечера. Туристы бродили по площади, сидели за столиками возле кафе и пивных, дети бегали вокруг фонтана, пахло жареными сосисками, воздух звенел от возгласов, шума и крика. Мир церкви и мир вне церкви разительно отличались, более резкого противоречия было не найти. Но оно не смущало. Даже с этим противоречием примирил его Бах.

И опять они ни о чем не разговаривали ни в антракте, ни когда ехали в гостиницу. А вот за ужином язык у отца развязался: он говорил о мотетах Баха, об их значении в церемониях венчания и похорон, о том, как их исполняли сначала с оркестром и только начиная с девятнадцатого века — а капелла; наконец — о месте, которое мотеты занимают в репертуаре хора церкви Святого Фомы, что в Лейпциге. После ужина отец предложил пройтись по берегу, и они вышли в сумерках, а возвратились в темноте.

— Так и не знаю я, что же ты за человек.

Отец тихонько засмеялся:

— А может, знаешь, да тебе это не нравится.

В гостинице отец спросил:

— В котором часу мы завтра уезжаем?

— Завтра вечером мне надо поработать дома. Хорошо бы выехать в восемь. Давай позавтракаем в половине восьмого.

— Хорошо. Доброй ночи!

И опять он сидел на балконе своего номера. Вот и все. На обратном пути можно и дальше расспрашивать отца о студенческих годах или о работе. Но чего ради? Все равно ведь не узнаешь того, что хотелось бы узнать. Да и пропала у него всякая охота о чем-либо расспрашивать отца. В то же время эти дни молчания вдвоем не прошли даром — он уже без страха думал о том, что завтра ему предстоит обратный путь опять-таки в молчании.

9

Нет, конечно, не в полном молчании они возвращались. На дороге ведь стояли щиты со стрелками, указывавшими в сторону всяких достопримечательностей; отец что-нибудь припоминал, увидев знакомое название, сообщал поучительные сведения. Когда по радио передавали дорожные новости — информацию о пробках и заторах, потом о лошади, выбежавшей на автостраду, отец, послушав, подвел итог: их это не касается. А вот еще: заметив, что возле бензоколонки он снизил скорость, отец полюбопытствовал, не хочет ли он заправиться, а он объяснил, что поехал тише, так как решал: тут наполнить бак или на следующей колонке? Сам же он спрашивал, не хочет ли отец кофе или поесть, не пора ли ему вздремнуть, опустив спинку сиденья.

Он был внимателен к отцу, вежлив, приветлив. Он делал все то, что делал бы, если бы чувствовал, что между ним и отцом существует связь. Но не это он чувствовал, а лишь холод, и мысли блуждали где-то далеко. Он думал о завтрашних делах в редакции, о газетном столбце, шапке с фотопортретами авторов, о большой статье по поводу реформы жилищного права, которую надо сдать в начале недели. Может быть, воспоминания, поучительные истории, реплики и вопросы отца означали, что он не прочь завязать разговор? Ну и ладно, какая разница. Он отвечал односложно.

До места, где можно было высадить отца, оставалось не больше часа пути, и тут они угодили в грозу. Он включил стеклоочистители, потом пустил их быстрее, еще быстрее, но уже скоро от них не стало проку. Под каким-то мостом он свернул в «карман» и остановился. Шум дождя, шпарившего по крыше машины, сразу стих. Шуршали и шваркали по дороге шины проносившихся мимо автомобилей. И никаких других звуков.

— А вот я сейчас...

В машине был музыкальный центр, но дисков он обычно с собой не брал. В пути он привык заниматься делами — говорил по телефону, диктовал. Если чувствовал усталость, включал радио, чтобы не клевать носом, — эта дребедень его вполне устраивала. Но вчера после концерта он купил диск с записью мотетов. Теперь он его поставил.

И вновь захватила его сладость этой музыки. Однако теперь он расслышал и некоторые слова: «Ты со мной, ибо ты в сердце моем, ты свет мой, и в сердце моем ты навеки». Сам он не сумел бы все это выразить, но именно таким было его чувство в ту пору, когда любил жену и знал, что любим ею. «Дни человека — как трава; как цвет полевой, так он цветет. Пройдет над ним ветер, и нет его...»[1] Как знакомо и это чувство, как часто оно возникало в его жизни, в этой вечной гонке, чтобы успеть сдать в срок работу, выполнить договор, взяться за новую... «Ибо ты прибежище мое, ты крепкая защита от врага»[2] — да, и он чувствовал себя словно в прибежище под мостом на автостраде, под надежной защитой от бушующих гроз — и этой, и всех гроз, какие еще разразятся в его жизни.

Он хотел поделиться — сердце переполнилось радостью, родившейся от слов мотетов, — и взглянул на отца. Тот сидел как обычно — выпрямившись, скрестив ноги, опираясь на подлокотники, уронив кисти рук... по его щекам катились слезы.

В первое мгновение он замер, не сводя глаз с плачущего отца. Но решил не быть навязчивым, отвернув-

---

[1] Пс. 102: 15—16.
[2] Пс. 60: 4.

шись, стал смотреть на дождь. А что отец? Тоже смотрит на дождь? На дождь, и дорогу, и машины, которые, проезжая под мостом по лужам, вздымали фонтаны брызг и мчались дальше в потоках, лившихся с неба. Или от него все это скрыто за пеленой слез? Не только дождь, и дорога, и машины — скрыто все чуждое законам непрерывности и размеренности? И своими метаниями, заблуждениями и непокорством дети так его опечалили, что он не хочет их видеть? «Жаль, что они растут», — обронил отец, впервые увидев двухлетних близнецов, своих внуков, которых дочь привезла показать в день семидесятилетия мамы.

Они простояли под мостом, пока не отбушевала гроза и не умолкла музыка.

Отец смахнул платком слезы. И аккуратно сложил платок. И улыбнулся сыну:

— Кажется, можно ехать дальше.

Поездка на юг

1

Тот день, когда у нее пропала любовь к детям, был совсем такой же, как любой другой день. На следующее утро она стала раздумывать, отчего же пропала ее любовь? Но ответа не находила. Может, вчера спина особенно сильно разболелась? Или она чересчур расстроилась из-за того, что не справилась с каким-то простым домашним делом? Или пререкания с обслуживающим персоналом были особенно неприятны и обидны? Да, наверное, какая-нибудь безделица в этом роде. Ничего серьезного в ее жизни теперь не случалось.

Как бы то ни было, любовь пропала. Началось это так: она сняла трубку, чтобы позвонить дочери, надо ведь обсудить предстоящий день рождения — кто приедет, да где праздновать, да еще меню обеда составить, — но положила трубку, не позвонив. Говорить с дочерью не хотелось. Ни с кем из детей не хотелось говорить. И видеть детей не хотелось — ни в свой день рождения, ни до него, ни после. Но она все-таки посидела возле телефонного аппарата, подождала — а вдруг захочется позвонить? Нет, не захотелось. И когда вечером раздался звонок, она сняла трубку лишь потому, что дети встревожатся: если не ответишь, начнут названивать консьержу, ну и науськают на нее персонал. Лучше уж сразу соврать, что сейчас она не может поговорить, якобы к ней пришли.

Упрекать детей ей не в чем. Повезло ей с детьми. В этом интернате все женщины так и говорят: мол, с детьми ей повезло. И какие все они молодцы: один сын — важный судья, другой — директор музея, одна дочь замужем за профессором, другая — за известным дирижером! А уж как заботятся о ней дети, как пекутся! Приезжают проведать по очереди и устраивают так, чтобы от одного приезда до другого проходило не слишком долгое время, они приезжают и остаются дня на два, на три, иногда забирают ее к себе, опять же дня на два, на три, а в день рождения дети приезжают со своими семьями. Дети помогают ей заполнять налоговую декларацию, страховки, заявления о выдаче денежных пособий, водят к врачу, и в оптику за очками, и в магазин, где слуховые аппараты. У детей свои семьи, работа — своя жизнь у детей. Но они не исключают из своей жизни мать.

В общем, спать она легла, чувствуя недовольство, — похоже на то, как бывает, когда желудок не в порядке и примешь «ренни» или когда начинается простуда и приходится глотать аспирин: ляжешь со скверным самочувствием, а наутро проснешься в хорошем настроении, словно ничего вчера и не было. Да, но от потери любви лекарства не существует. Ну что ж делать-то, она заварила себе чай из мяты и ромашки и, ложась спать, была уверена, что утром все снова будет в полном порядке.

Однако на следующее утро мысль, что ей предстоит увидеться с детьми или с кем-то из них разговаривать по телефону, была ничуть не более приятной, чем накануне вечером.

2

Утром она отправилась на свою привычную, еже-
дневную прогулку — мимо школы и почты, мимо аптеки
и овощной лавки, по дороге вдоль домов поселка, затем
через лесок на склоне, до «Пивного дворика» и тем же
путем обратно. Здесь и там на этом пути открывался вид
на равнину, она этот вид любила. Дорога ровная, без
подъемов. Врач сказал: надо ходить каждый день не
меньше часа. Прогулка и занимала как раз около часа.

Дождь, ливший в последние дни как из ведра, ночью
перестал, небо сияло синевой, в воздухе приятная све-
жесть. Похоже, денек будет теплый. Она прислушалась
к звукам леса: в кронах шумел ветер, а вот — дятел за-
стучал и кукушка подала голос, потрескивали ветви, ше-
лестела листва. Она вгляделась в глубину леса: не видно
ли косули или зайца — их тут много водится, и людей
они не боятся. Хорошо бы еще и надышаться запахами
леса, после дождя воздух сырой, но уже прогретый солнцем, сладко пахнул когда-то воздух после дождя. Но
вот уже несколько лет она не ощущает никаких запахов.
Обоняние пропало ни с того ни с сего, внезапно, как
пропала и ее любовь к детям. Доктор сказал: вирус.

А с обонянием и вкус пропал. Лакомкой она никогда не была, ну не стало вкуса у еды, и ладно, невелика
беда. А вот то, что запахов природы не чувствуешь, —
вот это и впрямь беда. Совсем не стало запахов — ни
в лесу, ни в цветущем яблоневом саду, не благоухают
цветы на балконе и в вазе, не щекочет нос запах сухой
теплой пыли, когда на дорогу падают первые крупные
капли дождя.

Ко всему прочему, отсутствие обоняния унизительно — так ей самой казалось. Живешь — значит, ощуща-
ешь запахи. Это так же нормально, как видеть и слышать, уметь ходить, и читать, и писать, и считать. Все

это осталось, сохранилось, а вот обоняния больше нет, и не потому, что болезнь или какое-то другое несчастье стряслось, а потому, что внутри что-то разладилось. Да еще появился страх: что, если от нее самой плохо пахнет? Она вспомнила, как однажды навещала свою мать в доме престарелых. «Они не чувствуют запахов», — объяснила мать в ответ на ее замечание, что от некоторых старушек попахивает. А теперь, чего доброго, и от нее самой попахивает?! Она тщательно следила за чистотой своего тела и брызгалась туалетной водой, той, которую ее внучки считают хорошей. «Бабушка, как вкусно от тебя пахнет!» Да ведь поди знай, вкусно или нет, а если переборщить с туалетной водой, так тот еще аромат от тебя пойдет!

Кроме врача, никто не знал, что у нее пропали обоняние и вкус. Она всегда хвалила вкусные блюда, когда дети вывозили ее в ресторан, подносила к лицу букеты, которые они ей дарили. А показывая свои цветы на балконе, приговаривала: «Понюхайте, понюхайте, они чудесно пахнут!»

Вот и с пропавшей любовью придется теперь притворяться. Зрение, слух, обоняние, умение ходить, и читать, и писать, и считать — целый перечень, и сюда входит и то, что ты любишь своих детей и внучат. Нежелание говорить по телефону, которое вдруг появилось вчера... ну нет, ничего подобного она себе больше не позволит. День рождения будет отпразднован нормально. И во время посещений детей все будет нормально. Но тут ей опять кое-что вспомнилось. Она — маленькая девочка, ее мать, во второй раз выйдя замуж за вдовца с двумя детьми, получила в придачу его родителей, да еще и родителей его первой жены, кучу родственников с жуткими характерами; и вот она спрашивает мать, любит ли та новую родню, к которой ей надо проявлять внимание.

Мать улыбнулась:

— Ну да, детка.

— Но...

— Любовь не от чувства зависит, а от воли.

Много лет, десятки лет так оно и было, а теперь вот — нет. Если хорошенько захотеть, то обязанность станет твоей сердечной склонностью, а сознание ответственности — любовью. Но теперь она уже не обязана отвечать за детей и по отношению к внукам нет у нее ни долга, ни обязанностей. Ничего уже нет, что могло бы по ее воле стать любовью. Однако это еще не повод, чтобы обижать детей — они ведь у нее такие молодцы — и разочаровывать других обитательниц интерната да самой позориться.

Вышла на прогулку и поначалу точно на крыльях полетела. Пустота, возникшая после исчезновения любви к детям, ее испугала, но в то же время от этой пустоты появилась как бы легкость. Она словно парила над землей — ощущение вроде того, что бывает при высокой температуре или после долгого поста, — состояние, конечно, ненормальное, но приятное. Добравшись до «Пивного дворика», она присела на скамейку и тут почувствовала, что утомилась, отяжелела — словом, опять спустилась на землю.

А почему бы не отпраздновать день рождения здесь, в «Пивном дворике»? Когда она еще была замужем, они с мужем иногда приезжали сюда, гуляли, потом заходили в этот ресторанчик выпить кофе. Отрывались на время, он — от работы, она — от детей, чтобы спокойно поговорить о таких вещах, которые не обсудишь в повседневной суете. Ну а потом он привез ее сюда, чтобы признаться: вот уже два года, как у него роман с секретаршей-ассистенткой.

С того времени тут все что-то пристраивали, надстраивали, улучшали, украшали, и внутри теперь ничто уже не напоминает, конечно, тот бедноватый зальчик, где сидела она, а напротив — муж, и он все вилял, а сам-то, конечно, надеялся, что пожалеют его, — как же, у него ведь такое пылкое сердце, что хватает любви сразу на двух женщин. Эти воспоминания долго ее мучили, но теперь уже все отболело. И жалости не было, нет, не пробудилась у нее жалость, на которую рассчитывал муж, — лишь унылое равнодушие она чувствовала к этому человеку, который всегда находил в жизни легкие пути, хотя и был глубоко убежден, что вечно одолевает трудности, борется с трудностями, побеждает трудности. Последние годы их супружеской жизни... лучше бы их вовсе не было. Он все-таки упросил ее не разводиться, пока младший из детей не окончит школу. А в последний год он даже расстался со своей секретаршей. Однако, не получив от жены должной награды за таковое самопожертвование, немедленно завел новую интрижку — с новой секретаршей.

Отдохнув, она пустилась в обратный путь. Да, жизнь продолжается. Как будто ничего и не случилось. Если бы можно было перестать жить ради других и зажить наконец своей собственной жизнью! Нет, для этого она уже слишком стара. Да и не только в этом дело, — ведь что такое ее собственная жизнь? Она не знает. Делать наконец то, что ей самой в радость? Но единственной радостью в ее жизни была любовь во имя исполнения долга и обязанностей в семье. Ну и природа, конечно, — это тоже радость. Но природа теперь не та — не стало у природы запахов.

3

В день рождения она с утра принарядилась. Лиловый трикотажный костюмчик, белая блузка с белым бантом и вышивкой, лиловые туфли. Парикмахерша, к которой она обычно ходила, сама к ней пришла, красиво завила и уложила седые локоны. «Будь я пожилым мужчиной, я бы за вами приударила. А если бы я была вашей внучкой, я бы с гордостью показывала своим подружкам такую бабушку».

Все как есть приехали. Четверо детей, да четверо их, детей, супругов, да тринадцать внучат. Когда пошли в «Пивной дворик», сыновья и зятья оказались в одной группе, а дочери и невестки — в другой. Старшие внучки и внуки в своей компании обсуждали экзамены в школе и университете, младшие — современную музыку и компьютерные игры. С каждой из этих компаний она прошла часть дороги, и в каждой ее сначала добродушно приветствовали, а потом так же добродушно о ней забывали, возобновляя болтовню с того места, на котором она своим появлением помешала разговору. Она не чувствовала себя задетой. Но если раньше она была бы на седьмом небе при виде того, что все ее родные — все дети, их жены и мужья и все внуки так хорошо понимают друг друга, то сегодня она лишь холодно подумала: о чем это они? Поп-музыка? Компьютерные игры? Какой факультет выгоднее в смысле дальнейшей обеспеченной жизни? И стоит ли проходить курс инъекций ботокса? И как исхитриться, чтобы дешево и сердито отдохнуть на Сейшелах?

Аперитив подали на террасе, обед же проходил за длинным столом в зале, примыкавшем к террасе. После супа старший сын произнес тост. Напомнил о временах, когда они, дети, были еще маленькие, выразил восхищение тем, как успешно и увлеченно она, уже после того, как дети выросли и покинули дом, занималась делами в местной администрации, поговорил о том, как все они благодарны ей за любовь, которой она одаривала и продолжает одаривать своих детей и внуков. Суховато у него получилось, ну ладно, он хотел как лучше, да и говорил красиво. И ей представилось, как он ведет какое-нибудь заседание или совещание. Ее муж, ее брак и развод в речи сына не были упомянуты — тут ей вспомнилось, что она слышала о судьбе некоторых фотографий, сделанных в России в первые революционные годы: по указанию Сталина снимки так отретушировали, что с них бесследно исчез Троцкий. Как будто никогда его и не было.

— Вы что, думаете, я не переживу, если вы тут скажете что-нибудь о вашем отце? Думаете, я не знаю, что вы встречаетесь с ним и его женой? И что вы отмечали его восьмидесятилетие? В газете же была фотография, а на ней и вы все!

— Ты никогда не упоминала о нем с тех пор, как он ушел. Вот мы и подумали...

— Подумали! Почему не спросили? Меня! — Она посмотрела в лицо каждому из детей по очереди, и дети сконфуженно ежились под ее взглядом. — Спросить надо было! Подумали! Подумали: раз я не упоминаю о нем, так, значит, не переживу, если вы о нем заговорите. Подумали, что я в обморок упаду, так, что ли? Расхнычусь, или раскричусь, или начну буйствовать? И запрещу вам видеться с ним? Заставлю выбирать: или он, или я? — Она покачала головой.

И опять первой нарушила молчание ее младшая дочь:

— Мы боялись, а вдруг ты...

— Боялись? Они за меня боялись! Выходит, у меня столько силы, что меня боятся, а в то же время я такая слабенькая, что другие боятся: вдруг не переживу, если дети заговорят о своем отце! Где тут логика? — Она и сама заметила, что повысила голос и тон стал резким.

Теперь уже и внуки уставились на нее, сбитые с толку.

Вмешался старший сын:

— Всему свое время. У каждого из нас свой сюжет с отцом, каждый из нас когда-нибудь, в спокойной обстановке, с удовольствием поговорит с тобой об отце. А сейчас давайте не будем заставлять наших милых официанток подогревать горячее, не то мы нарушим их план...

— План... официанток! — Она перехватила умоляющий взгляд младшей дочери и замолкла.

Молчать, пока ели салат, жаркое с капустой и шоколадный мусс, ей было ничуть не тягостно. А они-то все разговорились, и она старалась расслышать, чтó, обращаясь к ней, говорят сидящие рядом или напротив. Теперь всегда так, если рядом с ней говорят несколько человек. У врача и на этот случай нашелся термин — приступы тугоухости в условиях многоголосья, и еще кое-что он сообщил: что средства от этой пакости не изобрели. Ну она и приучилась приветливо смотреть на собеседника, время от времени сочувственно улыбаться или кивать, а сама меж тем преспокойно думала о своем. Собеседники обычно ни о чем не догадывались.

Когда подали кофе, встала Шарлотта, младшая из внучат, и звякнула ложечкой по бокалу, призывая к вниманию. Ее дядя произнес тост за здоровье своей мамы, а она хочет поднять бокал за свою бабушку. Всех собравшихся сегодня за этим столом она, бабушка, научила читать. Но читать не слова или фразы — этому их научили в школе, — а читать книги. Когда они приезжали к бабушке на каникулах, она читала им книжки. За время каникул они никогда не успевали дочитать книгу до конца, но было так интересно, что потом они дочитывали ее самостоятельно. А вскоре после начала занятий в школе от бабушки обычно приходила посылка с новой книгой того же автора, и, конечно, невозможно было ее не прочесть.

— Это было так здорово, что мы и дедусю с Анюсей упросили читать нам вслух. Спасибо тебе, бабушка, за то, что ты научила нас читать, привила нам любовь к чтению!

Все захлопали. Шарлотта, с бокалом в руке, обогнула стол.

— Долгих-долгих лет тебе, бабушка! — Внучка чокнулась с ней и поцеловала в щеку.

В тишине, наставшей, когда Шарлотта возвращалась на свое место, она, не дожидаясь, пока снова загудит рой голосов, громко спросила:

— Анюся? Это кто же? — Спросила, хотя прекрасно знала, что это нынешняя жена ее бывшего мужа, и понимала, что вопрос вызовет у всех оторопь.

— Анна, жена отца. Дедушку внуки прозвали дедусей, Анну — Анюсей. — Старший сын сообщил об этом деловито и спокойно.

— Жена отца? Но ты не меня имеешь в виду? Ты о второй жене говоришь? Или он успел обзавестись третьей?

Она понимала, что ведет себя просто несносно. Она и сама уже была этому не рада, но остановиться не могла.

— Нет-нет, Анюся — вторая жена отца.

— Аню-юся, — она насмешливо растянула это «ю», — Аню-юся. По-видимому, я должна быть благодарна за то, что вы не прозвали ее бабусей и не считаете своей второй бабушкой. А может, вы таки называете ее бабусей? — Никто не ответил, и она опять принялась за свое: — Скажи-ка, Шарлотта, ты ведь иногда называешь эту Анюсю бабусей?

— Нет, бабушка, Анюсю мы всегда зовем Анюсей.

— Какая же она, эта Анюся, которую вы не называете бабусей?

Тут вмешалась младшая дочь:

— Может быть, пора уже нам поставить на этом точку?

— Нам? Нет, не вы это начали, не вам и точку ставить. Начала я. — Она встала. — И я, пожалуй, поставлю на этом точку. Пойду теперь прилягу. Через два часа отвезете меня пить чай?

4

Отказавшись от провожатых, она ушла одна. Вот ведь что получилось из ее благих намерений! Ну и ладно, встала и ушла. Она бы с удовольствием продолжила разговор — интересно, удалось бы ей довести деток до белого каления? Судью разозлить так, чтобы он повысил голос и затопал ногами. Директора музея — чтобы швырнул тарелку там или чашку об пол, а лучше об стену. Дочерей — чтобы смотрели не умоляюще, а с ненавистью.

Когда старший из внуков приехал за ней, она решила, что больше ничем не будет их огорошивать и провоцировать. Ехали совсем недолго, но Фердинанд успел рассказать ей о государственном экзамене, который ему сдавать через неделю или две. Этот мальчик всегда казался ей на редкость уравновешенным. Но теперь она подумала: да нет, на редкость скучный он, вот и все. Как же все ей надоело...

На другой день после торжества она заболела. Не кашель и не насморк, не желудок и не кишечник. Просто поднялась температура, и никакими средствами, даже антибиотиками, было ее не сбить. «Вирус», — сказал врач, разводя руками. Но все-таки позвонил ее старшему сыну, а тот прислал свою младшую дочь, чтобы позаботилась о бабке. Эмилия, восемнадцать ей, ждет зачисления в университет, хочет изучать медицину.

Эмилия перестилала ей постель, растирала спину и плечи настойкой трав на камфорном спирте, делала холодные компрессы на икры. Утром давала ей свеже-выжатый апельсиновый сок, на обед — тертое яблоко, вечером — гоголь-моголь с красным вином, а кроме того, часто поила мятным или ромашковым чаем. Десять раз в день проветривала комнату, десять раз заставляла ее встать и хоть немного пройтись по комнате и по коридору. Каждый день наполняла ванну, на руках относила туда бабку и усаживала в горячую воду. Сил этой девушке было не занимать.

Лишь на шестой день температура пришла в норму. Умирать она не хотела. Но так устала, что ей было безразлично, будет ли она жить или умрет, поправится или вечно будет хворать. Она бы, пожалуй, предпочла не выздоравливать, куда приятней вот так болеть и болеть, без конца. Ей полюбилась мутная пелена лихорадки, обволакивавшая все вокруг, когда она ненадолго просыпалась, жаркая мутная пелена мягко окутывала все, что она слышала или видела. Даже лучше — в этой мутной пелене раскачивавшееся дерево за окном превращалось в танцующую фею, а песенка дрозда звучала точно заклинания волшебницы. В то же время она полюбила внезапную жгучесть горячей воды и ледяной холод камфорного спирта на своей коже. Даже озноб — а в первые дни ее изрядно трясло и знобило — был приятен, ведь благодаря ознобу она жаждала тепла и не могла ни думать о чем-то другом, ни чувствовать что-то, кроме холода. Ах, как хорошо было согреться после озноба!

К ней словно вернулась юность. Сны и грезы лихорадки были те же, что и в детстве, когда она болела и лежала в жару. С феей и волшебницей возвратились обрывки сказок, когда-то любимых. Беляночка и Розочка, Золушка, братец и сестричка, Спящая красавица, Пестрая шкурка. Когда в раскрытое окно залетал ветер, ей вспоминалась сказка о принцессе, повелевавшей ветру: «Ветерок, лети, лети, шапку с молодца сорви...» — как там дальше, она не помнила. В юности она отлично бегала на лыжах, и вот теперь в одном из лихорадочных снов она заскользила вниз по белому склону и вдруг — взлетела и понеслась над лесами и горами, над городами и весями. А в другом сне ей надо было с кем-то встретиться: где встретиться, с кем — неизвестно, но непременно в полнолуние, и еще она помнила начало песни, по которой она и тот, с кем предстояла встреча, должны узнать друг друга. Когда она проснулась, ей подумалось, что сон этот ей уже снился давно, когда она впервые в жизни влюбилась, и тут она вспомнила первые такты той песенки, давнишней популярной мелодии. Этот старомодный шлягер потом весь день звучал у нее в ушах. И еще один сон ей приснился: она на балу танцует с мужчиной, у которого только одна рука, однако единственной рукой он вел ее в танце так легко, так уверенно, что она, казалось, парила... Они танцевали бы до самого утра, но, прежде чем во сне забрезжила утренняя заря, она проснулась и увидела, что за окном и в самом деле рассвело.

Эмилия подолгу просиживала возле кровати, держа ее за руку. Как надежно и как легко было ее руке в крепкой ладошке этой крепкой девочки! И она растрогалась до слез — ведь как она ее обихаживает, держит за руку, заботится о ней, и можно поддаться слабости, и не надо ничего говорить, не надо ничего делать самой, — она все плакала и не могла перестать: расплакавшись от благодарности, все плакала и плакала, но уже от горя, горько жалея о всем том, что в ее жизни было не таким, каким могло и должно было быть, а потом плакала от тоскливого одиночества. Как хорошо было, когда Эмилия держала ее за руку! Но в то же время она чувствовала себя такой одинокой, словно и не было рядом этой девушки.

Наконец она пошла на поправку, и дети стали ее навещать все по очереди, но ничего не изменилось. Она по-прежнему чувствовала глубокое одиночество, словно никого не было рядом. Вот это и есть конец любви, думала она. Чувствуешь себя с другим человеком такой одинокой, как будто и не с ним ты, а совсем, совсем одна.

Эмилия не уехала, теперь она ходила с ней на прогулки, поначалу коротенькие, затем все более долгие, провожала, когда она шла обедать в столовую интерната, а вечерами вместе с ней смотрела телевизор. Девочка постоянно была рядом.

— А не пора тебе на занятия? Или на работу? Ты ведь должна зарабатывать?

— Я работала, но твои дети решили, что я должна послать подальше эту халтурку и вместо этого ухаживать за тобой. Они платят мне как раз столько, сколько я получала бы на работе. Да дрянь работа, не жалко.

— И надолго они тебя наняли ухаживать за бабкой? Эмилия засмеялась:

— Пока не убедятся, что их матушка хорошо себя чувствует.

— Так. А если я раньше почувствую, что поправилась?

— Ну вот, я-то думала, тебе приятно, что я с тобой.

— Терпеть не могу, когда кто-то другой решает за меня, хорошо ли я себя чувствую и что мне вообще нужно.

Эмилия кивнула:

— Понимаю.

5

Интересно, а Эмилию могла бы она довести до белого каления? Да так, что девчушка без оглядки пустилась бы наутек? Случись такое, дети наверняка решили бы, что она все еще больна, ведь и ее поведение за праздничным столом они, конечно, списали на счет начинавшейся болезни. Интересно, а нельзя ли подкупить Эмилию — пусть она заверит детей, что их матушка уже выздоровела?

— Не выйдет. — Эмилия в ответ на это предложение засмеялась. — Подумай, ну как я объясню родителям, откуда у меня вдруг взялись лишние деньги? А если сделать вид, будто у меня ни гроша за душой, значит, опять придется наниматься куда-нибудь ради денег.

Вечером она решила еще разок попытать счастья:

— А разве нельзя сказать, что я подарила тебе деньги?

— Да ведь ты никогда не делала подарков кому-то одному, всегда оделяла всех поровну. И когда мы были маленькие, ты никогда не ездила куда-нибудь с кем-то одним из нас, потом, через год, два или три, ты непременно ездила туда же с каждым другим внуком или внучкой.

— Тут я малость переборщила.

— Отец говорит, если бы не ты, он не стал бы судьей.

— Все равно малость переборщила. А можешь ты куда-нибудь поехать со мной? Ненадолго? Мне же надо здоровье поправить?

Эмилия заколебалась:

— В смысле — куда-нибудь на курорт?

— Я хочу вырваться отсюда. Эта комната — та же тюрьма, и ты вроде надзирательницы. Не сердись, но так оно и есть. И будь ты даже ангелом небесным, все равно это правда. Нет, не то я говорю, — она усмехнулась, — это правда, несмотря на то что ты — ангел. Без тебя мне было бы не выкарабкаться.

— Куда же ты хочешь поехать?

— На юг.

— Но я не могу просто сказать маме и отцу, что еду с тобой на юг! Должны быть цель, точный маршрут и пункты на маршруте, они же должны знать, куда звонить, в какую полицию обращаться, если потребуется нас разыскивать, если мы не дадим о себе знать в назначенное время и в назначенном месте! А как ты хочешь поехать? На машине? На машине родители точно не разрешат. Разве что я за руль сяду. Но только не ты. Ты еще здорова была, а они уже подумывали, не сходить ли в полицию, не попросить ли, чтобы тебя вызвали и заставили сдавать экзамен, чтобы ты провалилась и потеряла права. А уж теперь-то, раз ты больна...

Она слушала и ушам своим не верила. До чего же эта крепенькая девчушка, оказывается, робкая, как же она боится своих родителей! Какая там еще цель, какой такой маршрут и пункты? С какой стати кому-то о них докладывать?

— Неужели не достаточно просто сообщить, где мы будем к вечеру? Например, утром скажем, что к вечеру приедем в Цюрих?

В Цюрих она не хотела. И на юг не хотела. А хотела она поехать в город, где в конце сороковых проучилась год в университете. Город, конечно, на юге страны. Но это же совсем не то, какой там «юг»! Весной и осенью нескончаемые дожди, зимой — снег. Но летом, ах, летом тот город умопомрачительно красив!

По крайней мере, таким он остался в ее воспоминаниях. Она отучилась в том городе в университете на первом курсе и с тех пор ни разу там не бывала. Потому что не подвернулся подходящий случай? Потому что ее удерживал страх? Потому что она не хотела разочароваться, вернувшись в свое последнее волшебное лето, в том городе и не хотела разочароваться в студенте, у которого не было левой руки, — студенте, танцевавшем с нею тем летом на балу медиков... и опять — недавно, в лихорадочном сне? Рукав его темного костюма был засунут в карман, и, обняв одной рукой, он вел ее в танце уверенно и легко, он был прекрасным танцором, лучшим из всех, с кем она в тот вечер танцевала. И разговаривать с ним было интересно, он рассказал ей, как потерял руку — при бомбежке, а было ему пятнадцать лет, — рассказал так, будто рассказывает забавную историю, и еще он говорил тогда о философах, которых изучал на философском факультете, и опять же говорил о них так, словно они — его чудаковатые приятели.

Но может быть, она ни разу не съездила в тот город потому, что боялась вспомнить горечь их разлуки?

После бала он проводил ее домой и на прощание, у дверей, поцеловал, а на следующий день они встретились и встречались с тех пор каждый день, пока он не уехал внезапно. Стоял сентябрь, студенты разъехались, а она осталась в том городе ради него, родителям же, дожидавшимся ее приезда домой, сочинила сказочку о какой-то студенческой практике. Она провожала его на вокзал, и он обещал, что будет писать, звонить и скоро вернется. И с того дня она о нем больше не слышала.

Эмилия вышла на балкон, звонила родителям. Наконец она вернулась и сказала, что поездку разрешили, но при одном условии: каждый день — утром, в обед и вечером — она будет им звонить.

— Я за тебя отвечаю, бабушка, и надеюсь, ты меня не подведешь.

— То есть не удеру? Не напьюсь в лоск? Не свяжусь с каким-нибудь сомнительным субъектом?

— Бабушка! Ты же понимаешь, что я имею в виду!

«Нет, не понимаю». Но этого она не сказала вслух.

6

На другое утро бремя ответственности уже не столь тяжко давило на плечи Эмилии, и она радовалась поездке. Они едут в город, где бабушка жила, когда ей было столько лет, сколько сейчас Эмилии, — это интересно! В дороге она принялась расспрашивать бабушку о городе и об университете: как проходили там занятия, как жили студенты, где жили, что ели, как развлекались, и чего после войны им больше хотелось — развлекаться или зарабатывать деньги, и много ли бывало у них романов, и как они предохранялись.

— Там, в университете, ты и познакомилась с дедусей?

— Нет, мы были знакомы с детства. Родители дружили домами.

— Хм... не очень-то романтично. А я вот хочу, чтобы было романтично. С Феликсом я порвала. Незачем тащить эту школьную дребедень с собой в университет. Новый этап жизни, ну так пусть он будет новым во всем. Феликс нормальный парень, но мне теперь этого мало, нормальный — это не то. Где-то я читала, что брак может получиться удачный, если те и другие родители сами его устроят для своих детей. Но я-то ничего такого не хочу. Я...

— Все было совсем не так. Родители вовсе не устраивали наш брак, но родители дружили. В детстве мы виделись несколько раз, ну и все.

— Не знаю, не знаю... Понимаешь, родители своим детям подают как бы сигналы, эти сигналы не всегда осознаются детьми. И родители их не всегда сознают. Они просто видят, что их дети подходят друг другу в смысле семейной жизни, положения и денег, и думают: вот было бы хорошо детям пожениться! Такие мысли возникают у родителей всякий раз, когда они видят детей вместе. Ну, они высказывают какие-то соображения, делают намеки, что-нибудь одобряют, поощряют, и все это застревает в мозгу, крохотные такие зацепки.

И так далее в том же духе. Где только Эмилия всего этого начиталась? Что даже в пятидесятые годы девушки пребывали в уверенности, будто бы можно забеременеть от поцелуя. Что мужчины наутро после свадьбы подавали на развод, если оказывалось, что невеста не была девственницей. А спортом девушки так любили заниматься, потому что могли свалить на спортивную травму утрату телесной девственности. А женщины после ночи с любовником спринцевались уксусом, чтобы не забеременеть, и что вязальной спицей выковыривали плод.

— Какое счастье, что сегодня ничего подобного и в помине нет! А вы не тряслись от страха перед первой брачной ночью, если до того ничего не было? Скажи, а дедуся и правда был у тебя единственный мужчина за всю жизнь? И ты не жалеешь об этом, не думаешь, что многое в жизни упустила?

Чуть повернувшись, она смотрела на внучку — ишь как разговорилась! Гладкое миловидное личико, ясные глаза, твердый подбородок; быстро и энергично движутся губки, несущие всю эту несусветную околесицу. Прямо не знаешь, плакать или смеяться. Неужели все их поколение такое? И все они живут только сегодняшним днем, отчего прошлое и видится им в таком вот кривом зеркале? Она начала было рассказывать внучке о войне и послевоенных годах: о чем мечтали тогдашние девчонки и женщины, о том, какими были мальчики или мужчины, с которыми они встречались, и об интимной стороне жизни. Но все, о чем бы она ни пробовала рассказать, звучало пресно и скучно, она и сама это заметила. И тогда она заговорила о себе. Когда же дошла в рассказе до поцелуя после бала, вдруг рассердилась на себя: вот уж язык без костей! К чему это, зачем откровенничать о своих отношениях с тем студентом. Спохватилась, да поздно.

— Как его звали?

— Адальберт.

Узнав имя, Эмилия больше не перебивала. Слушала очень сосредоточенно, а когда бабушка добралась в своем рассказе до прощания на вокзале, взяла ее за руку. Уже догадалась, верно, что конец у истории печальный.

— Что бы сказали твои родители, если б увидели, как ты рулишь тут одной рукой, а? — Она отняла свою руку.

— И с тех пор ты ничего о нем не слышала?

— Недели через две он объявился в Гамбурге. Но я с ним не говорила. Даже видеть его не хотела.

— А кем он стал потом, ты знаешь?

— Однажды в книжной лавке наткнулась на книгу, которую он написал. Понятия не имею, кем он стал. Может, журналистом или профессором, может, еще кем. Я в ту книгу даже не заглянула.

— А как его фамилия?

— А вот это тебя не касается.

— Ну не надо так, бабушка. Просто интересно же, о чем это написал книгу человек, который любил мою бабушку и которого моя бабушка тоже любила. Да, я уверена, что он любил тебя, так же как ты его. Знаешь, говорят: Now, if not forever, is sometimes better than never?[1] Это точно. Судя по твоему рассказу, в воспоминаниях у тебя осталась не одна только горечь. Воспоминания у тебя еще и сладостные, ага, они сладкие с горчинкой.

— Паульсен. — Не сразу удалось ей выговорить это.

— Адальберт Паульсен, — повторила Эмилия, как будто хотела получше запомнить.

---

[1] Лучше «было и прошло», чем «никогда не бывало» *(англ.)*.

Они свернули с автобана и теперь ехали по неширокой дороге, бежавшей вдоль изгибов и поворотов реки. Как же это было? Они ходили гулять сюда, шли вдоль реки? На том берегу, где нет ни шоссе, ни железной дороги? И останавливались в сельской гостинице, куда надо переправляться на пароме? Она не могла бы с уверенностью сказать, что узнала сельскую гостиницу, замок, поселок. Может быть, просто тут сохранилась прежняя атмосфера — все те же река, лес, и горы, и старинные дома. Они с ним много бродили по округе, с рюкзаком, в котором лежала бутылка вина да хлеб с колбасой, купались в реке, загорали на берегу...

Скоро уже и город. Никакого смысла спать. Но она все-таки задремала и проснулась, только когда Эмилия затормозила и припарковалась возле отеля, который утром отыскала в Интернете.

7

Чего она ждала? Дома в городе теперь были уже не серые — белые, желтые, бежевые и даже зеленые и голубые. Вместо лавок — сетевые магазины, отделения крупных фирм, а там, где, как она помнила, были обшарпанные пивные, забегаловки и меблирашки, нынче воцарился фастфуд. И книжный, куда она любила заходить, теперь тоже сетевой, и продают в нем бестселлеры, книжульки да журнальчики. А вот река протекает через город так же, как и тогда, и переулки все такие же узкие, и дорога в крепость поднимается круто, и с крепостной стены открывается все тот же широкий, привольный вид. Они с Эмилией расположились на террасе и смотрели сверху на город, лежавший как на ладони, и на окрестности.

— Ну что? Все здесь такое, как ты ожидала?

— Детка, дай мне немного посидеть спокойно и полюбоваться на город. Слава богу, я ожидала не слишком многого.

Она порядком устала и, когда они, там же, на террасе, поужинав, вернулись в гостиницу, сразу легла, хотя было только восемь часов. Эмилия попросила разрешения пойти в город — погулять, посмотреть, и просьба внучки ее удивила и растрогала. Но что ж это Эмилия настолько несамостоятельная?

Несмотря на усталость, она не заснула. За окном еще не стемнело, и все в комнате было отчетливо видно: трехстворчатый шкаф, у стены столик с зеркалом — хочешь письменный, а хочешь туалетный, — два кресла, рядом стеллаж, на нем бутылка минеральной со стаканом и корзиночка с фруктами, тут же телевизор, дальше дверь в ванную. Обстановка напомнила ей гостиничные номера, в которых они останавливались с мужем, когда она ездила с ним на разные конференции; обстановка хорошего, а по меркам маленького городка, пожалуй, и лучшего отеля, однако все тут как-то слишком рационально, и оттого номер попросту безликий.

Она вспомнила комнатку в гостинице, где провела свою первую ночь с Адальбертом. Кровать, стул, столик с кувшином и тазом для умывания, и на стене там висело зеркало, да еще был крючок на двери. Опять же скучная обстановка. И все-таки были в их комнатке и тайна, и волшебство. Под суровым взором хозяйки той сельской гостиницы они с Адальбертом взяли две отдельные комнаты. Поужинав, разошлись, но, хотя ни о чем таком они не говорили, она знала, что он придет. С самого утра она это знала и захватила с собой свою самую красивую ночную рубашку. И вот, надела ее.

Если бы здесь, в этом номере, был Адальберт, исчезла бы безликость здешней обстановки? А с ним она тоже часто ездила бы по его делам и ночевала с ним в гостиницах? Какой была бы ее жизнь с ним? Все той же жизнью с человеком, который облечен большой ответственностью, часто ездит по делам, и мало времени проводит дома, и заводит интрижки на стороне? Нет, такой она не могла вообразить свою жизнь с Адальбертом. Когда бы она ни начинала думать о жизни с Адальбертом, ее тотчас охватывал страх, ни на что не похожее чувство, как будто земля уходит из-под ног. Почему? Потому что он ее бросил?

Она закрыла окно, и уличный шум к ней едва доносился: звонкий смех молодых женщин, громкие голоса молодых мужчин, вот медленно проехал автомобиль, пропуская пешеходов, вот музыка из какого-то окна, звон разбившейся бутылки. Пьяный прохожий выронил? Пьяных она боялась, хотя когда-то ей нередко случалось твердо и уверенно осадить подвыпившего ухажера: иди-ка поищи себе другую. Вообще-то, странно, подумала она, бывает, шуганешь кого-нибудь, нагонишь на других страху, но при этом вовсе не избавляешься от своего страха перед другими людьми.

Лежишь, лежишь, а спать хочется чем дальше, тем меньше. Интересно, что сейчас делает Эмилия? А какой из нее — со временем, конечно, — получится врач? Доктор-диктатор или доктор — добрая душа? Но ей-то что за дело до этого? Выходит, она все-таки любит внучку? А других внуков и детей? Что там в ее сердце? Эти обязательные звонки родителям утром и вечером, нет уж, пусть девочка им звонит; сама она лишь досадливо отмахнулась, когда родители Эмилии захотели с ней поговорить. Пусть вся семейка оставит ее в покое... Да, это желание как было, так никуда и не делось. Эмилия... Эмилия тоже, лучше бы и она оставила старуху в покое.

Она слезла с кровати и пошла в ванную. Сняв ночную рубашку, оглядела себя. Тощие руки, тощие ноги, отвислая грудь, отвислый живот, складки на талии, морщины на лице, на шее... да уж, она и себе самой была противна. Все противно: и как она выглядит, и как себя чувствует, и как живет. Все, все опротивело. Надев рубашку, она легла в кровать и включила телевизор. Ну до чего же все у них там просто с любовью, у этих мужчин и женщин, родителей и детей! Или все они там только играют и в этой игре что-то такое изображают друг перед другом с расчетом, что ты сыграешь свою роль, а за это другой оставит тебе твои иллюзии? Что же, она просто потеряла всякий интерес к подобной игре? Или уже нет смысла во все это пускаться, потому что в те считаные годы, какие ей еще осталось прожить, она прекрасно обойдется без иллюзий?

И никаких поездок ей уже не нужно. Поездки, они ведь тоже иллюзия, еще более недолговечная иллюзия, чем любовь... Завтра же — домой.

8

Но назавтра, когда она постучала в дверь к Эмилии, никто не откликнулся, а когда вышла на террасу, где в этой гостинице завтракали, внучки не оказалось и там, ни за одним столиком. Она обратилась к портье, и выяснилось, что «юная дама» полчаса тому назад ушла из гостиницы.

— Она ничего не просила передать?

Нет, ничего. Однако через несколько минут симпатичная девушка, дежурившая за стойкой в холле, подошла к ней, уже сидевшей за завтраком, и сообщила, что «юная дама» позвонила и попросила передать: она вернется в двенадцать часов и повезет бабушку обедать.

Ну вот, подумала она с досадой, сиди теперь как на привязи. В десять могли бы выехать, в одиннадцать уже летели бы по автобану и к четырем были бы дома. Хочешь не хочешь, пришлось ждать. Солнце заливало двор гостиницы и террасу, где она завтракала; служащие ей не докучали, самой в буфет не надо было ходить, принесли все, что она заказала. Томаты с сыром моцарелла, копченую форель под соусом с хреном, фруктовый салат с йогуртом и медом. Вкус, конечно, у нее пропал, однако разная еда по-разному ощущается, когда откусываешь и жуешь. Одно помягче, другое потверже. Вот и после потери любви к детям и внукам все же относишься к ним по-разному, думала она. Все-таки чуточку приятно жевать мягкие, но плотные кусочки форели, не то что этот густой, тягучий соус, да, вот так же надо радоваться детям и внукам. Поди знай, может, Эмилия вчера познакомилась в городе с каким-нибудь мальчиком и сейчас занялась им с тем же рвением, с каким недавно хлопотала о своей бабке и из-за родителей с их требованиями. Да, Эмилия — девушка энергичная, сильная, в руках у нее все кипит. А сердце у Эмилии доброе. Из нее выйдет хороший врач.

Она просидела за столом, пока не начали накрывать к обеду. Щеки у нее горели — сидела-то на солнце, а припекало сильно. Даже чуть обгорело лицо. Встав, она почувствовала слабость, но перешла в холл и устроилась там в кресле. Вскоре она задремала, а когда проснулась, увидела: на ручке кресла сидит Эмилия и платком вытирает ей подбородок.

— Что, слюни пускаю во сне?

— Да, бабушка, но это не важно. Я нашла его.

— Ты...

— Я нашла Адальберта Паульсена. Очень просто — по телефонной книге. Вот что я узнала. Он профессор философии, работал здесь в университете, он вдовец, у него есть дочь, она живет в Штатах. Библиотекарша философского факультета показала мне книги, которые он написал, ух, целая полка.

— Давай-ка поедем домой.

— Как, разве ты не хочешь с ним встретиться? Нет, ты должна с ним встретиться! Мы же затем сюда и приехали!

— Нет, мы прие...

— Ты, может быть, не осознавала этого, но уж поверь мне, тебя привело сюда твое бессознательное! Привело, чтобы вы с ним увиделись и помирились.

— Чтобы мы с ним...

— Ну да, помирились. Так надо. Ты должна простить ему душевную травму, которую он тебе причинил. А иначе у тебя не будет покоя, и у него, кстати, тоже. Я уверена, что он втайне мечтает о примирении, только не решается сделать первый шаг, потому что в Гамбурге, ну, тогда-то, ты же его отшила.

— Ну, Эмилия, хватит! Иди-ка укладывай сумки. Пообедаем где-нибудь по дороге.

— Я договорилась с ним, что ты придешь в четыре.

— Ты с ним?.. Что я...

— Я ходила по адресу, хотелось посмотреть, как он живет. А раз я уж там оказалась, чего же — дай, думаю, договорюсь о твоем приходе. Он помялся-помялся, вот как ты сейчас, а потом согласился. По-моему, он рад-радешенек, что увидит тебя. Он к тебе не ровно дышит.

— Рад и не ровно дышит — это разные вещи. Нет, деточка, совсем нехорошо ты придумала. Позвони и отмени встречу, или нет, лучше я просто не пойду. Не хочу его видеть.

Однако Эмилия не сдавалась:

— Тебе же нечего терять. Ничего плохого пс будет, все будет хорошо, неужели ты сама не чувствуешь, что все еще носишь в себе обиду, а это нехорошо — вредно копить в себе обиды. Да разве ты не понимаешь: уж если представилась возможность простить и что-то исправить, сделать что-то хорошее, то никак нельзя упускать такой случай, и потом, ну неужели тебе самой не интересно, ведь это, может быть, последнее приключение в твоей жизни...

Эмилия трещала без умолку, пока окончательно не заморочила ей голову. Она уже не могла выносить всех этих прописных истин психотерапии и прочей психологии, которой девчушка так усердно ее пичкала, видимо считая это своим долгом. Короче, она уступила.

9

Эмилия предложила отвезти ее на машине, но она отказалась и взяла такси. Довольно уж и так наслушалась рекомендаций, обойдется без последних наставлений. Выйдя из такси и направляясь к заурядному коттеджу, какие строили в шестидесятых, она окончательно успокоилась. Ах, значит, ради вот этакого домишки он ее бросил? Профессор-то он профессор, однако и обывателем тоже стал! А может, он и в юности был обывателем?

Он сам открыл дверь. Она узнала его сразу: черные глаза, широкие брови, густые волосы, только совсем белые они теперь, четкий профиль и большой рот. Он оказался выше ростом, чем ей помнилось, худощавый, костюм с засунутым в карман пустым рукавом болтался на плечах как на вешалке. Он неуверенно улыбнулся:

— Нина!

— Это не моя затея. Эмилия, моя внучка, вообразила, будто бы я должна...

— Входи же! Потом объяснишь, почему ты не хотела сюда прийти.

Он пошел в дом, она — следом, в прихожую, оттуда в комнату, сплошь заставленную книгами, из нее на террасу. И тут открылся вид на фруктовые сады, луга и лесистую горную цепь.

Она была поражена, и он это заметил:

— Этот дом мне тоже сначала не нравился, но лишь до той минуты, пока я не очутился здесь, на террасе. — Придвинув ей кресло, он разлил по чашкам чай и сел напротив. — Так почему же ты не хотела прийти?

Она не могла разгадать, что означает его улыбка. Насмешку? Смущение? Сожаление?

— Не знаю. Мне была невыносима мысль, что я когда-нибудь увижусь с тобой. Может быть, я по привычке считала ее невыносимой. Но она была невыносима.

— А как же твоей внучке пришло в голову устроить нам встречу?

— Ах! — Она недовольно махнула рукой. — Я рассказала ей о нашем лете. У нее были самые вздорные представления о том, как люди в те времена жили, как любили... Настолько вздорные, что я не выдержала, ну и рассказала.

— А что ты рассказала ей о нашем лете? — Он уже не улыбался.

— Ты еще спрашиваешь! Кажется, сам был и на балу медиков, и когда целовались у подъезда, и в той сельской гостинице ты ведь был. — Она рассердилась. — И на перроне стоял ты, и в поезд сел ты, и уехал, и с тех пор ни разу не дал о себе знать!

Он кивнул:

— Сколько же времени ты тогда напрасно ждала?

— Не помню я, сколько дней или недель. Вечность ждала — это я отлично помню, целую вечность.

Он посмотрел на нее с грустью:

— Меньше десяти дней, Нина. На десятый день я вернулся и от твоей квартирной хозяйки узнал, что ты у нее больше не живешь. За тобой приехал молодой человек, отнес твои вещи в машину, и вы с ним уехали.

— Врешь! — Она чуть не задохнулась.

— Нет, Нина, не вру.

— Чего ты хочешь — чтобы я спятила? Чтобы перестала доверять своему рассудку, своей памяти? Чтобы я свихнулась? Да как у тебя язык-то повернулся! Что ты мне тут рассказываешь!

Он выпрямился и чуть отодвинулся от стола, потом провел ладонью по лбу и волосам:

— Ты помнишь, куда я тогда уезжал?

— Нет, не помню! Зато помню, что ты не написал мне, и не позвонил, и не...

— Я ездил на конгресс по философии, а проходил он в Будапеште. Оттуда нельзя было ни послать письмо, ни позвонить. Холодная война! И в Будапеште мне, собственно говоря, не полагалось находиться, потому я и не мог дать знать о себе. Но я же все это объяснил тебе до отъезда.

— Я помню, что ты уехал, хотя ты прекрасно мог бы обойтись без этой поездки. Но уж такой ты человек: на первом месте у тебя была философия, потом коллеги твои, друзья и только на третьем месте — я.

— И тут ты опять не права, Нина. Если я писал диссертацию как одержимый, то лишь по одной причине: я хотел поскорей закончить, устроиться на работу и жениться на тебе. Ведь ты хотела законного брака — я же понимал, а тот паренек из Гамбурга, он во всем меня обскакал. Вы же с ним знакомы с детства? И родители ваши дружили, и вдобавок он был ассистентом у твоего отца?

— Ничего подобного, и вообще, все неправда, что ты тут наговорил! Да, отец давал ему консультации, когда он был студентом и проходил практику, да, отцу он нравился, но ассистентом — что за ерунда! — мой муж никогда не был ассистентом у моего отца!

Он посмотрел на нее устало:

— Ты испугалась, что из своего буржуазного мира тебе придется спуститься в мой мир — мир бедняков? И ты не смогла бы иметь все то, что привыкла получать и без чего не умела обходиться? Я видел дом твоих родителей в Гамбурге... Я прав?

— Что еще за новости? С какой стати ты выставляешь меня этакой избалованной буржуазной фифой? Я тебя любила, ты все испортил, а теперь якобы ничего не помнишь!

Он не ответил и, отвернувшись, устремил взгляд на что-то вдалеке, в горах. Она поглядела туда же и заметила на склоне стадо овец:

— Овцы!

— Я сейчас их пересчитывал. Ты еще помнишь, что на меня иногда нападала дикая ярость? Наверное, этим я тоже тебя отпугнул. Я и теперь чуть что — закипаю от ярости, а как начну считать овец, сразу успокаиваюсь.

Она порылась в памяти, однако никаких вспышек ярости не вспомнила. Ее муж — о, вот кто донимал ее, нет, не яростью, а холодной злостью, от которой она буквально леденела. А уж когда он несколько дней кряду казнил ее своей холодной злостью, она места себе не находила от глубочайшего отчаяния.

— Так ты кричал на меня?

Вместо ответа, он попросил:

— Расскажешь мне о своей жизни? Я знаю, что ты разведена. Видел фотографию твоего мужа с другой женой — по случаю его восьмидесятилетия была напечатана в газете. Там, на снимке, были и дети. Это ваши с ним дети?

— Уж не думаешь ли ты, я скажу, что моя жизнь не удалась? И что надо было тогда дождаться тебя? Это ты хотел бы услышать?

Он засмеялся. И ей вспомнилось, как она любила его смех, безудержный, раскатистый, вспомнилось и то, как пугалась этого смеха. Но сейчас она заметила, что он засмеялся не над ее словами, нет, смехом он хотел разрядить напряжение, с самого начала разговора не покидавшее их обоих. Но собственно, что смешного в ее вопросе?

— Я однажды написал, что серьезные, действительно важные жизненные решения не бывают правильными или неправильными, просто начинается другая жизнь. Нет, конечно, я не считаю, что твоя жизнь сложилась неудачно.

10

Она начала рассказывать о себе. Университет бросила, так как нужна была мужу. Он получил место главного врача, хотя и не имел ученой степени, все ждали, что вот-вот он защитится и получит эту самую степень. Тогда же муж возглавил редакцию солидного научного журнала. Статьи за него писала и редактировала она.

— Работала я неплохо. Главный редактор, со временем сменивший Хельмута, предложил мне место ассистентки, секретаря редакции. Но Хельмут ему сказал, с этим придется обождать, пока я не стану «веселой вдовой».

Потом пошли дети. Четверо, один за другим, и если бы не трудные последние, четвертые роды, так нарожала бы еще.

— У тебя только одна дочь, уж не знаю, как вы справлялись, но скажу тебе: когда в семье четверо детей, об университете и мечтать нечего. Хлопот с детьми хватало, что да, то да, но и радостно было смотреть, как дети росли и как они чего-то добивались в жизни. Старший сын — федеральный судья, второй — директор музея, а девочки дома сидят, занимаются детьми, как я в свое время, но у одной дочери муж — профессор, а другая за дирижера вышла. Тринадцать внучат у меня. А у тебя есть внуки?

Он покачал головой:

— Дочь не замужем, детей у нее нет. Она страдает аутизмом.

— А какая у тебя была жена?

— Высокая и худенькая, мне под стать. Она писала стихи, чудесные, сумасшедшие, отчаянные стихи. Я люблю ее стихи, хотя многих не понимаю. Я не понимал и депрессий, которыми Юлия мучилась всю жизнь. Не понимал, что их вызывало, не понимал, отчего они проходили, то ли фазы луны, то ли солнечный свет играли роль — непонятно, и непонятно, имело ли значение, что мы ели и пили.

— Только не говори, что она покончила с собой!

— Нет, она умерла от рака.

Она кивнула:

— После меня ты подыскал себе женщину совершенно другого типа. Сегодня я жалею, что за всю жизнь я очень мало прочитала, но, понимаешь, мне пришлось столько всяких рукописей читать по заданию редакции, а еще я, уже по своему желанию, читала книжки детям, чтобы было о чем с ними потом поговорить, ну и в итоге я разучилась читать для собственного удовольствия. Теперь-то времени для чтения хоть отбавляй, но что толку? Допустим, начитаюсь я книг, а дальше что? Куда с этим деваться?

— Когда ты шла по дорожке к дому, я был на кухне, и, знаешь, я сразу узнал твои шаги. У тебя все та же походка, твердая такая, тук-тук, тук-тук, за всю жизнь я не встретил другой женщины с такой решительной поступью. Когда-то я думал, что у тебя и характер решительный, как походка.

— А я когда-то думала, что ты поведешь меня по жизни так же легко и уверенно, как вел в танце.

— Да, мне бы тоже хотелось прожить жизнь так, как я когда-то танцевал. Юлия вообще не танцевала.

— Ты был с ней счастлив? Твоя жизнь была счастливой?

Он несколько раз глубоко вздохнул и опять откинулся на спинку стула, чуть отодвинувшись назад.

— Я уже не могу вообразить, как бы сложилась моя жизнь без Юлии. И не могу вообразить какой-то другой жизни вместо той, что прожил. Конечно, кое-что я представляю себе другим, но это же абстракции.

— Нет, у меня по-другому. Я все время воображаю разные события и раздумываю, что было бы, если бы случилось так, а не то, что произошло в действительности. Что было бы, если бы я окончила университет, приобрела специальность? Если бы все-таки получила место ассистентки в редакции журнала? Если бы развелась с Хельмутом сразу, как только узнала о его первой измене? Если бы воспитывала детей не в строгости и приверженности порядку, а вырастила бы их более бесшабашными и жизнерадостными? Если бы не считала, что жизнь — это лишь система разнообразных обязанностей? Если бы ты меня не бросил?

— Я... — Он осекся.

Ах, надо было ей повторить этот вопрос! Но она не хотела ссориться и побоялась его рассердить.

— А я пойму что-нибудь в твоих книгах, — спросила она, — если почитаю то, что ты написал? Мне бы хотелось.

— Я пришлю тебе что-нибудь, постараюсь выбрать книгу, которая будет тебе интересна. Дашь мне свой адрес?

Она вытащила из сумочки визитку и протянула ему.

— Спасибо. — Он не отложил визитку в сторону, держал в руке. — А я-то до седых волос дожил, а так и не сподобился завести визитные карточки.

Она засмеялась:

— Еще не поздно! — И встала. — Позвони-ка, вызови мне такси.

Следом за ним она вошла в кабинет, находившийся рядом с той комнатой, откуда вела дверь на террасу. Из окон кабинета также открывался вид на горы. Пока Адальберт звонил, она огляделась. Да, и здесь стены снизу доверху заставлены книжными полками, на письменном столе опять же книги и бумаги, сбоку от него — еще стол, с компьютером, а с другой стороны — досочка, вся заклеенная счетами, квитанциями, газетными вырезками, записками и фотографиями. Высокая худенькая женщина с грустными глазами, наверное Юлия. Молодая женщина с упрямым замкнутым лицом — это дочь. Со следующей фотографии прямо в объектив смотрела черная собака с такими же печальными глазами, как у Юлии. А вот и сам Адальберт, он, в черном костюме, стоит в группе мужчин, все они тоже в черных костюмах, похожи были бы на выпускников школы, если бы не возраст. Дальше: мужчина в военной форме и женщина в платье медицинской сестры, взявшись под руку, позируют перед входом в дом — родители Адальберта, кто ж еще.

А потом она увидела маленький черно-белый снимок — это же она сама. И он. На перроне, стоят обнявшись. Но это же не... Она потрясла головой.

Положив трубку, он подошел:

— Нет, это не тогда, когда мы прощались. Мы однажды встречали тебя с поезда — твоя подруга Елена, мой приятель Эберхард и я. Дело было вечером, мы вчетвером пошли на реку, устроили пикник. Эберхарду от покойного деда достался граммофон, такой, знаешь, с ручным заводом, а у старьевщика он купил целый короб пластинок из шеллака, и до поздней ночи мы танцевали. Ты помнишь?

— И... эта фотография все эти годы висела тут, рядом с твоим столом?

— В первые годы — нет. Потом — все время висела, всегда. Такси уже едет.

Они вышли на улицу.

— Это ты занимаешься садом?

— Нет, садовник. А я подрезаю розы.

— Спасибо тебе, спасибо... — Она обняла его и тут почувствовала, как он исхудал. — Слушай, а как у тебя со здоровьем? Совсем худой стал, кожа да кости.

Он крепко обнял ее правой, единственной рукой:

— Счастливо тебе, Нина.

Подъехало такси. Адальберт усадил ее в машину, захлопнул дверцу. Обернувшись, она долго смотрела на него: он стоял на дороге и делался все меньше и меньше.

11

Эмилия, дожидавшаяся в холле, вскочила и бросилась ей навстречу.

— Ну как?!

— Завтра расскажу, когда поедем. А сейчас я хочу поужинать и сходить в кино. Все!

Они ужинали на террасе, выходившей во внутренний дворик. Пришли рано, за столиками никого еще не было. Стены со всех четырех сторон защищали террасу от уличного шума и суеты. Где-то на крыше распевал дрозд, около семи донесся звон колоколов в церквах — и все, тишина. Эмилия слегка обиделась и была не очень-то разговорчива, так что ужинали в молчании.

Ей было совершенно все равно, что там за фильм показывали. Она и раньше лишь изредка выбиралась в кино, к телевизору тоже не пристрастилась. Но мелькание ярких разноцветных картин на громадном экране было ведь сильным переживанием, а она хотела в этот вечер каких-то потрясающих переживаний. Фильм их принес; правда, получилось не так, как она надеялась, — ничего она не забыла в кино, напротив, все вспомнила: сны и мечты своего детства, грезы о чем-то смутном и более прекрасном и значительном, чем будничные дела в школе и дома, вспомнила и свои жалкие старания найти это прекрасное и значительное в балетных танцах, в игре на фортепиано. Паренек, герой картины, безумно увлекся кино и не отставал от киномеханика в маленькой сицилийской деревушке, пока тот не взял его в помощники, вроде как ассистентом; в конце концов парень стал настоящим кинорежиссером. А от ее детских грез в конце концов осталась одна-единственная мечта — встретить мужчину своей жизни, и даже тут она потерпела неудачу.

Ну и ладно, она никогда не поддавалась этой слабости — жалости к себе, и сегодня тоже не поддалась. После кино Эмилия, с глазами полными слез, обняла ее, прижалась. Она ласково потрепала внучку по плечу, но обнять... нет, все-таки не смогла. А тут и Эмилия отстранилась, и они просто пошли рядом по улицам, залитым вечерним солнцем.

— Ты правда хочешь ехать домой уже завтра?

— Завтра очень-то рано возвращаться мне незачем, так что выехать можно не с самого утра. Позавтракать хорошо бы в девять. Ты не против?

Внучка кивнула. Но она, конечно, была недовольна и своей бабкой, и итогом этих двух дней.

— Неужели ты сейчас вот ляжешь и заснешь, как будто ничего и не было?

Она засмеялась:

— Даже если что и было, все равно я засну, как будто ничего не было. Понимаешь ли, в молодости ты или спишь, или бодрствуешь, а в старости появляется третий вариант — ночи, когда не спишь и не бодрствуешь. Странное такое состояние, и один из секретов сносной старости — уметь примириться с этим состоянием. Ну, хочешь, пойди погуляй по городу, я разрешаю.

Она поднялась в свой номер и легла. Уж конечно, всю ночь проворочается, будет то засыпать, то просыпаться, вспоминать, думать и снова то засыпать, то просыпаться. Но она заснула сразу и до утра ни разу не проснулась.

Потом они пустились в обратный путь той же дорогой, бежавшей вдоль изгибов и поворотов реки. Эмилия, уразумев, что расспросы ни к чему не приведут, ни о чем не спрашивала. Но ждала.

— Все было не так, как я тебе рассказывала. Он не бросал меня. Это я его бросила.

Вот и весь сказ. Но пришлось продолжить ради внучки:

— Когда мы прощались на вокзале, я знала, что он скоро вернется, знала и то, что ни написать, ни позвонить он не сможет. И я могла бы дождаться его возвращения. Но родители пронюхали, что нет у меня никакой студенческой практики, и свистнули Хельмуту. Попросили привезти меня домой, он и привез... Боялась я жизни с Адальбертом, боялась бедности — он-то в ней вырос, вообще бедность никогда его не пугала, — боялась его мыслей, которых не понимала, боялась разрыва с родителями. А Хельмут был из моего мира, вот и удрала я в свой привычный мир.

12

— Почему же ты рассказывала мне совсем не так?

— Я думала, что все это было не так. Даже вчера еще, когда говорила с Адальбертом.

— Разве можно...

— Можно, Эмилия, можно. Я не вынесла, поняв, что приняла неправильное решение. Адальберт говорит, никаких неправильных решений в жизни не бывает. Значит, я не вынесла, что приняла то решение, какое приняла. Да разве я вообще принимала какое-то решение? Меня тогда словно неудержимо повлекло, сперва к Адальберту, потом, еще сильнее, — в мой прежний мир, к Хельмуту. А когда я не нашла счастья в своем прежнем мире, с Хельмутом, я не смогла простить Адальберту, что он не догадался о моем страхе, не рассеял этот страх, не успокоил меня. Я чувствовала себя брошенной, а память потом все это соединила в той сцене, когда он простился со мной на вокзале.

— Но это же все-таки было твое решение!

Ну что на это ответить? Что это ничего не значило, так как в любом случае ей пришлось бы — да и пришлось — всю жизнь расхлебывать кашу, которую она заварила, приняв тогдашнее решение? Или сказать: она вообще не понимает, что значит принимать решения? Когда Хельмут привез ее домой к родителям, как-то само собой стало ясно, что они поженятся, и так же само собой получилось, что пошли дети, а потом начались его измены — тоже как-то сами собой. Появились обязанности, ради которых она и жила на свете, надо было их исполнять. Какие уж тут решения!

Она с досадой пожала плечами:

— А какое решение я должна была принять? Может, не заботиться о детях? Не ходить за детьми, когда они болели, не говорить с ними о том, что им интересно? Не водить их в театр и на концерты, не подыскивать школу получше, не помогать готовить уроки? С вами, внуками, у меня тоже были обязанности...

— Обязанности? Так, значит, ты с нами все только по обязанности? И дети тоже были для тебя только обязанностью?

— Нет, я, конечно, люблю вас, я...

— Говоришь так, как будто и любовь для тебя — просто еще одна обязанность!

Нет, в самом деле, Эмилия слишком часто перебивает. Однако и ответить ей... ну что ей ответишь? Они ехали уже не по дороге, а в густом потоке машин на автобане. Эмилия вела машину быстро, куда быстрей, чем два дня тому назад, когда они ехали в тот город, — лихо, рискованно.

— Поезжай помедленнее, если можно. А то мне страшно.

Резко крутанув руль, Эмилия свернула на правую полосу и встроилась между двумя неторопливо пыхтевшими грузовиками.

— Ты довольна?

Она чувствовала усталость, засыпать не хотела, но все-таки задремала. Ей приснилось, что она, девочка, семенит, держась за руку матери, в каком-то городе. Дома и улицы ей знакомы, хотя город явно чужой. «Это потому, — подумала она во сне, — что я еще маленькая». Подумать-то подумала, но спокойней на душе от этого не стало: они шли и шли, и ее все сильней одолевало уныние и робость. И вдруг — большая черная собака с большими черными глазами! Вскрикнув от ужаса, она проснулась.

— Что с тобой, бабушка?

— Да приснилось тут...

Промелькнул дорожный указатель — скоро они приедут. Когда она заснула, Эмилия опять перешла на левую полосу.

— Отвезу тебя, и в путь.

— Куда? К родителям?

— Нет. Зачисления в университет не обязательно дожидаться, сидя дома. У меня есть кое-какие деньги, вот и слетаю в гости к подружке в Коста-Рику. Я давно собираюсь заняться испанским.

— Но вечером...

— Вечером поеду во Франкфурт, поживу там у приятельницы, дождусь подходящего рейса.

Она подумала, надо бы что-то сказать, — поддержать Эмилию или предостеречь. Но что сказать, сообразить с ходу не удалось. Правильно поступит Эмилия или неправильно? Решение Эмилии просто великолепно, но об этом-то как раз она не могла сказать внучке, не поняв, правильное это решение или нет.

Приехали. Эмилия собрала свои вещи, и теперь уже бабушка провожала внучку. Они шли к остановке автобуса.

— Спасибо тебе! Если бы не ты, я бы не выздоровела. Если бы не ты и поездка эта не состоялась бы.

Эмилия пожала плечами:

— Пустяки.

— Ты во мне разочаровалась, верно? — Найти бы такие слова, чтобы все ими передать, тогда бы опять все стало хорошо. Но слова не находились. — У тебя все получится гораздо лучше.

Подошел автобус, она прижала к себе внучку, та обняла ее, потом, войдя в автобус, Эмилия долго пробиралась в самый конец. И пока автобус не скрылся за поворотом, стояла на коленках на заднем сиденье и махала в окно.

13

Лето еще порадовало погодой. Под вечер часто налетали грозы, и она, устроившись на лоджии, смотрела, как собирались темные тучи, налетал ветер, пригибая деревья, и падали первые капли, сперва редкие, но вскоре сливавшиеся в сплошную стену ливня. Холодало, она укутывалась в плед. Иногда она засыпала под шум дождя и просыпалась лишь поздней ночью. Наутро после грозы воздух был пьяняще-свежим.

Она все дальше уходила на своей ежедневной прогулке и уже строила планы новой поездки, однако решиться на нее пока не могла. От Эмилии пришла открытка из Коста-Рики. Родители девушки не простили бабке, что та отпустила их дочь в путешествие. Хотя бы взяла у Эмилии адрес франкфуртской подруги, тогда они успели бы отговорить дочь до отлета, успели бы остановить... В конце концов она сказала, что не желает больше выслушивать все это, и если они не прекратят эти разговоры, то пускай больше к ней не приезжают.

Недели через две пришла бандероль от Адальберта. Ей с первого взгляда понравилась небольшая, переплетенная в черный лен книга, так приятно было держать ее в руках, поглаживать, разглядывать. Понравилось и название: «Надежда и выбор». Но, если честно, ей не хотелось знать, что думает Адальберт о надежде и выборе.

Она предпочла бы узнать другое — танцует ли он все так же прекрасно... Конечно да, иначе и быть не может. Надо было ей тогда, придя к нему, не уходить так скоро, побыть еще немножко, надо было включить радио, и они бы опять танцевали и, танцуя, вышли бы на ту террасу, и он, обняв одной рукой, вел бы ее так уверенно и легко, что ей снова казалось бы — она парит над землей.

СОДЕРЖАНИЕ

Литературно-художественное издание

БЕРНХАРД ШЛИНК

ЛЕТНИЕ ОБМАНЫ

Ответственная за выпуск Ольга Рейнгеверц
Редакторы Инна Стреблова, Галина Снежинская
Художественный редактор Илья Кучма
Технический редактор Татьяна Раткевич
Компьютерная верстка Алексея Соколова
Корректоры Ирина Киселева, Светлана Федорова

Подписано в печать 26.08.2013.
Формат издания 76 × 100 $^1/_{32}$. Печать офсетная.
Тираж 3000 экз. Усл. печ. л. 12,7. Заказ № 4061/13.

ООО «Издательская Группа „Азбука-Аттикус"» —
обладатель товарного знака АЗБУКА®
119991, г. Москва, 5-й Донской проезд, д. 15, стр. 4

Филиал ООО «Издательская Группа „Азбука-Аттикус"»
в Санкт-Петербурге
196105, г. Санкт-Петербург, ул. Решетникова, д. 15

ЧП «Издательство „Махаон-Украина"»
04073, г. Киев, Московский пр., д. 6 (2-й этаж)

Отпечатано в соответствии с предоставленными материалами
в ООО «ИПК Парето-Принт».
170546, Тверская область, Промышленная зона Боровлево-1,
комплекс № 3А.
www.pareto-print.ru

KAKB1160902R

ПО ВОПРОСАМ ПРИОБРЕТЕНИЯ КНИГ ОБРАЩАЙТЕСЬ

В Москве:

ООО «Издательская Группа „Азбука-Аттикус“»
Тел.: (495) 933-76-00,
факс: (495) 933-76-19
E-mail: sales@atticus-group.ru
info@azbooka-m.ru

В Санкт-Петербурге:

Филиал ООО «Издательская Группа „Азбука-Аттикус“» в г. Санкт-Петербурге
Тел.: (812) 324-61-49, 388-94-38,
327-04-56, 321-66-58, факс: (812) 321-66-60
E-mail: trade@azbooka.spb.ru
atticus@azbooka.spb.ru

В Киеве:

ЧП «Издательство „Махаон-Украина“»
тел./факс: (044) 490-99-01
E-mail: sale@machaon.kiev.ua

Информация о новинках и планах,
а также условия сотрудничества
на сайтах

www.azbooka.ru
www.atticus-group.ru